UNE ÎL

DU MÊME AUTEUR

Romans

VUES SUR LA MER, Les Impressions nouvelles, 2006.
SI RIEN NE BOUGE, Le Rouergue, 2009 ; Babel n° 1233.
PLEIN HIVER, Actes Sud, 2014.
UNE ÎLE, UNE FORTERESSE, inculte dernière marge, 2016.

Jeunesse

ATRABILE, Le Rouergue, 2007.
EN PLEIN DANS LA NUIT, Éditions Thierry Magnier, 2011, 2016.
QUAND J'ÉTAIS CAGIBI, illustrations d'Émilie Harel, Le Rouergue, 2013.
L'ART DE L'AILLEURS, Palette, 2013 (Pépite du livre d'art du Salon du livre et de la presse jeunesse de Montreuil).
JE VEUX ENLEVER LA NUIT, illustrations de Simone Rea, Cambourakis, 2013.
LET'S ROCK, illustrations d'Émilie Harel et Xavier Mussat, Philharmonie de Paris, 2016.
LUBIN ET LOU, LES ENFANTS LOUPS-GAROUS, tomes 1 à 6, illustrations de Marion Duval, Gallimard-Jeunesse, 2016-2017.
MON TOUT PETIT PAYS, illustrations d'Anne Beauchard, Cambourakis, 2016.

inculte/dernière marge, 2015

ISBN 978-2-330-08155-3

HÉLÈNE GAUDY

UNE ÎLE, UNE FORTERESSE

SUR TEREZÍN

BABEL

À Bernard Goldstein

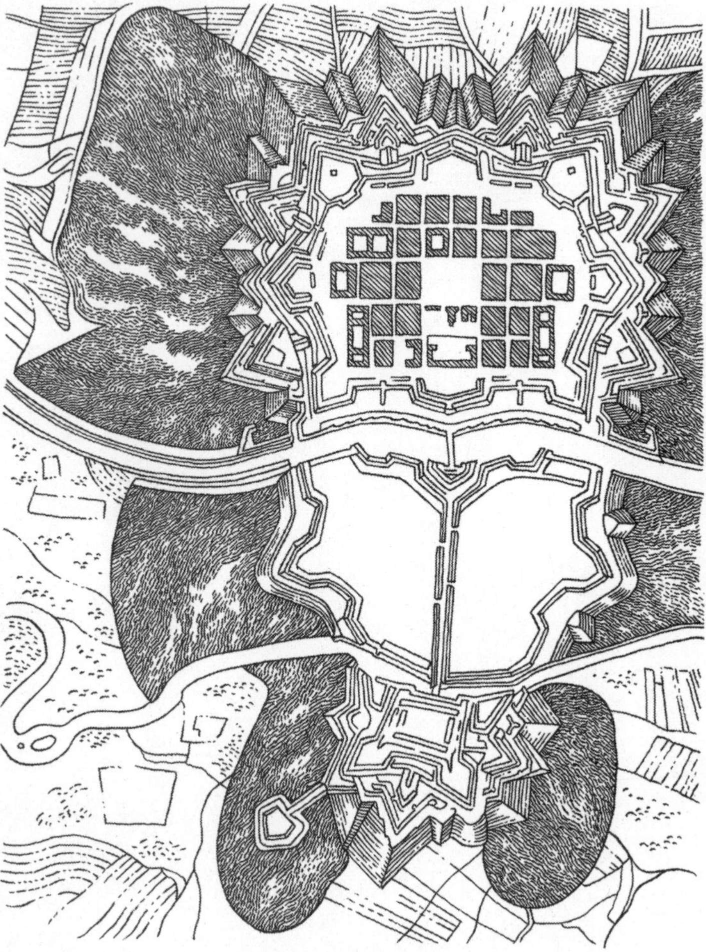

Forteresses de Terezín,
dessin de Xavier Mussat d'après un plan de Johannes von Milanes (1790).

UN GHETTO, UNE ÉTOILE

DE HAUT, C'EST UNE ÉTOILE. On peine à compter ses branches, mangées dans les angles par des plantes voraces. On zoome et sa structure se dessine, en son noyau une place centrale, rectangle où l'on devine la forme d'une fontaine. Au ras des toits rouges le survol est fluide, rectangles imbriqués, casernes de Dresde, de Hanovre ou de Hambourg.

À son approche, le car longe une piscine vide, un petit lac. Au milieu d'un champ, l'îlot de pierres d'un cimetière. De minuscules cabanes de bois noir, un homme qui bronze dans son jardin entouré de géraniums vifs, des champs de maïs, une station d'épuration, la forme violette au loin des monts de Bohême, des tournesols par milliers, un tracteur dans un nuage de poussière, le lacis des rivières.

Rien, si ce n'est l'heure qui tourne, n'annonce l'arrivée à Terezín. Par la fenêtre, des cyprès, une église, du linge qui sèche, une étoile de David bombée sur un abribus. Du siège devant moi dépasse la nuque rase d'un punk. Contournant le dôme vert de la boîte de nuit Galaxy Dance Music Club, le car s'engage sur une route plus petite, ceinte d'arbres fruitiers piquetés de pommes roses. Un camion-citerne à l'ombre d'un arbre. Des tours, des pneus, des roses, encore.

Les usines et les immeubles ont fait place à des chaumières campagnardes, écrit Helga Weissová dans son journal illustré[1] racontant sa déportation à Terezín puis à Auschwitz, à Flossenbürg, à Mauthausen, alors qu'elle s'apprête à rejoindre cette ville inconnue, première étape vers l'Est, *les rues noires de suie aux étendues à perte de vue des champs enneigés.*

Aucun de nous n'a jamais mis les pieds à Terezín, personne ne sait rien, nous n'avons que des idées floues.

Plus loin, les Sudètes et les monts des Géants, le mont Ríp où grimpa l'ancêtre des contes pour enfants, d'où il observa de haut, dans le vent, les arbres et les vallées, la ligne d'horizon, et choisit d'établir ici la nation tchèque. Et puis, les remparts, la petite et la grande forteresse, celle où le jeune Gavrilo Princip, silhouette malingre qui de deux balles déclencha la Grande Guerre, attendit la mort dans le fond noir de sa cellule, et celle, transformée en ghetto, en camp, qu'un cinéaste juif, star déchue de Berlin, figea sur pellicule à l'été 1944.

Profond sous la terre, les galeries gruyère où les enfants de Terezín jouent à la guerre, au recel des reliques et des armes.

Les branches de l'étoile ne sont plus reliées à rien. La petite forteresse est un musée, les remparts ont l'inutilité fossile d'un squelette ou d'une ruine. La ville, qui compte moins de trois mille habitants, est devenue un maillon d'une autre chaîne, un point sur le circuit touristique qui relie Prague au reste de la Bohême. Comme on visite Auschwitz après les merveilles de Cracovie, on atterrit à Terezín au sortir du pont Charles, à peine remis de la montée vertigineuse au château, de la vue sur les vignes et les rues de Malá Strana. On la dirait sèche, la ville. Essorée de son histoire. Multipliant les masques et les visages jusqu'à ce qu'on ne voie plus rien, plus grand-chose, du ciel, des toits, comme un air de maquette, de carte mal dépliée.

Au milieu d'une rue si droite que tout s'y engouffre, une brise tiède traverse la cité comme une gifle.

*

Le car s'arrête sur la place centrale. Plusieurs hommes seuls boivent des bières sur des bancs. L'église est rutilante, face à une étendue d'herbe où trône une fontaine. Une femme pressée passe avec une poussette.

Tout autour, des bâtisses XVIIIe, sobre architecture militaire, façades repeintes, couleurs pastel. On pourrait être dans une ville d'eau comme celle que les nazis ont fait miroiter à certains des Juifs qu'ils s'apprêtaient à interner : le serein mirage d'une station thermale pour lequel ils ont dû souscrire un *Heimeinkaufsvertrag* – tous leurs biens en échange d'une retraite tranquille où ils seraient nourris, soignés, à l'abri. Ils ont cru qu'ils contribueraient ainsi à assurer l'avenir des leurs, auxquels le Führer aurait « offert » une ville. Ils ont emporté leurs plus beaux habits, gants et chapeaux, dentelles, ont bourré leurs valises d'objets qui allaient vite s'avérer inutiles et puis ils sont partis, dans des wagons qui n'étaient pas encore à bestiaux, des trains avec des sièges, des fenêtres sur la campagne, rejoindre les maisons promises, celles avec vue sur le parc, celles avec vue sur le lac.

Et ils sont arrivés ici. Débarqués manu militari sur le quai de la gare de Bohušovice où allait commencer la marche forcée. Theresienstadt au lieu de Theresienbad. La ville au lieu du bain. Le ghetto au lieu de la ville. Le camp au lieu du ghetto. Des mensonges qui s'imbriquent, se cachent les uns les autres. Des publicités ont vanté les qualités de ce tout nouveau lieu de villégiature ; pour certaines maisons des rues alentour, les Juifs les plus fortunés se sont ruinés avant de découvrir une unique pièce à partager, où ils seraient prisonniers. De cette seule supercherie, l'Office central de la sécurité du Reich a tiré plus de 300 millions de reichsmarks.

Dans la rue déserte, les dalles disjointes du sol dégagent une odeur de terre après la pluie alors qu'elle tombe encore. Derrière les rideaux d'une fenêtre, un grand chien noir me regarde passer.

L'hôtel est fermé. Scotché à la porte, un imprimé remercie les clients de leur patience. Sur le site internet de l'établissement, on peut lire que Terezín est aujourd'hui *a modern, vibrant town.*

Je m'assois sous les larges parasols de l'Atypik, seul bar-restaurant aux abords de la place centrale, fréquenté en son temps, m'a-t-on raconté, par l'écrivain Arnošt Lustig, survivant de Terezín, d'Auschwitz et de Buchenwald, sauvé par le bombardement de la locomotive du train qui le conduisait à Dachau, Lustig qui s'est mis à écrire des romans parce que personne ne voulait entendre ce qu'il avait à dire. S'il s'est assis à la terrasse de l'Atypik, c'est qu'il est revenu à Terezín après la guerre, dans cette ville qui l'avait retenu prisonnier et dont il pouvait désormais franchir les murs, sortir comme il voulait. Je me demande quel était son sentiment quand il buvait sa bière – il en était paraît-il grand amateur. Si cela ressemblait à une revanche, à une bonne blague, à une fierté.

En attendant l'ouverture de l'hôtel, j'observe le va-et-vient des habitants ou peut-être que ce sont eux, qui m'observent. Dans les rues droites tracées par les casernes, deux gamins blonds courent et me dévisagent tandis qu'un homme en short, casquette sur la tête, brandit une bouteille d'eau et malaxe, dans un anglais pâteux, un vieux standard de rock.

*

Rayures du soleil couchant sur le parc. On entend, au loin, le son ample des cloches. Deux lampadaires découpent sur le bitume des cercles de lumière citron. Le long des trottoirs, les fleurs perdues des arbres. Un paysage strié, découpé en lames lumineuses.

Sous les fenêtres du Parkhotel, il y a le toit des chênes, des marronniers, des pins. Une femme à vélo passe, silencieuse, sous les frondaisons. Dans son porte-bagages, un caniche toiletté se met subitement à hurler. Un homme maigre sort régulièrement de la masse du feuillage pour pénétrer dans l'épicerie et revenir chaque fois avec une nouvelle bouteille de Heineken. Hirondelles, étourneaux, il y a partout des oiseaux.

C'est là, peut-être, qu'ont été tournés certains plans du film de propagande réalisé en août et septembre 1944. Depuis trois ans déjà, la ville entière était devenue un camp. Dans ses rues embellies pour faire croire à un « ghetto modèle », on a joué pour la caméra des scènes d'une vie quotidienne entièrement fictive, interprétées par des figurants involontaires qui seraient presque tous envoyés à la mort.

Le film, ironiquement nommé *Hitler offre une ville aux Juifs*, n'est plus visible dans son intégralité. Il n'en reste que des fragments, compilés sur des DVD en vente au Mémorial de Terezín et parfois diffusés, tard le soir, dans les séries documentaires de l'INA – de ces images qu'on entrevoit dans les nuits d'insomnie sans en comprendre les enjeux ni la provenance, dont on ne saisit que le contraste, la qualité du noir, le rythme hypnotique de la saisie lointaine d'instants quotidiens. Sauf que tout y est orchestré, sauf que rien, dans ce prétendu documentaire, n'est vrai.

Derrière les cimes, le souvenir d'une scène : des lits clairs sous des arbres, des infirmières portant une étoile à leur tablier blanc, des adolescentes assises dans le soleil, de la lumière qui traîne sur la peau d'une femme couchée et sur son bras, l'ombre nette d'un feuillage.

Nous sommes, dit le commentaire du film, *dans le jardin derrière l'hôpital, où les patients profitent du beau temps.* Devant les lits alignés dans ce jardin comme dans un rêve, l'une des infirmières, vive et souriante, porte sur un plateau une théière, distribue des bols, arrange des oreillers dans le dos des jeunes filles.

Gravés sur pellicule, il y a des hommes, des femmes, des enfants. Des travailleurs et des oisifs, des moments de labeur et de détente, des discussions, des repas, des sourires. Les signes d'une vie qui semble se perpétuer alors qu'elle a cessé, on le sait aujourd'hui, on le savait déjà, cette vie n'avait plus cours, sauf pour la caméra.

Quand les plans s'élargissent, on distingue les remparts, on devine la forme d'une ville.

Peut-être ce film a-t-il été tourné dans d'autres jardins. Comme les rues et les casernes jumelles de Terezín, tous se mêlent, déjà, dans un fondu enchaîné qui oriente et floute mon regard – à trop savoir ce qu'il cherche, il risque de fausser le paysage, de le dénaturer.

La nuit est juste tombée et les branches découpent des morceaux de ciel sombre, comme une image en négatif de celles du film, blanc brillant entre les réseaux des arbres, et ces images fausses et anciennes paraissent plus réelles que le mouvement du vent, infime, sous mes fenêtres.

Il va falloir remonter le fil qui mène à ces images, à leur germe, à la naissance de leur aberration. Voir les rues où l'on a forcé les internés à jouer leur propre rôle, à se rendre au théâtre et au concert, à se coucher sur les flancs des remparts. Photographier cette ville où s'est noué un rapport si particulier à l'image, interroger ceux qui l'ont connue et ceux qui la connaissent, sans savoir encore si ce qui me conduit ici est la question du mensonge, celle des traces ou celle de leur imbrication intime, puisque même les traces peuvent devenir mensongères selon qui les exhume et qui les met en scène.

Devant la porte de ma chambre, un papillon de nuit mort. À la télévision, Winona Ryder est coincée dans un lac gelé tandis que, sous mes fenêtres, plusieurs hommes torse nu continuent leur manège, l'épicerie, le parc, de nouveau l'épicerie, pour une autre bouteille de Heineken. Je ne vois plus l'homme maigre mais je sais qu'il est là, son petit chien entre les jambes, à regarder fixement la paume de sa main. Assis contre le mur de la pizzeria, un garçon coupé en deux – la moitié du visage et du corps tatouée d'arabesques bleues.

*

Il n'y a que des cas sociaux ici. C'est l'une des premières phrases qu'on m'a dites. Inutile, a-t-on ajouté, d'essayer de parler aux gens, sous-entendu aux familles tsiganes qui se seraient installées récemment, aux chômeurs ou aux vieillards de l'asile de la place principale.

Je marche au matin dans les rues ocre, les rues roses, les rues brunes, je marche sous le ciel bas. La ville est silencieuse comme un musée et vétuste comme un faubourg. Pourtant, çà et là, l'effort de se l'approprier – derrière des fenêtres aux rideaux de dentelle, une petite figurine de renne ou d'Indien fier, des fleurs.

Quand Claude Lanzmann filmait Terezín dans *Un vivant qui passe*, à la fin des années 1970, les rues étaient désertes, le temps gris. Un unique nuage pesait sur les toits des casernes. Il y avait des tas de bois abandonnés sous les arbres nus, c'était l'hiver. Les droites brisées des rues étaient ponctuées de points colorés, des voitures aux teintes vives, aux formes déjà anciennes. Puis, un enfant faisait irruption dans le champ, coupe au bol, cartable sur le dos. La ville n'avait donc pas été, comme on aurait pu le croire, fuie après une catastrophe. Elle était habitée. Pourtant persistait l'impression étrange que l'enfant, comme les autres passants aperçus plus tard au hasard des images, évoluait sur un fond vert où l'on aurait projeté des vues factices d'une ville, d'une forteresse.

Il n'avait rien à faire au milieu de ces casernes décrépies, de ces bâtiments murés, ce garçon à la coupe au bol, au blouson bleu vif, au cartable sur le dos.

Depuis mon premier passage ici – une journée en coup de vent et depuis, l'envie de revenir, enracinée, étrange – ce même sentiment d'un écart, d'un inconfort. Quelque chose ne coïncide pas entre la ville et ses habitants, entre son architecture et les bruits qui la peuplent, même le souffle du vent est de trop, déplacé, c'est une mauvaise bande-son, on se serait trompé.

Est-on vraiment là, dans ce paysage ?

Les portes sont closes. La ville, c'est sûr, est habitée mais tous les points d'accès en semblent condamnés. Pourtant, chaque façade, chaque coin de rue, chaque visage en suscite d'autres, fait surgir des images, des souvenirs.

À la fois un voile, et ce qu'il cache.

*

Devant le Musée du ghetto, je retrouve la guide francophone avec qui j'ai rendez-vous. C'est une grande femme aux gestes vifs, saccadés, mais ce qu'on pourrait prendre d'abord pour de la nervosité semble plutôt l'expression d'un tempérament débordant, ouvert, aimant échanger informations et confidences. Stania a l'air prête à déplacer des montagnes pour m'aider. Son regard est d'une attention extrême. Ses yeux, creusés, sont très bleus.

Elle me dit qu'elle détestait l'histoire, tout en bas de la pile de ses préoccupations dans l'enfance, mais qu'ici, à force de parler avec les gens, elle s'est fait une passion de ce qu'elle appelle la sociologie de Terezín.

Elle redonne peu à peu aux bâtiments leur fonction ancienne. La grande baraque jaune, à gauche de l'hôtel, a un temps abrité les archives de Berlin. Les nazis savaient la ville si peuplée que les risques de bombardements, ici, étaient moindres et leurs documents confidentiels, protégés par ceux qu'ils y avaient internés.

Avant la guerre, dit Stania, les maisons étaient plus soignées, et puis, il y a eu le ghetto, le régime communiste, il y a eu le temps. Certains survivants disent que les façades sont en moins bon état aujourd'hui qu'à l'époque du camp.

Du passé militaire, il reste un certain faste, une efficacité. Mais au-delà des jours qui délabrent les murs, toujours cette impression d'inadéquation, de dysfonctionnement. Cette sensation de vide n'est peut-être pas seulement l'œuvre du temps, on dirait qu'elle a toujours été là, comme si l'obsolescence de Terezín avait été, en quelque sorte, programmée. Comme si, dans cette ville, s'était joué quelque chose qui n'avait pas commencé avec sa construction et ne s'était pas achevé à son retour à la vie civile, quelque chose dont ce point précis dans l'espace est devenu, le temps de quatre années de guerre, le terrain et le symbole mais qui continue, ailleurs, à dérouler son mirage, à déployer ses images trompeuses.

En 1780, quand l'empereur d'Autriche Joseph II pose la première pierre de la forteresse pour défendre l'Empire austro-hongrois contre la Prusse, c'est une construction militaire optimale. Cette « ville forte à la Vauban » est construite selon les méthodes de l'ingénieur d'Argencourt, également concepteur de la petite ville de Brouage dans les Charentes-Maritimes, qui, avec ses murailles traçant une étoile au milieu des marais et des champs, paraît une jumelle sereine, assoupie dans la langueur de son paysage lacustre, de Terezín.

Dix ans après le début de sa construction, la forteresse est enfin achevée mais sa perfection de jouet, sa solidité minérale ne sont déjà plus adaptées aux changements géopolitiques de l'Europe ni à l'évolution des conceptions stratégiques. Elle ne sera jamais utilisée en temps de guerre. Peu à peu, elle vient, lentement, à la vie civile.

Dès 1830, on compte une paroisse, une mairie, une école primaire. À la fin du siècle, certaines fortifications inutiles sont détruites. La ville se désenclave, on pourrait croire qu'elle s'ouvre, se pare des attributs d'une vie plus douce, plus raffinée. Statues, parcs et ornements créent, dans les angles morts de son architecture martiale, un contraste étrange.

Mais la vie tranquille, provinciale, de cette ville de garnison sans guerre, toujours dans l'attente d'un improbable siège, n'aura qu'un temps. Terezín, située pile à la frontière des Sudètes, est enchâssée entre deux mondes – celui des Allemands et celui des Tchèques. La minorité germanique où naissent les élites, notables, hommes politiques, écrase de sa supériorité sociale la toute jeune nation tchèque, encore fragile et fière, qui volera en éclats à peine vingt ans après sa création.

En 1938, les accords de Munich scellent le sort de la Tchécoslovaquie et de l'Europe entière sur un mensonge ; sous prétexte de libérer les Allemands des Sudètes et promettant que ce territoire sera sa dernière annexion, le gage de la paix en Europe, Hitler disloque le fragile dessin des frontières et teste la résistance de ses ennemis futurs. La France, l'Angleterre laissent faire. Pour préserver la paix, c'est par la région des Sudètes, dont Terezín aurait dû, en d'autres temps, être l'un des points stratégiques, qu'on laisse entrer la guerre en Europe.

Dans les rues désertes, j'emboîte le pas de Stania. Ses mains osseuses désignent les bâtiments, les quelques plaques qui, sur les murs, esquissent leur histoire en plusieurs langues.

Nous sommes seules, elle parle et on dirait qu'elle fait apparaître ce qu'elle nomme, que sa parole dresse autour de nous le décor.

C'est seulement l'Histoire, dit-elle. Tout le reste est absent.

*

Dès 1939, les armées du Reich pénètrent dans Prague silencieuse, Prague dont les rues s'enroulent en rubans, pavées, grimpantes, arachnéennes et presque végétales. Elles traversent les avenues saignées en son cœur quand s'ébranle, lourd, le défilé des chars.

C'est la sidération, le silence.

Celui de l'attente et de la conscience, lente à saisir le corps, les membres, que quelque chose s'enclenche, que s'imbriquent des rouages.

À quelques kilomètres de là, Terezín est comme un réceptacle béant, en attente, comme si la perfection géométrique de son plan induisait, dans un lien étroit entre la défense et l'attaque, entre la sécurité et l'enfermement, ses potentialités inconscientes, son usage futur.

Maintenant que ce qu'on appelle la Bohême-Moravie est annexée au Grand Reich, que les Juifs de Prague sont dépossédés, chassés, traqués, tout est en place pour favoriser ce que Christian Bachelier nomme la *rencontre fortuite du charme désuet de l'urbanisme militaire du* XVIIIe *siècle et de l'horreur de l'entreprise génocidaire* [2].

Par une étrange coïncidence, raconte Zdenka Fantlova, survivante du ghetto, dans un documentaire de Jan Ronca [3], *la ville fortifiée se présente sous la forme d'une étoile de David. Ses bâtisseurs n'imaginaient pas ce qui s'y passerait deux siècles plus tard.*

Terezín est en réalité faite de deux étoiles, deux forteresses, dont la plus grande possède huit branches. La petite, d'abord censée contrôler la voie navigable de l'Elbe, sera une maison d'arrêt pour des prisonniers militaires, politiques, puis une prison idéale pour la Gestapo. La grande, qui contient et forme la ville, deviendra le ghetto.

Deux étoiles liées serré comme des organes hybrides, cœur ou poumon greffés ensemble, l'eau de l'Ohre irriguant chaque artère. À arpenter leurs rues on ne voit plus leur forme, on ignore dans quelle branche de l'étoile on chemine mais on ne peut jamais oublier tout à fait que cette ville n'est pas faite comme les autres, qu'elle n'obéit pas aux mêmes nécessités, que l'espace public y est remplacé par une architecture rationnelle, rectiligne, qui permet visibilité et contrôle.

La surveillance, inhérente à sa conception même, aura été utile au temps où la ville était militaire comme à celui du ghetto, puis à l'époque communiste. Mon amie Nicole Mullier, en voyage à Terezín à l'été 1990, me l'a ainsi décrite : Une ville vide, jaunasse. Je cherchais l'emplacement où il y avait les jardins, m'a-t-elle raconté, un immense jardin de roses devant la petite forteresse, j'avais les images du film en noir et blanc dans la tête, je voulais les voir en couleur, mais c'était la même chose, on était seuls dans cette espèce de pesanteur qui rappelait la RDA, on avait l'impression qu'on était surveillés, qu'on était suivis.

Il n'y a plus rien à surveiller aujourd'hui, à moins que la forme de la ville continue à infléchir ses usages et qu'on y reste, sans raison et sans but, observé et contraint, la cible des regards.

*

Le 10 octobre 1941 se réunissent à Prague Adolf Eichmann et son adjoint Rolf Günther, Karl Hermann Frank et le nouvel homme fort du Reich, Reinhard Heydrich.

Déjà chef de l'Office central de la sécurité, il a tout récemment été nommé protecteur adjoint en Bohême-Moravie pour mater la résistance locale, celle qui, portant le visage de jeunes hommes tchèques, barrera sept mois plus tard la route de sa Mercedes noire – les éclats de l'explosif lancé dans la berline, mêlés au crin de cheval qui rembourrait son siège, pourriront dans sa chair tandis qu'en représailles sera rasé le village de Lidice.

En 1941, Heydrich est encore fier, raide dans l'uniforme qui semble maintenir droit son long corps. Son visage au teint blanc et brique, aux pommettes dures, aux petits yeux clairs rapprochés autour d'un long nez qui le tranche en une symétrie étrange, ce visage se doit d'être concentré, perclus de certitudes lors de cette séance qu'il préside comme il présidera bientôt la conférence de Wannsee où sera officialisé le statut de Terezín – statut qui permettra aux nazis de s'enrichir au passage en spoliant les derniers biens de ceux qu'ils enferment en échange d'appartements fantômes.

Ils avancent étape par étape. Planifient l'enchaînement des crimes avec un luxe de détails proportionnel à l'omerta du langage sur le contenu des mots – le meurtre de masse, si rarement nommé même par les criminels ou alors par périphrases, euphémismes, mensonges partagés.

Terezín, que l'on nommera le temps du ghetto par son nom allemand, Theresienstadt [4], devient un « camp de rassemblement et de transit pour les Juifs de Bohême-Moravie », mais aussi pour certains Juifs d'Allemagne et d'Autriche : des personnes âgées, des anciens combattants encore soutenus par la Wehrmacht et ceux que l'on appellera les *Prominenten,* des Juifs bien intégrés dans la société allemande dont la déportation à l'Est aurait risqué d'alerter l'opinion. La plupart se croient encore protégés par leur statut – artistes, médecins ou avocats de renom, hommes politiques, membres éminents des institutions juives. Il y a ceux dont l'extermination immédiate risquerait de provoquer des réactions, ceux qui font figure d'exceptions selon les lois racistes de Nuremberg, « demi-Juifs », « conjoints d'Aryens » ou d'« Aryennes », ceux qui ne rentrent pas encore tout à fait dans les cases pourtant quasiment exhaustives dans lesquelles les nazis s'emploient à répartir le monde.

À Terezín sont également envoyés certains Juifs danois n'ayant pas réussi à gagner la Suède ainsi que des Slovaques, des Hongrois et plus de mille enfants venant de Bialystok, en Pologne.

Le ghetto sera l'antichambre, la vitrine, le champ d'expérience d'un système bien plus vaste dont il deviendra à la fois le laboratoire et le satellite.

Ici, on n'internera pas de résistants, de Tsiganes, de prisonniers de droit commun. Ne seront rassemblés que des Juifs, dans une logique d'exclusion poussée à son paroxysme. Sous couvert de leur offrir la terre qui leur manque, on les prive de celle qu'ils occupent. Le temps qu'ils se rendent compte que le territoire promis est une planche pourrie, les murs de la forteresse se seront refermés.

Les fortifications « à la Vauban » ont la réputation d'être imprenables. Mais s'il est impossible d'y pénétrer, il l'est tout autant d'en sortir. La forteresse devient prison et ses murs protecteurs, les plus efficaces des miradors. À défaut d'avoir été un rempart contre les invasions prussiennes, les fortifications de Terezín vont servir une autre guerre.

*

Sur l'herbe du parc et celle des remparts, dans le film de propagande, j'ai vu des silhouettes assises, couchées, lisant ou flânant au soleil. Deux femmes s'éloignent sur une route droite. Des enfants jouent au foot, des adolescentes en short font de la gymnastique. Les membres d'une équipe féminine, griffures sur le noir et blanc granuleux de l'image, courent.

Et puis cette image folle, déplacée : des hommes, des femmes, quittant les ateliers, passent la porte des baraquements pour surgir sous un ciel ouvert, rayé par des fils électriques qui accentuent encore la large perspective, créent un lointain point de fuite comme sur les photographies de Stephen Shore ou de Raymond Depardon quand apparaît cette femme blonde, souriante, qui parmi d'autres avance d'un pas rapide, volontaire, dans une lumière aveuglante – image immédiatement annulée par les figures des autres, ceux qui suivent, les plus tristes, les plus âgés, fronçant les sourcils dans le soleil, comme accablés soudain par la lourdeur du ciel, et la perspective se restreint, l'espace se referme.

La surpopulation du camp, seul aspect négatif que les nazis n'ont pas totalement réussi à cacher, prend sur ces images bucoliques la forme étrange d'une scène où chaque recoin, chaque zone du paysage se doivent d'être occupés.

C'est cette orchestration millimétrée, cet effort déployé pour que les plans restent harmonieux, qui laisse filtrer la mise en scène. Un seul accroc dans cette chorégraphie bien réglée et la population docile deviendrait une foule chaotique, menaçante.

*

Les premiers déportés arrivent à Theresienstadt le 24 novembre 1941. Felix Kolmer est parmi eux. Je l'ai rencontré à Prague, dans son appartement de la Vinohradská, une rue immense, résidentielle et élégante, qui semble s'étirer au fur et à mesure qu'on l'arpente. Le long de cette artère plus secrète et quotidienne que le centre flamboyant de la ville, on peut se laisser aller à imaginer la vie qu'on aurait à Prague si on l'habitait au lieu de la visiter, entre le centre commercial et la discrète boutique d'antiquités où trône, en vitrine, une petite perle au bout d'un fil. Un magasin de fleurs, des cafés où l'on croirait déjà s'être arrêté et, longeant la verdure, les rails du tramway.

Felix Kolmer est grand, sec, porte de petites lunettes. Ses cheveux blancs sont plaqués en arrière et ses yeux sont très noirs, d'un noir qui tranche sur son teint pâle. Il semble tout entier concentré dans ce regard qui ne rit pas même quand ses lèvres esquissent un sourire.

L'appartement est impeccable. Il y a un petit réveil qui fait tic-tac, un grand tableau représentant des bouleaux, de vieux fauteuils en velours vert d'or. En vitrine, dans la bibliothèque bien fournie, des documents sur les Mésopotamiens et un livre sur l'assassinat d'Heydrich. Dans un coin, une valise ouverte à moitié pleine qui laisse à penser qu'il s'apprête à partir en voyage ou en revient, peut-être. On devine un homme actif, sportif, peu enclin à se laisser aller. Pendant sa déportation, cet ancien scout a été un soutien précieux pour ses codétenus. Il a contribué à la construction du ghetto, a fait évader des dizaines de personnes par un tunnel, revenant toujours dans la forteresse pour aider ceux qui restaient. Sélectionné pour être assassiné à Birkenau, il est parvenu, de nuit, alors que les projecteurs balayaient le noir autour de lui, à changer de wagon pour fuir celui qui allait l'emmener à la mort.

Depuis, il se bat, pour l'indemnisation des anciens déportés, la restitution des biens volés aux Juifs, pour leur reconnaissance, pour leur mémoire. Vice-président du Comité international d'Auschwitz, il accompagne souvent les chefs d'État dans leurs visites de Terezín. Il a plus de 80 ans aujourd'hui. Il a le bras en écharpe, mais de cette douleur-là comme des autres il ne dira rien, le moins possible. Il ne me laisse jamais me lever à sa place. Il refuse systématiquement mon aide mais me remercie de ma présence.

Je n'ai rien ressenti en y retournant, dit-il. Avant, j'y allais tous les jours.

Je branche mon dictaphone. Nous parlons anglais, je découvre peu à peu qu'il parle un peu français et nos connaissances partielles des deux langues s'ajoutent, se complètent.

J'étais dans le premier transport, AK 78, poursuit-il. Je suis resté à Terezín jusqu'au 16 octobre 1944. Il fallait faire de la ville de garnison un camp de concentration, il fallait reconstruire. Il y avait besoin de beaucoup de monde. J'avais 19 ans, j'étais optimiste. On pensait que la guerre ne durerait pas. J'étais scout, je me disais que j'étais peut-être plus fort que les autres, que je devais les aider. Les gens qui avaient une famille étaient les plus angoissés. Toutes les semaines, des transports vers l'Est, vers une destination inconnue. Des fois, deux transports par semaine et puis plus rien pendant plusieurs jours. On croyait que c'était fini. Si on restait dans le ghetto, on avait un sourire sur les lèvres. C'était une question de chance.

La ville était plus gaie avant la guerre, regrette-t-il. Maintenant, il y a un asile pour les vieux fous qui l'imprègne tout entière. Sur la place principale, il y avait de grands arbres qu'ils ont coupés il y a cinq ans. On voudrait que Terezín devienne une ville de l'enseignement de l'Holocauste mais l'université n'a pas voulu s'y installer. La ville devait donner des maisons pour ça, des casernes en mauvais état. C'est encore en négociation.

Son discours est militant, nourri d'histoire et d'études, il a beaucoup travaillé sur le sujet, c'est ce qui le tient debout.

L'histoire qu'il me raconte commence bien avant la déportation puisque l'extermination des Juifs, comme il le rappelle dès ses premiers mots, n'a pas débuté avec les camps mais par la systématique mise à l'écart, l'interdiction, l'isolement, dont le ghetto-prison de Theresienstadt semble une sorte d'incarnation géographique, architecturale.

J'étais charpentier, dit-il, mais il était interdit aux Juifs de travailler avec leurs mains. Avant la guerre, j'étais semi-libre. Et puis, je suis devenu tout à fait prisonnier.

*

Rassemblement des Juifs allemands dès 1938 dans des immeubles qui leur sont réservés, trains interdits sauf quand il s'agira de les déporter, décret empêchant de leur vendre des articles de maroquinerie : ils deviennent des voyageurs sans bagages, évincés de la vie publique, cantonnés à un quartier, une rue, un immeuble, un appartement, une chambre, un châlit dans une chambrée.

On ne se déplace plus, on est déplacé, envoyé à l'Est ou, dans une symétrie absurde, empêché sous peine de représailles de s'éloigner de plus de 30 kilomètres de son domicile.

Tout se restreint, s'atrophie, les loisirs, les professions, l'habitat, les déplacements. *L'ombre nous tient lieu de forêt, et une bassine d'eau remplace la rivière*, écrit Helga Weissová dans son journal commencé en 1938, à l'âge de 8 ans, et tenu jusqu'à la fin de la guerre parce que son père lui a dit : *Dessine ce que tu vois.*

Dans *Un voyage*, H. G. Adler, survivant de Theresienstadt, auteur d'une monumentale chronique du ghetto[5], transfigure son expérience à travers un narrateur qui lui ressemble. Arraché à son appartement, à sa ville, il erre dans une géographie métamorphosée par l'isolement, puis l'enfermement.

« *Tu n'habiteras pas !* [6] » devient un commandement, l'une des premières violences : qu'il n'y ait plus aucun lieu à investir, aucun refuge, aucun sentiment d'appartenance.

Le lien de l'homme avec son environnement est fondé sur la croyance, écrit Adler. Quand le lieu ne peut plus être nommé, quand les mots ne nous relient plus à lui, il se transforme, se retourne, disparaît.

[*I*]*l était également possible que l'on ait perdu tout lien avec une adresse depuis que l'on avait ôté l'écriteau.*

Peut-être l'errance est-elle déjà en œuvre avant même que l'on quitte son domicile, comme si c'était le refuge qui s'effritait autour de ceux qui l'habitent, ne remplissait déjà plus son office.

Alors commence le périple vers un lieu où règnent le sommeil, la nuit, la poussière, le froid.

Là-bas il n'y a rien. Il n'y a pas même le souvenir.

[...] *Alors marchez, car il n'est plus de maisons qui veuillent vous héberger.*

*

Printemps 1939. Plus de 900 Juifs fuient l'Allemagne à bord du Saint-Louis, majestueux paquebot qui glisse sur les eaux calmes, quitte le port de Hambourg. Il a fallu réunir des sommes folles pour le billet, pour le certificat de débarquement dans la lointaine Cuba. Malgré tout, l'échec est sans doute en ligne de mire puisque les passagers ont dû payer davantage au cas où le bateau devrait faire demi-tour.

Certains ont déjà été internés, ont connu Dachau, ont été libérés à condition de se ruiner pour quitter le territoire.

Enfin, c'est le départ. Le navire s'éloigne du port, il est 8 heures du soir, il fait doux, les eaux sont calmes, là-bas il fera chaud. Pour beaucoup sûrement c'est la première fois la mer, la première fois ce pont si vaste, les lumières qui s'éloignent. Fermer les yeux quelques secondes, les rouvrir – la côte est déjà plus lointaine, plus floue. On ne voit du rivage que ce trait lumineux où dort tout ce qu'on possède.

À bord, il y a une piscine, des jeux pour les enfants. Une bulle posée sur l'eau, vers un refuge possible. Le capitaine, Gustav Schröder, écrit dans son journal de bord : *Le beau temps, l'air pur de la mer, la bonne nourriture et des soins attentifs allégeront bientôt l'atmosphère des longues traversées. Les impressions douloureuses que l'on ressent à terre disparaîtront rapidement en mer et bientôt ne seront plus que des rêves* [7].

De quoi parlent-ils, sur le pont immense ? Quels doutes ont-ils à partager, quelles inquiétudes, quels espoirs ? Comme eux, Schröder ignore encore qu'un nouveau décret vient de bloquer l'entrée sur le sol cubain. Malgré les visas et les certificats pour lesquels ils ont payé des fortunes, ils seront refoulés.

Le navire reste longtemps amarré dans le port de La Havane, où a eu lieu quelques jours plus tôt une grande manifestation antisémite. Le temps est suspendu, la mer calme, et lointaines les façades colorées. On a beau fermer les yeux, les rouvrir, le bateau, cette fois, n'a pas bougé. Ces détails qui font la marche habituelle du monde, ces rituels de l'enfance, ces magies banales d'un coup n'ont plus cours. Quelque chose s'est enrayé.

De ce point minuscule perdu sur l'océan partent des centaines de télégrammes de passagers, encouragés par le capitaine à demander de l'aide. Mais seuls quelques-uns seront finalement autorisés à poser le pied sur le sol cubain.

Les jours s'accumulent, les portes se ferment. Le navire met le cap vers les États-Unis, tourne sur lui-même et s'approche, lentement, de la Floride. Non loin des côtes lumineuses de Miami, il est entouré par les bateaux des garde-côtes américains. Le 4 juin 1939, Roosevelt lui interdit également l'entrée. Le *Saint-Louis* se déroute vers le Canada puis repart vers l'Europe – l'Atlantique rayé en vain dans les deux sens.

Le capitaine s'enfonce en même temps que ses passagers. Il songe à échouer le navire sur les côtes britanniques pour que les Anglais soient forcés de les secourir, hésite à y mettre le feu. Mais le *Saint-Louis* continue son voyage immobile, sa lente errance.

Les impressions douloureuses que l'on ressent à terre disparaîtront rapidement en mer et bientôt ne seront plus que des rêves.

Près d'un mois de voyage et d'attente déjà. Plus de fêtes, de moins en moins de nourriture. Enfin, Schröder apprend que la Belgique, l'Angleterre, la France et les Pays-Bas offrent d'accueillir chacun un certain nombre de passagers. Alors on remet pied à terre, épuisés, un peu ivres de n'avoir eu pendant tant de jours que la mer sous les pieds, pris de mal de terre sur le sol d'une Europe qui paraît bien terne comparée au mirage de l'île dont les façades vives resteront à peine un souvenir, un fragment de décor.

Beaucoup de ces passagers revenus à leur point de départ seront, plus tard, déportés vers les camps de concentration.

Le capitaine du navire recevra à titre posthume le titre de Juste parmi les Nations.

Dès juin 1939, le *Saint-Louis*, dont on fera un symbole de l'errance des Juifs jusque sur les mers, emmène des touristes fortunés en croisière dans les Caraïbes. Juste après la guerre, en 1946, il est reconverti en « bateau-hôtel » avant d'être envoyé à la casse, laissant, avec les espoirs du départ, les beaux habits et la piscine, avec la guerre encore larvée et le temps qui a passé, comme une image désuète sans cesse réactualisée, un lointain reflet de tant d'autres navires, chaloupes, embarcations de fortune, chargés à disparaître sous les corps qu'ils transportent, eux aussi partout indésirables, partout refoulés et qui coulent aujourd'hui, par milliers, au fond de la Méditerranée.

En septembre 1944, dans son dernier discours, une semaine avant son exécution par balle contre le mur de la petite forteresse, Paul Eppstein, deuxième doyen du Conseil juif de Theresienstadt, prononcera ces mots : *Nous sommes comme sur un bateau qui attend d'entrer au port mais qui ne peut pénétrer dans la rade parce qu'une barrière de mines l'en empêche. Seul le commandement du navire connaît la passe étroite qui mène vers le havre. Il ne doit pas prêter attention aux lumières trompeuses et aux signaux qui lui sont faits de la côte. Le navire doit demeurer où il est et attendre les ordres*[8].

✷

Au début, les habitants de Theresienstadt étaient toujours là, raconte Felix Kolmer, mais nous, nous étions dans des baraques gardées. Nous ne pouvions pas sortir sauf pour les Kommandos de travail. Tout était sous contrôle.

Dans le ghetto s'établit une cohabitation forcée entre les habitants tchèques et les Juifs – en réalité, une séparation stricte. Tout ce qui en faisait encore une ville, les magasins, même les trottoirs, est interdit aux internés. Les privations, la répression violente, les déportations font régner la terreur.

Il a fallu transformer la ville, poursuit Felix Kolmer, et puis les SS ont déclaré que ce n'était plus une ville, mais un camp. On pouvait désormais marcher librement, mais il était interdit d'avoir des contacts avec les habitants. Les hommes étaient séparés des femmes et des enfants. On ne pouvait les voir que quand on partait travailler. Jusqu'en 1942, si on leur parlait, c'était passible de mort et juste après, c'était autorisé. D'un jour à l'autre, les règles changeaient. Avant la guerre, la ville avait une capacité de 7 000 personnes. Pendant le ghetto, il y en a eu entre 60 000 et 70 000. Il fallait de l'eau, des lits. J'en ai fabriqué, des lits à un, deux ou trois étages. On n'a pas construit de nouvelles maisons, on a utilisé les casernes qui existaient déjà.

Le 16 février 1942, la commune de Terezín est officiellement « annulée ». Après un arrêté d'Heydrich, la population tchèque est expulsée. La municipalité cesse d'exister, elle ne porte plus le nom de ville mais celui de « territoire juif autonome ».

S'installe une vie bancale, creusée de fossés sociaux, géographiques, linguistiques. Même l'appellation de Theresienstadt pose question. Du ghetto, elle n'a pas la particularité d'être une partie d'une ville mais un « isolat » qui se suffit à lui-même. Elle ne possède pas non plus toutes les caractéristiques d'un camp. Dans l'immense réseau génocidaire, elle a, dès le début, un statut à part – indéfinissable, à la fois en marge et au cœur du système. Ses différences avec les camps d'extermination en font l'un des maillons qui permet leur existence, un alibi et une étape.

Ceux qui sont là ne savent pas encore où mène le sas où ils sont retenus prisonniers. Il n'y a que des rumeurs, des bruits de couloirs, des pensées qui s'insinuent et se répandent, trop atroces pour y croire. À l'été 1943, un convoi de plus de mille enfants arrive à Theresienstadt en provenance de Bialystok, en Pologne. Ils sont malades, rachitiques, on les isole dans des baraques, personne n'a le droit de leur parler. Alors qu'on les mène à la douche, ils hurlent, paniquent. Dans leurs cris, on entend le mot « gaz ». Eux savent ce qui se passe « à l'Est ».

Comment est-elle venue, l'idée, dans quelle bouche, sur quelle langue ? Était-elle là depuis le début, point fixe à atteindre dès les prémices, ou bien a-t-elle poussé, cette idée tordue, folle, sur les fondations d'une ville violemment transformée, sur le pauvre visage qu'elle était en train de prendre ? Est-elle d'Heydrich, le maître de la Bohême-Moravie, d'Eichmann, d'Himmler qui, comme lui, a vite deviné le bénéfice qu'il pourrait en tirer, ou des trois à la fois ? Est-elle le fruit d'une discussion, d'une illumination nocturne, d'une beuverie, d'un copieux dîner ?

Il leur a suffi de prendre Theresienstadt pour ce qu'elle était déjà, ce monde fermé où étaient rassemblés tant de personnalités, de talents, de familles encore réunies, tout ce qui, partout ailleurs chez les Juifs d'Europe, était en train de disparaître.

Il n'y avait plus qu'à grossir le trait, isoler les visages comme on le ferait plus tard dans le film de propagande, zoom, coupe, sélection, désigner les détenus qui mériteraient de rester vivants, maintenir un semblant de cohésion sociale, une forme de vie, même atrophiée, même malade, la conserver comme on plonge un spécimen dans le formol pour attester son existence.

La communauté de Theresienstadt était en attente. Peut-être ne savaient-ils pas encore, Heydrich, Eichmann, Himmler et les autres, qui demanderait à la voir, quels intérêts elle servirait, mais ils avaient foi, déjà, en son utilité.

Et c'est ainsi, dans ce mélange de calcul et d'opportunisme qui a présidé à l'ensemble de la Solution finale, que la fiction du « ghetto modèle » s'est installée.

*

Theresienstadt n'est plus seulement considérée comme un lieu de rassemblement avant la déportation mais comme une ville factice, une vitrine destinée à tromper l'opinion sur le sort réservé aux Juifs.

Des départements de la santé, de l'économie sont créés pour donner l'illusion d'une société normale. Les SS surveillent de l'extérieur. Ce sont les prisonniers qui font la police.

L'organisation prend des allures trompeuses d'autogestion communautaire. Des billets fabriqués sur place portent d'un côté l'inscription « les faussaires seront poursuivis par la loi » et de l'autre, le visage de Moïse, inspiré d'une œuvre de Gustave Doré, dont le dessinateur officiel a dû accentuer les « traits sémitiques ». La seule chose que les internés peuvent espérer acheter avec ces morceaux de papier, ce sont des affaires volées à d'autres Juifs.

Pour sauver les apparences et asseoir leur pouvoir, les nazis nomment pour diriger la ville, comme dans tous les ghettos d'Allemagne et de Pologne, un « Conseil juif »[9].

Trois doyens l'ont présidé, trois hommes sommés de gérer un ghetto où ils ne décidaient de rien et d'établir eux-mêmes les listes de déportation vers les camps d'extermination. Trois hommes chargés de l'impossible responsabilité de la vie et de la mort des leurs, sous la houlette de trois autres hommes qui, eux, avaient les clés du pouvoir – les trois commandants successifs du camp, Siegfried Seidl, Anton Burger et Karl Rahm.

Jakob Edelstein a été le premier. Sioniste convaincu, chantre de l'éducation et de la jeunesse, très aimé par les déportés, il incarnait le peu d'espoir que se partageaient, pour supporter la faim, la dysenterie, la promiscuité et la crasse, les milliers de détenus de Theresienstadt.

Quand Edelstein administrait le ghetto, on pouvait encore croire à une étape, au regroupement d'un peuple qui, après cette épreuve, pourrait traverser les mers, trouver une terre où construire des vergers et des villages.

Il avait foi en la puissance du travail même si ses épaules se faisaient de plus en plus fragiles, trop pour porter l'infinité d'attentes qu'il suscitait. Secoué d'une toux violente, nerveux jusqu'à l'insomnie, il s'efforçait d'aller au bout de journées interminables, de nuits trouées de réveils brutaux, passées à faire le tri entre les centaines de demandes qui encombraient son esprit, qui pour un supplément de nourriture, qui pour la maladie de son père, qui pour échapper au départ, autant de cas particuliers accrochés, tant qu'Edelstein était là, à leur espoir.

La photo la plus connue que l'on ait de lui le montre vêtu d'un complet et d'une cravate, visage poupin et cheveux frisés, petites lunettes rondes cerclées de noir. Il a le regard inquiet, en alerte – on dirait que ses lèvres aux commissures légèrement tombantes vont s'entrouvrir pour formuler, à leur tour, une demande.

Le 19 octobre 1942, il écrit à Fritz Ullmann, secrétaire général de l'Agence juive à Genève, une lettre optimiste et volontaire, sans doute contrôlée par la censure.

Theresienstadt, le 19 octobre 1942 [10]

Cher Ully,

Les lettres ne sont pas des épîtres philosophiques, mais l'expression de réalités quotidiennes. Les questions intéressantes sont de savoir si on est en vie, comment on vit et si on vit de manière utile. Je peux te rassurer, nous sommes en vie et en bonne santé.

Mirjam, en dehors de ses obligations de ménagère, travaille dans le jardin, une activité qui lui convient et qui lui plaît beaucoup. Comme d'habitude elle prend le travail au sérieux et sera sans doute, après quelque apprentissage, une jardinière professionnelle. Notre enfant s'est bien développé; il sait pas mal de choses et il est un bon élève, travailleur et de compréhension rapide. Ma fierté de père juge sans doute l'enfant de manière un peu clémente, mais il est évident que notre Arjeh est un garçon merveilleux qui sans doute te plairait beaucoup.

Moi-même je suis doté de travail, en tant que directeur de toute l'organisation, je porte une lourde responsabilité, je suis sans arrêt [extrême]ment tendu en ce qui concerne les nerfs et le physique, mais la conviction de remplir fidèlement mon devoir et le succès de mes efforts me font sincèrement plaisir. Un travail au service de la communauté, aussi dur soit-il, donne toujours de la force et du courage pour de nouvelles initiatives et actions.

L'organisation d'une communauté n'est pas chose facile. Il est superflu de te parler des complications d'un tel travail. Il s'agit d'organiser tout de telle manière que les choses marchent ensemble et tournent comme des rouages. [...] Notre communauté est une communauté solidaire, on s'entend bien et on est toujours prêts à s'aider les uns les autres. Tu serais surpris de ce que notre ami le docteur Munk a réussi à faire. Un hôpital tout à fait respectable, des installations sanitaires des plus modernes, des homes pour nouveau-nés, enfants et vieillards d'une propreté exemplaire et avec une assistance pleine de sollicitude, sont des œuvres que l'on peut regarder avec satisfaction.

[...] *Tout ce que tu prends en main est accessible, parfois de manière incomplète et insuffisante, mais on trouve toujours la volonté, la capacité et les conditions nécessaires pour le développement, l'extension et l'accomplissement. Rien ne se fait sans investissement en force et en énergie, et si quelque chose ne réussit pas on recommence tout simplement.*

[...] *J'attends de tes nouvelles, chaque détail de ton activité m'intéresse. En te saluant très cordialement toi et Lotte*

ton

signé Jakob

Jakob Edelstein sera envoyé au camp des familles tchèques d'Auschwitz. Accusé d'avoir falsifié les listes de déportation, il sera tué d'une balle dans la nuque après avoir dû assister au meurtre de sa femme, de sa belle-mère et de son fils Arjeh, âgé de 12 ans.

À l'arrivée du deuxième doyen des Juifs, il ne reste déjà plus grand-chose de cet espoir maintenu à la force des bras dans la lettre de son prédécesseur. Paul Eppstein, affaibli par une détention antérieure, peu préparé à la violence de ses nouvelles fonctions, semble personnifier l'état d'esprit qui gagne l'intérieur de la forteresse. Il faut attendre, résister dans le travail et l'abnégation, il faut attendre même si l'on n'est plus sûr d'y croire.

Le navire doit demeurer où il est et attendre les ordres[11].

C'est la dignité désespérée de ce discours qui lui vaudra d'être démis de ses fonctions et lui aussi assassiné, sous le ridicule prétexte d'un trajet à bicyclette non autorisé.

À Theresienstadt meurent l'un après l'autre les espoirs. Les conditions de vie des internés et la ville fictive bâtie sur leur malheur sont comme deux couches qui ne se superposent jamais. Sur les 140 000 Juifs qui y ont été internés, 88 000 seront déportés vers les camps et les ghettos de l'Est. Plus de 33 000 mourront sur place, victimes de la faim, de maladie, de la violence. Seuls environ 17 000 survivront[12].

J'ai quitté l'appartement de Felix Kolmer et avec lui, une histoire saisie à peine, entre les mots tendus, des brèches devinées, sur lesquelles nous n'avons pas pu, pas voulu nous pencher. Dans ses mots s'est bâtie la ville, avec ses mains aussi et j'ai peine à le croire, il l'a transformée, subie, mille fois visitée, dite, il est l'un de ceux, sûrement, qui y a le plus laissé son empreinte comme elle a laissé sa marque sur lui, sans que les mots puissent la nommer. Des mauvais rêves qu'elle lui a légués, il ne dira que quelques phrases qui me reviendront, plus tard, dans les corridors de la petite forteresse.

J'ai repris dans l'autre sens la longue Vinohradská. Presque en face de l'immeuble s'étend un immense cimetière que je n'avais pas décelé, d'abord, derrière son écran de verdure. Comme dans tous les cimetières, il y a un grand silence et de très vieilles femmes qui astiquent des fleurs en céramique. Prague est lointaine, on n'entend plus sa rumeur et il faut plusieurs heures pour que se dissipe, en même temps que le paysage redevient urbain, peuplé, une sensation d'étourdissement.

*

La Vltava est large comme une mer. Le ciel, d'un pâle bleu nocturne, éclairé de l'intérieur comme le fond phosphorescent d'une piscine. Vertige quand on lève la tête vers les façades noircies et les feuillages, dans l'air tiède des rives, colorés par des spots vert fluorescent, rouge sang, le long des péniches immobiles. Le bruit des voitures sur les pavés comme celui des pierres roulées au bas des falaises et hormis ces chocs réguliers, presque aucun grondement de moteur. La ville n'est sonore que des voix de la foule.

Dans les rues de Prague, les touristes se promènent sans souci des voitures, s'agglomèrent, se séparent, s'égrènent dans un flux de langues mélangées. Partout, des appareils photo. Prague est *la* ville qu'on regarde et qu'on montre, les flashs crépitent en sus des éclairages déjà spectaculaires – la nuit, la gamme de couleurs artificielles est si vaste qu'on y trouve presque autant de nuances que le jour, une vie nocturne particulière, autosuffisante.

Sur le pont Charles, les appareils sont partout, à chaque pas on est au centre d'une focale, là, au milieu du pont, c'est tout un groupe armé de pieds et de reflex qui s'essaie à des angles singuliers – l'appareil au ras du sol comme si chaque centimètre carré de cette ville se devait d'être rapporté.

Les statues du pont sont lugubres sous les éclairs des flashs, noires, certaines bardées de grillage, yeux levés au ciel sous les couronnes d'épines encore dorées quand les corps semblent peler, textures poudreuses, humides, toiles d'araignées reliant le visage d'un saint à celui de l'enfant qu'il tient dans ses bras tandis que des mendiants, à genoux, couchés, attendent au pied des statues qu'on leur donne l'aumône.

Certains, grimés, imitent la pose des saints et la torsion de leurs mains – des hommes déguisés en statues et des statues qui ressemblent à des hommes.

Des nuages d'insectes se cognent aux lumières et, plus haut dans le ciel, des essaims d'oiseaux blancs ceignent le faîte des clochers.

Malgré le flot des touristes, malgré toutes ses lueurs, la ville garde quelque chose d'obscur et ses façades, même couvertes d'enseignes lumineuses et d'objets tape-à-l'œil en cristal de Bohême, ont une splendeur ancienne, inquiétante. Prague semble sans cesse reprendre ses droits sur l'opération de lissage qu'on veut lui faire subir, comme un organisme autonome dont les touristes ne seraient qu'une composante immédiatement digérée, assimilée par la ville. Malgré ou grâce à son décorum factice, Prague cueille, saisit, et dans le parcours obligé qui conduit du « petit côté » à l'église de Notre-Dame du Týn, dans ces rues qu'il suffit de suivre sans regarder les panneaux comme des boyaux à sens unique, on se laisse aller dans un flux qui n'est pas seulement celui des touristes mais celui de la ville même, le parcours qu'elle impose.

*

Retour à Terezín et c'est l'autre face d'une pièce dont Prague serait le motif principal, le glorieux symbole. Entre les deux villes perdure un lien étrange, comme si l'on avait vidé la capitale tchèque de ses ornements ; rabotés les bâtiments, aplanis les clochers, redressées les courbes des façades, disparu le château, tout rogné, équarri, déformé, planqué dans ces angles droits, ces hauts remparts, ces places carrées. Les couleurs sont les mêmes, ce vieux rose, cet ocre jaune et puis les tuiles, les herbes folles entre les pavés. Terezín, image rétrécie d'une Prague désertée, appauvrie mais qui se souviendrait encore, comme se souvenaient de Prague ceux qui en ont été chassés.

Dans les rues rectilignes, la nécessité de se repérer aux détails – l'atelier de ce peintre, toujours fermé, où dorment en vitrine de fins dessins de fleurs, le restaurant l'Atypik, le magasin d'antiquités, l'uniforme militaire accroché à un cintre contre le mur d'une caserne transformée en brocante. À la périphérie, les rues proches des remparts sont traversées en trombe par d'énormes camions, Terezín cumulant les inconvénients des petites communes et ceux des grands axes, rayée, traversée, quand si peu s'y arrêtent.

Dans cette ville tirée au cordeau où chaque pâté de maisons paraît le reflet d'un autre, les déportés qui venaient d'être arrachés à leur espace, à leurs repères, étaient parfois si incapables de retrouver le bâtiment où ils avaient été parqués qu'un « service d'orientation » avait été créé pour eux [13]. Peut-être marchaient-ils encore dans leur souvenir de Prague, de Copenhague ou de Vienne, cherchaient-ils les enseignes qu'ils avaient l'habitude de croiser sur leurs trajets familiers, ou bien tel réverbère, tel porche d'église, peut-être rencontraient-ils parfois une porte, un rideau à une fenêtre qui les faisaient tourner à droite, à gauche, saisis un instant par l'espoir d'une reconnaissance, avant de se retrouver brutalement confrontés au manque de coïncidence de cette ville impossible avec celle de leurs souvenirs.

Ne reconnaissant rien des lieux où ils avaient vécu, ils finissaient par ne plus savoir qui ils étaient et on devait mener l'enquête pour retrouver leur lit et leur identité.

⁕

Stania, ma guide, me conduit à une petite pièce voûtée, cave ou garage, où a été installée au temps du ghetto une synagogue de fortune. Le dessinateur Leo Haas l'a représentée dans un dessin daté du 10 juin 1943 intitulé *En prière dans un garage*, Leo Haas qui, pendant sa captivité, a tenu la chronique dessinée du ghetto, des centaines d'œuvres murées dans le grenier de la caserne de Magdebourg puis retrouvées à l'ouverture des camps.

L'ancienne synagogue ressemble toujours à ce qu'il a dessiné en 1943 mais on y entre seul alors que devaient se presser là des dizaines de personnes. Sur les voûtes jaunies du plafond, à la peinture rouge encore nette, on a peint des étoiles de David, des caractères hébraïques, des bougies allumées.

Par un petit escalier extérieur, on accède à un appartement « reconstitué », meublé d'un bat-flanc – qui est d'époque, précise Stania – mais aussi de coussins, d'édredons, de vêtements. Sur une petite table, deux gobelets d'étain retournés et trois photographies. Chacune d'entre elles représente la même femme, cheveux coiffés en arrière, visage large et pâle. Ici, elle tient le bras d'un homme dégarni qui semble regarder, dans le hors-champ de l'image, quelqu'un qui l'impressionne ou l'effraie. Là, elle sourit, il est toujours inquiet, porte un chapeau haut de forme et elle, un bouquet. Si elle n'était vêtue de noir, on pourrait croire qu'ils se marient. Cette photo figure en deux exemplaires, l'un encadré et placé à la verticale, l'autre posé à plat sur la table, et cette duplication lui donne un caractère décoratif d'objet en série.

Il n'y a aucune indication de nom ou de biographie. Peut-être ces photographies sont-elles celles des internés qui ont vécu ici. Peut-être ont-elles simplement été choisies à la brocante où j'ai acheté le même type d'images sans nom et sans histoire. Peut-être ceux qui y figurent n'ont-ils aucun lien avec cette pièce et sa laborieuse reconstitution. Des « Juifs témoins », figurants d'un « appartement témoin ». Des visages choisis au hasard, dans lesquels on ne peut que deviner, imaginer des trajectoires.

Stania regarde, attentive, les photos posées sur la petite table. Je la connais, dit-elle, et comme je l'interroge, elle ajoute que la femme ressemble à la mère d'une fillette dont il est question dans un livre, il y a dedans le mot « valise », c'est, oui, *La Valise d'Hana*. De retour à l'hôtel, je lis sur internet cette histoire d'une Japonaise qui a enquêté sur la valise d'une orpheline et retracé son histoire. Mais l'enfant en question ne ressemble pas à la femme de la photo et je ne trouve aucune image de sa mère. Les enquêtes n'aboutissent pas toujours et pour une histoire signifiante comme celle de *La Valise d'Hana*, il y a des cartons entiers de visages sans noms et de noms sans visages, des tombereaux de souvenirs qu'on transforme en décor puisque personne n'est là pour les revendiquer.

*

Nous marchons jusqu'à la Schleuse, « l'écluse », où les nouveaux arrivants étaient mis en quarantaine, où ceux qui allaient être déportés attendaient le départ. Cette porte d'entrée et de sortie, ce sas entre le ghetto et le monde extérieur, je l'imaginais comme une sorte de baraque, voire de cabane de fouille, mais l'écluse est une caserne comme les autres.

Puisqu'ici étaient stockés les objets confisqués aux nouveaux arrivants, c'était aussi le lieu où les internés pouvaient récupérer, « écluser ».

Schleuse : « écluse ». *Schleusen* : « chaparder »[14]. Dans ce lieu, dans ce mot, on est dépossédé et c'est là qu'on retrouve, qu'on récupère. À Auschwitz, on disait « organiser » pour définir cette même action de s'approprier ce qu'on peut, ce qui reste. Adaptation du vocabulaire qui se coule dans les lieux, en épouse les principes. Les règles n'ont plus cours, elles tournent comme tourne le lait. Les mots changent de couleur, de sonorité, de poids. Quand on passe cette porte, même le langage se transforme.

À l'angle de certaines rues restent les inscriptions « Block », suivies de chiffres. Les casernes, elles, ont des noms de villes, étrange géographie interne, factice, qui fait écrire à Helga Weissová dans son journal : *Demain j'irai chercher le pain à Hambourg.* Helga est d'abord logée avec les femmes dans la caserne de Dresde tandis que son père est parqué dans celle des Sudètes, puis dans celle de Magdebourg. La ville rejoue les autres lieux, les autres villes, les imite ou les moque, se fait passer, toujours, pour ce qu'elle n'est pas.

Sur les dessins d'Helga, c'est une autre géographie qui apparaît, parallèle, qu'on retrouve dans bien des dessins d'enfants : des maisons, des rues, des collines qui ne sont pas d'ici, qui prolongent les paysages d'avant la captivité. Ce refus d'être là se concentre dans les panneaux indicateurs qu'ils sont nombreux à dessiner – à la croisée des chemins, ils indiquent, toujours, la direction de Prague.

Juste devant moi, sur la place principale où nous nous retrouvons toujours avec Stania, il y a le Mädchenheim[15] L410, où a été transférée Helga dès qu'elle a eu l'âge de faire partie des jeunes filles de Theresienstadt.

Je le savais, bien sûr, que chaque bâtiment, chaque maison, chaque hangar et chaque grange, chaque grenier de Terezín avait été un lieu d'internement. Je le savais et c'est cela, entre autres, qui m'a poussée à y revenir, à dépasser cette impossibilité de croire qu'une ville, un espace où l'on déambule, où l'on aime, travaille et dort, puisse n'être faite que de cachots, de cellules, du souvenir de l'exclusion et du parcage. Je m'attendais, peut-être, à quelque chose de spectaculaire, à une marque indélébile à même le paysage mais l'empreinte est plus profonde, les couches, plus nombreuses, indissociables.

Le bâtiment que j'ai devant moi n'est plus seulement une bâtisse massive, repeinte de frais, c'est bien le Mädchenheim L410 et on dirait que cela le restera toujours, mais aussi que ça l'a toujours été. Elles ont ce pouvoir, les catastrophes, non seulement de s'étendre sur l'avenir mais aussi sur le passé, de donner l'impression que tout a convergé vers elles, que tout s'est imbriqué pour les faire advenir et la question n'est pas de savoir si l'on se trompe, comme on se trompe presque toujours lorsqu'on tente de relire l'Histoire, mais d'accepter la coloration qu'elles donnent aux choses, aux lieux, le pouvoir qu'elles ont d'en bouleverser le sens, de mélanger les temps et de les faire advenir, simultanément.

*

Au Mädchenheim L410, Helga Weissová a organisé avec ses amies des soirées dansantes, comme elle le raconte dans son journal : *Nous avions peur que les garçons ne viennent pas, et puis de ne pas savoir danser, que la soirée soit un échec honteux. En fait, tout le monde est venu et l'ambiance était parfaite. Il se peut que quelqu'un se soit fait un peu écraser les orteils mais, dans l'ensemble, ça a été. J'ai dansé avec le même garçon pendant presque toute la soirée.*

Il existe une photographie d'une autre jeune fille, nommée Ruth Brösslerová, 13 ans en 1942, qui écrivait également son journal. L'instantané a été pris sur le tournage du premier film de propagande mais c'est une image de coulisses, qui ne semble pas mise en scène. Ruth porte un manteau boutonné jusqu'au cou, avec un col Claudine. Elle est entourée de filles de son âge. Comme sur les photos de propagande du camp de Drancy datant à peu près de la même époque, l'image est centrée sur l'étoile accrochée à la poitrine de l'une des adolescentes. Toutes, elles s'affairent, discutent, sont penchées les unes vers les autres, on dirait un camp de vacances et même les montants des châlits, les échelles de bois brut, les murs piquetés de cadres et de reliques de petites filles ont l'aspect improvisé des cabanes de l'enfance.

Dans la chambrée qu'Helga Weissová nomme *notre 24*, ce qu'elle décrit – amitiés à la vie à la mort, flirts, cachotteries nocturnes pour préparer les fêtes, attente paralysante, crises de rire et de larmes – est connu de toutes les jeunes filles pourvu qu'on leur donne un lieu, même clos, même dérisoire, où faire nidifier leur corps, leurs secrets. Helga sera plus tard transférée à Auschwitz, passera avec sa mère la sélection devant le docteur Mengele, travaillera en usine sur des carcasses d'avions avant d'être conduite à Mauthausen, seize jours de voyage dans des wagons à ciel ouvert sans rien à manger, rien à boire, puis ce sera le retour à Prague, les années filées à tenter de rattraper, l'Académie des Beaux-arts où elle continuera, toujours, à dessiner.

Mais pour l'instant, au 24, pour elle et ses compagnes, il n'y a qu'un désir de soirée dansante, de bougies allumées, de frottements dans le noir, un présent sans délimitation, ouvert et permanent, qui est celui de tant d'adolescents et qui semble encore palpable, en cet instant précis, sur la place principale.

À quelques dizaines de mètres à peine, de l'autre côté de la place, il y avait les garçons, gardés ici avant de rejoindre, à 16 ans, la baraque des hommes. Derrière le bâtiment, un petit jardin est réservé à la commémoration de leur mort, celle des garçons d'ici et de tous les enfants de Theresienstadt, un jardin aux airs de cloître où règne le silence.

L'un parmi ces garçons s'appelait Petr Ginz. On le connaît parce qu'il a laissé des écrits, un journal, des dessins, des gravures, parce qu'il apparaît sur des photographies où il regarde toujours l'appareil bien en face, avec une sorte de fierté heureuse – son sourire dévoile légèrement ses gencives, signe particulier que, d'après une autre image, il semble partager avec sa mère. Son visage encore dans l'enfance possède, sans qu'on se l'explique tout à fait, ce quelque chose qui permet de le voir nettement tel qu'il aurait dû devenir – l'un de ces visages dont il suffit de prolonger les traits pour les voir mûrir, comme il ne fait aucun doute, selon les témoignages de ses proches, qu'il serait devenu « quelqu'un ».

Deux ans passés dans cette longue bâtisse blanche, deux ans qui sont le cœur de l'adolescence et dont on ne saura rien, rien des conversations possibles, des expériences limite – Petr, apprenti chimiste à ses heures, raconte dans son journal comment il a, dans l'atelier de Prague où il nettoyait des machines à écrire, créé une flamme haute de 3 mètres en enflammant des vapeurs d'essence –, des voix et des corps entre eux, rivalités, amitiés ou les deux, et comment font ces garçons dans cette promiscuité à laquelle rien ne permet d'échapper.

Avant sa déportation, Petr Ginz a commencé son journal à Prague, fragments précis qui retracent l'enfermement progressif, les restrictions, raconte les élèves de sa classe qui, un à un, s'en vont.

À Theresienstadt, la fiction prend le pas sur la patiente consignation des jours. Il note ses lectures, choisies parmi les livres de la bibliothèque où s'accumulent les ouvrages confisqués aux nouveaux arrivants. *Au cœur de l'été* de Gwen Bristow, *Une brève histoire du monde* de H. G. Wells, *Construire un feu* de Jack London. Bien d'autres livres. La liste est trop longue. Il étudie l'histoire des Égyptiens, des Assyriens, des Babyloniens, des Hindous, des Phéniciens, des Israélites, des Grecs, des Perses, il apprend *la géographie de l'Arabie, de la Hollande et de la Lune*[16]. Il peint des tournesols, des montagnes, grave sur du bois des navires et des fleurs nocturnes, écrit des nouvelles, adore Jules Verne, dessine des cartes, commence des romans.

Son journal s'ouvre sur les étoiles jaunes qui, se multipliant dans les rues de Prague, font ressembler les Juifs à des *shérifs* et les avenues à la *Voie lactée* – Helga Weissová emploie la même expression dans son journal, créant entre eux, sans qu'on sache s'ils ont pu se connaître, un langage commun d'enfants caustiques, à rebours de la langue que fabriquent les nazis.

Dès ses premiers écrits, Petr Ginz fait preuve d'ironie, de distance, évoque le rétrécissement du monde, son étrangeté, décrit les rues et les déplacements, ce qui, concrètement, permet encore de vivre puis ce qui, tout aussi concrètement, est sur le point de l'empêcher. Dans le ghetto, de nombreux enfants et adolescents créent des journaux où ils écrivent des histoires d'aventure, rêvent de voyages et d'explorations, s'intéressent au football, aux échecs, aux expériences scientifiques, transforment leurs vies en fiction à travers les aventures de familles imaginaires, de Prague à Theresienstadt puis de Theresienstadt à l'« Est ».

Il y a *Bonaco*, il y a *Rim Rim Rim*, il y a *Kamarád*. Le journal créé par Petr Ginz s'appellera *Vedem*. Cela veut dire « Nous menons ».

Même si les auteurs sont encore des enfants, leur regard est acerbe et ils font preuve d'une grande liberté de ton. En 1973, sous un régime communiste qui à son tour recensera et surveillera les Juifs, ces journaux seront censurés, jugés trop subversifs, et circuleront, clandestinement, en samizdat[17].

L'écriture de Petr Ginz, tendue vers la croyance en un avenir, surplombe la vie du camp, passe au-dessus, à travers, ne regarde que très rarement en bas, tout à l'effort que demande cette foi en un futur auquel le regard s'accroche pour maintenir le corps droit.

Le 28 septembre 1944, il est déporté à Auschwitz où il est assassiné. Certains de ses cahiers, où son écriture continue à viser ce point invisible, sont donnés des années plus tard au musée Yad Vashem par sa sœur Eva, qui a survécu au camp.

Mais l'histoire de Petr Ginz ne s'arrête pas, pas tout à fait. Comme les récits qu'il aimait lire, qu'il commençait à écrire, elle laisse une traîne, un écho. En 2003, un cosmonaute israélien, fils d'une rescapée d'Auschwitz, contacte Yad Vashem. Il s'apprête à partir à bord de la navette Columbia et veut emmener avec lui dans le ciel une trace de la Shoah. Il choisit un dessin de Petr, *Paysage lunaire*. Le 1er février de la même année, la navette se désintègre dans l'espace, entraînant la mort de tous les membres de l'équipage.

C'est le souvenir de cet effacement, l'écho silencieux d'une lune griffonnée sur le papier puis pulvérisée dans le cosmos qui mettra au jour les rêves de Petr Ginz. Un habitant de Prague, apprenant à la télévision le drame de la navette spatiale ainsi que l'histoire de Petr et de son dessin, fait le lien avec des documents qui dorment dans son grenier depuis des années. Personne, même la sœur de Petr, ne sait exactement comment les cahiers de l'adolescent sont arrivés là, dans cette maison qui a appartenu à un ami de leur famille. Son nouvel occupant les a gardés, sans chercher à s'en débarrasser ni à signaler leur présence, et il ne tarde pas à contacter à son tour le musée Yad Vashem pour lui en faire don.

On peut désormais lire les récits de Petr Ginz, regarder ses dessins, tous sauf ce paysage lunaire perdu quelque part dans l'espace, dont il ne reste que des reproductions. En disparaissant dans le trou noir du ciel, la navette Columbia aura aussi fait réapparaître ce qui reste de la trajectoire d'un garçon.

Un astéroïde, depuis, porte son nom.

LE SON ET LA LUMIÈRE

LE PATRON DE L'HÔTEL, un moustachu avec lequel je réactivais jusque-là tous les matins les vestiges de mon allemand, m'a laissé la clé de la porte d'entrée. Il ne viendra plus que pour préparer le petit déjeuner. Il me faut bien constater que je suis, malgré la période on ne peut plus estivale, après le départ d'un groupe de motards, la seule cliente de l'hôtel.

Le hall ressemble à un appartement déserté. Sur une étagère, des livres en tchèque : un récit de l'ascension du mont Everest et un roman de science-fiction d'un certain Andre Norton. Les livres sont vieux sans être abîmés, ils sont dans une langue qui m'est incompréhensible, ils semblent n'avoir jamais été lus par personne. Dans le hall désert de l'hôtel désert de cette ville déserte, je m'y accroche comme s'ils avaient quelque chose à me dire mais les quelques recherches que j'effectue sur internet me laissent perplexe – Andre Norton se révèle être une femme écrivant sous un nom d'homme, affublée d'une coiffure choucroute, de curieux corsages et ayant abandonné pour des raisons mystérieuses, juste avant la seconde guerre mondiale, un projet sur la citoyenneté des extraterrestres.

Je repose les livres sur la table. À l'étage, un petit salon, quelques plantes vertes. Devant un extincteur, dans la chaleur moite de l'été, un tableau représentant un paysage de neige.

Sur les photos prises par la vitre du car sur le trajet entre Prague et Terezín, étalées dans un coin de ma chambre, on ne distingue que le vert de l'herbe, la masse miroir d'un cours d'eau, une architecture en silhouettes où les cheminées d'usines se fondent parmi les clochers des églises. Les taches de couleur, les machines agricoles rutilantes comme des jouets n'ont de trace que dans les notes prises durant le voyage. La photographie a comme unifié le paysage : d'un vert lisse, presque liquide, traversé des reflets du ciel sur la vitre. Disparue, la nuque rase du punk et les torses qui bronzent. Les jardins.

Tard dans la nuit, j'observe les cartes postales achetées l'après-midi, fais défiler sur internet les photos, les plans, les visages. Tout s'enchaîne, se mélange dans l'espace neutre de cette chambre – les murs blancs, les lits jumeaux, la fenêtre qui donne sur le parc, la gravure biblique accrochée au mur. Un lieu sans pays, sans saison, sans époque, une chambre qui pourrait se situer n'importe où, n'importe quand, un écran blanc où défilent les images.

*

Au début, c'est le noir. Comme avant une séance de cinéma ou dans l'attente des trois coups qui lancent une pièce de théâtre. Il y a cette même forme d'attente, on la devine dans les bruits singuliers qui peuplent le silence contraint, impatient. Quelqu'un tousse, se gratte, il y a les craquements du bois, des pas sur le plancher, on se gêne, on a peur, on souffle aux autres de se taire mais pourtant, on l'aime, ce bruissement, ce désir. Plus que quelques secondes avant le début du spectacle.

D'abord clandestins, cantonnés aux greniers, aux caches, aux notes murmurées, aux chansons jouées en cachette, la musique, le théâtre gagneront bientôt les pièces communes de Theresienstadt, se glisseront dans les chambrées, au grand jour, jusqu'à ce qu'on leur offre des salles, qu'on leur construise un kiosque, un écrin qui autorise, domestique.

Mais pour l'instant, tout se joue encore dans le noir. C'est un moment suspendu qui ne durera pas, c'est sûr, mais il y a eu des soirs comme ça, comme sur ce dessin de Bedrich Fritta, *Représentation théâtrale dans un grenier*. Des soirs de suie et de planches, tous rassemblés sous les toits, des cernes aux yeux, debout pourtant, tenant les murs, face à un homme sur scène, même pas une scène, son ancêtre, son brouillon, son origine – son modèle.

Il est seul, il déclame, une main levée mais ce qu'on voit surtout, c'est la clarté qui éblouit d'un coup puisqu'à ce moment-là, il n'y a aucun décor, aucun costume, rien que l'écoute et le jeu des lumières qu'on promène, précis, avec une lampe, pour que se lèvent les forêts sous les toits, que gonflent les fleuves et les mers, les chambres, que s'invitent dans la pièce – est-elle glaciale ou étouffante ? – tous les décors qu'on gardait en soi dans l'espoir d'un instant de calme, d'un moment propice, et qui ressurgissent, déferlent sous les paupières, du moindre frottement de tissu sur la lampe.

Pendant la première guerre mondiale déjà, des prisonniers de guerre russes et italiens jouaient des pièces de théâtre à Terezín, sculptaient, comme dans beaucoup de camps, de petits objets. Mais la place de l'art sous toutes ses formes ne va pas tarder, ici, à s'étendre.

Dès le début des déportations, le ghetto, pour les nazis, est le lieu idéal où déporter artistes et musiciens plus ou moins célèbres, tous ceux dont la disparition brutale risquerait de provoquer l'émoi. Il y a Rafael Schächter, chef d'orchestre, il y a Gideon Klein, tout jeune pianiste, 21 ans à peine, lèvres pulpeuses et yeux noirs, il y a Karel Švenk, compositeur et chanteur, il y a Pavel Haas, Hans Krása, Viktor Ullman. Il y a des célébrités et des anonymes qui n'ont d'autre choix que de jouer ensemble, de créer des formations improbables, éclectiques, insatiables.

Puisqu'ils ne viennent pas tous du même pays, du même milieu, ils créeront des spectacles qui ne ressemblent à aucun autre, où chaque chanteur chante dans sa langue, où les débutants s'adaptent aux virtuoses et les virtuoses, aux débutants.

Josef Bor le raconte dans *Le Requiem de Terezín*[18] : tous les quinze jours, des convois quittent le ghetto pour les camps d'extermination, emmenant certains des chanteurs du chœur et tous les quinze jours, on les remplace. On recommence à jouer.

La musique ne permet pas seulement d'occuper les soirées trop longues, elle soulève une ferveur, une frénésie, une foi, elle est tout sauf superflue, elle est l'outil de la survie.

Dans le documentaire *Prisonnier du paradis*[19], Nava Shan, survivante, raconte que dans le grenier où ils devaient répéter il y avait, amoncelés, des cadavres et comment, *déterminés à présenter le spectacle*, ils avaient *fait sortir tous les aveugles de leur salle*, les avaient *disposés dans l'escalier comme une haie d'honneur, les mains tendues*, et les avaient chargés de *se passer les corps de l'un à l'autre*, pour que la répétition puisse commencer.

À Theresienstadt, la musique s'affranchit des questions d'argent, de jalousie, de célébrité, plus entravée par rien à cause du vide des jours. Quand ils savent que ce soir sera leur dernier, c'est au concert que beaucoup choisissent de le passer. Les musiciens et le public connaissent le même quotidien, la même absence de distraction, la même promiscuité. Il n'y a plus de foyer qui tienne, plus de possessions et de moins en moins de désirs, alors ceux qui jouent et ceux qui écoutent partagent plus qu'une musique, la possibilité d'un refuge, d'un territoire commun.

De la lointaine mémoire on remonte des chansons, des concertos, des requiem, joués parfois plus de dix ans auparavant et qui s'imposent, sans partition reviennent. Bientôt, les musiciens auront même droit à du papier à musique puisque de cette ferveur collective, de ce vivier de talents, les nazis ne vont pas tarder à déceler, aussi, le potentiel.

En 1942 est créée l'« organisation des loisirs » qui autorise officiellement la pratique de la musique, du théâtre, du sport, des conférences. Dans l'ouvrage *Le Masque de la barbarie* est reproduit le programme culturel d'une semaine à Theresienstadt, du 13 au 19 mars 1944. Chaque jour ont lieu plus de dix concerts et une quinzaine de conférences sur des sujets aussi variés que les croisades, le rococo autrichien, la superstition entourant le chiffre 13, le schéma des machines électriques, l'hygiène dans la Bible, le trajet optique des rayons lumineux, le monde merveilleux des plantes, l'humour juif et cet intitulé mystérieux d'une conférence de František Zelenka : « les origines du drame ».

On vient livrer ici des connaissances qui faisaient un métier, une réputation, acquises durant de longues années d'études, on vient les donner en partage à qui veut les entendre entre les heures de travail obligatoire, d'oisiveté forcée. Les souvenirs de voyage côtoient les exposés les plus pointus sur l'avancée des sciences. Il n'y a plus de hiérarchie à la connaissance, plus que des interstices où se glisser dès que possible, où voir, où entendre.

L'usage de la musique, à mesure qu'il se développe, est de plus en plus réglementé : puisqu'il y a peu de pianos et beaucoup de pianistes, la PIPO, *Piano Polizei*, réglementera le temps d'utilisation des instruments. Tout ce qui était interdit devient autorisé mais contraint. Tout est sous contrôle.

Ainsi se répand la musique à Theresienstadt, dans un équilibre fragile entre la ferveur et la récupération puisque chaque note, chaque accord autorisé par les nazis participe aussi au perfectionnement de leur vitrine. Chaque instant de bien-être renforce l'image trompeuse du « ghetto modèle » – cette liberté n'est que prêtée, exhibée avant d'être reprise, rouage particulièrement pervers dans l'entreprise de destruction.

Malgré tout, ils jouent. Des œuvres en hébreu, en yiddish, interdites dans toute l'Allemagne et dans le Protectorat de Bohême-Moravie. Des « musiques dégénérées » à l'honneur pour les internés comme pour les gardiens – jazz, rythmes syncopés du groupe Ghetto Swingers, tout ce que Richard Strauss, dans son discours d'inauguration de la Chambre de musique du Reich, a nommé la création *malade et nocive*.

Les nazis swinguent sur les accords des orchestres, peut-être fredonnent-ils de petits airs en yiddish comme ils entonnent matin et soir leurs propres « Volksingers », parce qu'ils ont grandi en musique, sous son rythme et son autorité, élevés aux grands compositeurs qui célèbrent la gloire du pays, aux petites berceuses de l'enfance. La musique scande la formation des SS, l'encadre et l'exalte, structure chaque pan de la vie civile et militaire jusqu'à ces chants entonnés en chœur, criés, hurlés sous la contrainte par les déportés au travail, parce que la musique a aussi l'avantage de faire marcher au pas, de maintenir la cohésion du groupe, de faciliter le comptage et d'empêcher de se glisser à l'oreille des mots d'encouragement, des projets d'évasion. Elle accompagne, dans certains camps d'extermination, l'arrivée des convois et les exécutions. Elle fait taire les pensées et étouffe les cris, c'est un chant unique, assourdissant, qui épuise et rend sourd [20].

L'occupation de l'espace sonore devient un diktat, il faut chanter pour tout, chanter jusqu'à l'épuisement, mais la musique sait aussi chatouiller chez les SS la corde de l'émotion.

On le retrouve dans de nombreux témoignages, ce personnage qu'affectionnent le cinéma et les romans, ce nazi esthète, musicien ou philosophe, capable de raffinement dans la musique comme dans la torture. Oui, des nazis pleurent devant la beauté d'une voix qui s'élève, un souffle brisé, un accord mineur, ça leur rappelle le temps où ils étaient de tout jeunes hommes, peut-être de tout petits enfants, et la blessure la plus secrète, la plus cuisante, peut-être, des musiciens juifs forcés à jouer devant leurs bourreaux, c'est aussi de raviver chez ceux qui vont les mettre à mort un passé lointain et la possibilité d'un avenir qui leur est interdit.

La larme à l'œil des nazis sur un air de Schumann, c'est aussi le souvenir et la promesse du temps, celui qu'ils gardent au chaud et celui qui leur reste, c'est la capacité de la musique à les replacer sur la courbe de leur existence, à leur rendre leur passé et leurs rêveries futures quand, si belle soit-elle, si bouleversante, elle ne peut rappeler aux Juifs que leur extraction d'une vie brûlée par les deux bouts, dont le passé est un arrachement et le futur, une absence, ce temps qu'ils offrent à ceux qui les en ont privés.

*

Le film de propagande, encore. D'autres fragments.

Des enfants qui défilent, allure militaire, devant des espaces verts. Dans la ligne de mire de la caméra, en arrière-plan, un système d'arrosage automatique envoie vers le ciel un jet d'eau qui se tord sur les parterres de fleurs. Les enfants sautent dans un bac à sable. Le plein soleil dessine des zones aveuglantes sur leurs vêtements. Ils sont grands, ces enfants, pour encore jouer au sable.

Et puis, ils dansent, tournent et se baignent dans un petit bassin, ils pataugent, s'élèvent dans des balançoires, nacelles qui oscillent comme des bateaux miniatures, ils marchent en colonne, mains sur les épaules de leur voisin de devant, une chenille d'enfants, jusqu'à un alignement de petits lits aux formes rondes, en bois peint de couleur claire, disposés en plein air. Étranges objets de l'intimité qui meublent habituellement l'espace familier d'une chambre et sont ici multipliés, dévoilés au-dehors.

Dans une salle, d'autres se balancent sur des chevaux à bascule et là encore, l'étrangeté vient de leur nombre, une salle entière peuplée de chevaux de bois montés par des enfants, des dizaines de chevaux à touche-touche, et on imagine l'organisation qu'il a fallu pour diriger ce ballet, pour que les chevaux ne se cognent pas les uns dans les autres, pour donner malgré tout une impression de fluidité.

Une petite fille, en gros plan, sourit à pleines dents. Elle porte un collier, des cheveux noirs au carré. Elle s'éloigne puis se rapproche au rythme du balancement de sa monture. Derrière elle, peints sur le mur, un voilier entouré de mouettes, une île, des palmiers. Un garçon plus jeune achève ce balancement, la caméra passant, doucement, de l'un à l'autre comme s'il s'agissait du même enfant, dans une sorte de fondu enchaîné qui a la lenteur du rêve, de ceux où l'on se découvre, sans cesse, avec un autre visage.

Puis les voici cachés derrière un décor de carton. Les spectateurs attendent le début du spectacle. L'un d'eux a le doigt posé, chut, sur les lèvres. Il me semble reconnaître l'un des petits visages, celui du garçonnet maintenant assis sur les genoux d'une femme, bouche et yeux grands ouverts, torse nu et qui se balançait, quelques secondes plus tôt, sur son cheval. Ils ne sont pas si nombreux, les enfants bien portants, et la multitude s'éclaire encore différemment, toujours constituée des mêmes visages – des doubles, des trucages, une foule faite de quelques-uns seulement.

Les enfants sont sages, attentifs. Sur la scène, devant un décor peint, sous la direction d'un chef d'orchestre debout dans la fosse, une petite troupe – certains sont grimés, l'un des jeunes acteurs porte une fausse moustache – s'apprête à chanter.

*

À Theresienstadt, le compositeur Hans Krása retrouve de nombreux petits pensionnaires d'un orphelinat tchèque qui avaient monté son opéra, *Brundibár*. Les mêmes enfants remontent donc le même opéra, cette fois sous la houlette de son créateur.

Le ghetto se fait ainsi l'écho d'une forme de réduction du monde – des femmes, des hommes, des enfants qui n'auraient jamais été amenés à se rencontrer dans le tissage complexe des relations humaines qui d'ordinaire forme une ville, se retrouvent soudain coincés entre les mêmes murs, compagnons de hasard. Ici, on peut entendre le matin une chanson et manger le soir en face de son compositeur, lire un livre dont l'auteur végète à vos côtés, croiser en sortant de son baraquement des membres de sa famille perdus de vue depuis longtemps. Il n'y a plus de milieux, plus de contextes ou alors il n'en reste qu'un, dans lequel ils sont tous confinés.

Brundibár, qui donne son nom à l'opéra, est un musicien de rue, un vagabond qui empêche deux enfants pauvres de jouer de la musique pour sauver leur mère parce qu'il craint qu'ils lui prennent sa place, mordent sur son pré carré. Il sera vaincu grâce à l'aide du voisinage et d'animaux magiques. Brundibár, c'est le dictateur défait par l'union de ceux qu'il opprime et les dictateurs tombent, à Theresienstadt, sur les scènes de théâtre. Ils sont moqués, démis, sous les applaudissements frénétiques de la foule. *Si nous nous unissons, nous pourrons un jour rire sur les ruines du ghetto*, entend-on dans un spectacle de Karel Švenk.

On glisse dans les textes des mots à double sens, à double fond, dans la musique des notes à peine audibles murmurent les airs oubliés de la résistance comme l'hymne national tchèque, abrité dans la partition d'un autre opéra pour enfants.

Les geôliers ne décèlent pas les chausse-trapes des mélodies et les subtilités de traduction. Ainsi, on assiste à un curieux jeu de dupes – les kapos riant de ceux qui les singent sans qu'ils s'en rendent compte. Certains gendarmes tchèques qui, le jour, font marcher les détenus à la baguette, vont jusqu'à s'habiller en civil et porter l'étoile jaune pour assister incognito aux représentations[21]. On pourrait croire que les rôles s'inversent, qu'on ne sait plus qui trompe qui, que les artistes sont les vrais meneurs de la fête. On pourrait le croire et cela a peut-être eu lieu, certains soirs, au cœur de certains chants, cette force d'attraction soudain inversée, ces moments où le pouvoir appartient à ceux qui sont dans la lumière. Mais rien n'est laissé au hasard. Mais tout est sous contrôle.

Les nazis ne nommaient pas les prisonniers, vivants ou morts. Ils les appelaient *Stück* – « morceaux » –, *Figuren* – « pantins », « personnages ». La fiction aide les prisonniers à survivre mais c'est elle, aussi, qui permet aux bourreaux de se ménager une part, malade, d'irréalité. Elle aide à s'évader dans un lieu préservé, sauvegarde une part infime de liberté mais elle détourne aussi, les nazis le savent bien, des projets de lutte, de soulèvement. Elle libère et séquestre, est à double tranchant.

Dans la pièce de Karel Švenk, *Le Dernier Cycliste*, le monde est divisé en deux catégories : les piétons et les cyclistes. Les piétons sont des bons citoyens, les cyclistes, des sous-hommes. Celui qui ne descend pas d'au moins six générations de piétons risque la déportation dans « l'île des horreurs ». Mais la pièce finit bien et les cyclistes triomphent de leur oppresseur. L'administration juive, inquiète pour le dramaturge, lui demande de changer la fin, jugée trop polémique. La métaphore est transparente, le risque, évident. Mais les SS ne voient pas où est le mal. Peut-être même se paient-ils le luxe de se gausser de cette rébellion autorisée. Et on ne sait plus ce qui relève du cynisme le plus absolu : l'indifférence des nazis qui les fait rire sans comprendre ou leur complaisance face à ceux qu'ils laissent jouer, penser, écrire, puisqu'ils savent, comme le savent certainement ceux qui sont sur scène, que toute la créativité dont ils feront preuve, leurs trésors de subversion et d'intelligence, la virtuosité de leurs mains sur les archets et de leurs langues scandant les phrases ne peuvent rien contre la gigantesque entreprise de destruction en marche. La violence des rires des bourreaux est autant dans l'étalage crasse de leur ignorance que dans leur connaissance pragmatique, frappée du sceau nuisible du bon sens, de l'impuissance de la victoire d'un spectacle face à l'imminence de la mort.

*

Dans l'une de ces pièces de théâtre, on voyait Joseph II en compagnie de sa mère, l'impératrice Marie-Thérèse, regarder depuis l'au-delà le monde au télescope, observer la ville qu'il avait créée pour elle, la forteresse de Terezín. En marchant dans les rues, je les imagine, ces revenants de l'Histoire, et le regard qu'ils auraient pu poser sur leur ville militaire, défensive, devenue une prison crasseuse où, sur une scène de fortune, des prisonniers sans illusion mimaient leurs mines désolées.

Plus on s'éloigne de la place principale et de l'église qui la borde, des bâtiments où, dans l'encadrement des fenêtres et des portes, il reste encore quelques moulures, plus les bâtiments sont vétustes, jusqu'à ces hangars à grains, à sucre, à armes, aux murs chaulés, percés de vastes cours. Au centre, des ordures. Il n'y a personne, juste des voitures tunées garées dans des cours vides. On m'a dit qu'il y avait des vols dans les bâtiments militaires, qu'on avait fait appel à une agence de sécurité pour limiter les dégâts mais on voit bien que tout a déjà été pillé, rogné jusqu'à ce qu'il ne reste plus que des carcasses, même pas squattées ni salies, juste polies comme des os.

Un peu plus loin, les remparts. On retrouve l'herbe grasse, les cris d'oiseaux. Dès qu'on touche aux abords de la ville, elle paraît grignotée par cette vie organique, comme si, à mesure que l'on s'éloignait du centre de l'étoile, quelque chose de sauvage gagnait son cœur refait à neuf.

Au pied des remparts de brique, deux chevaux paissent dans l'herbe vive. Je les observe. Ils bougent à peine, leur robe est claire, ils sont tranquilles. C'est cette image exactement, ce vert de l'herbe et cette lumière, que j'avais en tête en entendant le témoignage de Michaela Vidláková dans une vidéo de Kelly McIlvenny.

Michaela a été internée à Theresienstadt entre décembre 1942 et mai 1945. Quand elle y est arrivée, elle avait 6 ans. Dans la vidéo, elle évoquait un souvenir datant de peu après la libération du camp. Au milieu d'un pré, derrière les remparts avec d'autres enfants, elle avait vu un soldat russe monté sur un cheval. Il faut imaginer, déjà, l'étrangeté de la double silhouette mouvante de l'animal et de l'homme dans cette étendue verte quand le territoire de Michaela se limitait jusque-là à quelques rues mornes et surpeuplées. Et puis, l'image s'était animée. Un par un, le soldat avait fait monter les enfants avec lui sur la selle. Ils avaient parcouru la prairie.

À Prague, j'ai rencontré Michaela Vidláková au cœur de la ville juive. Elle avait peu changé depuis la vidéo. J'ai reconnu ses cheveux au carré, sa frange courte, ses yeux très bleus. Nous avons cherché une terrasse calme, pénétrant dans plusieurs des jardins qui, à Prague, prolongent les salles sombres, voûtées, des cafés. Il était encore tôt, un tout petit matin et rien n'était ouvert, nous n'avions trouvé qu'un bar où retentissait, à intervalles réguliers, le bruit d'un percolateur qui trouait son récit, nous faisait taire, attendre que le silence revienne.

Ni l'une ni l'autre ne parlant anglais tout à fait couramment, nous passions par des gestes ou de petits dessins tracés au Bic dans un carnet. Là, un monticule qu'elle formait avec ses mains, le mot *forest*, puis ses doigts évoquant le grouillement des silhouettes dans les rues du ghetto, une fourmilière, dit-elle, pleine à craquer. Des rues interminables, des distances à rallonge puisque, elle le répétait souvent, c'est ainsi que l'on voit quand on est un enfant.

Ses premiers flashs de la ville, son monde, ça avait été d'abord le home d'enfants puis l'hôpital où, pour faire baisser la fièvre typhoïde, on l'emmaillotait dans des linges mouillés et la mettait à la diète complète, elle qui avait déjà si peu à manger. Mais c'était aussi une rupture brutale avec la solitude dont elle souffrait à Prague, une manière d'aventure – elle précisait, là encore, combien est singulière la vision des enfants.

Le soldat russe sur son cheval dans l'herbe vive avait été, disait-elle dans la vidéo puis dans la salle du café, son premier souvenir d'un monde en couleurs.

Les couleurs, même si elles sont là, il faut pouvoir les voir, m'a-t-elle expliqué.

Ce qui l'en a rendue capable, c'est la coïncidence exacte entre ce lieu – le pré – et ce sentiment d'être sortie des murs, pour la première fois.

Dans la vidéo, elle évoquait également le petit chien articulé fabriqué pour elle par son père qui, à l'arrivée à Theresienstadt, avait prouvé qu'il savait travailler le bois et permis à toute la famille d'éviter la déportation vers le camp d'extermination.

Ces deux images, le cavalier et le petit jouet, je les avais en tête bien avant de rencontrer Michaela, plus nettes que les autres sûrement parce qu'elles avaient déjà été mises en mots de nombreuses fois, polies, soignées, pour être restituées à qui demandait à entendre un récit. La tentation était grande, une fois face à elle, d'essayer de tirer les fils pour faire émerger l'écheveau de souvenirs qui forcément dormaient entre les images nettes du chien en bois et de la prairie verte sous le corps du cheval.

Il m'est arrivé d'être déçue en lisant, dans une publication, au mot près le récit qu'un survivant m'avait fait de son histoire. Mais en entendant celui de Michaela dans ce café de Prague, en y reconnaissant les images légèrement transformées par sa diction sûre, douce, cet autre lieu, cette autre langue, il m'a semblé sentir leur précieux poids, comprendre qu'il m'appartenait maintenant de les saisir, de les examiner sous tous les angles puisqu'à l'intérieur quelque chose est enclos qui ne perd pas sa force dans la répétition mais au contraire se peaufine, ajuste sa brillance. Entrevoir, aussi, combien il peut être dangereux de dévier le courant de la langue pour obtenir autre chose que ces images-là, les déjà dites, les supportables ou rendues telles par leur mise en récit, leur devenir-histoires.

On dit toujours qu'au moment de mourir, on voit défiler les scènes clé de sa vie. Peut-être que de la même manière, ce travail de tri des images mentales atteint un jour son point final et qu'il est possible que celle qui reste, fragile combinaison de toutes les autres qui nous définit et nous éclaire, si on parvient à la transmettre, ne disparaisse pas avec nous.

*

J'ai emporté à Terezín des dessins d'Arthur Goldschmidt[22], qui y a été interné à partir de juillet 1942. J'avais photographié les pages d'un livre où ils étaient reproduits juste avant mon départ, pour ne pas partir les mains vides, pour chercher, dans la ville, les bâtiments, les bosquets, les rues qu'il avait croqués. Les images, parfois, avaient viré à cause de la luminosité trop faible, de la mauvaise qualité de mon appareil, et on y apercevait des fragments de légende, le pli de la reliure. Ces dessins allaient me servir de jalons, de repères, même si, en étant ainsi reproduits, ils avaient perdu un peu de la délicatesse de leur facture.

On y voit des paysages tracés d'un trait léger, d'une précision attentive, et une multitude de portraits. Goldschmidt dessine au crayon graphite, au crayon rose, à la pierre noire. Il dessine sur un carnet minuscule, abîmé, qu'il devait toujours porter sur lui comme un marqueur des jours, et sur de vieux papiers administratifs du camp – nécessité de trouver un espace au dessin, même sur des documents qui disent le contraire de ce que le trait esquisse, listent les chiffres et les contraintes là où Goldschmidt impose, avec une douceur ferme, le silence.

Rien de ce que signifie Theresienstadt n'est visible sur ses dessins. Ce qui se passe est en dehors de la feuille. Du cœur noir de l'étoile, il se détourne, regarde ailleurs, se concentre sur ce qui est encore vivant. Pourtant, quelque chose fuit et parvient jusqu'à nous, quelque chose qui ressemble à ce que diffuse cette ville, à ce qu'elle laisse comme gêne, comme regret.

De cette volonté de regarder de biais, de sauvegarder une part de beauté, découle aussi une attention extrême. Arthur Goldschmidt ne dessine pas la surface des choses. Il dessine avec le regard aigu que lui donne ce suspens, cette urgence, et tout est nu, les visages, l'eau, les arbres, tout existe davantage.

Les regards sont perdus, lointains. Parfois, ils se plantent droit dans nos yeux. Très clairs, un peu rapprochés, étrangement fixes sont ceux de cet homme entre deux âges, opaques ceux de cette vieille femme aux iris noirs. Leurs yeux ne sont pas ceux des déportés d'Auschwitz, qui masquent tout le visage de leur intensité impossible, mais on sent qu'ils s'y acheminent, leurs regards, vers ces zones encore invisibles.

L'un des portraits est annoté – « Madame Parashy de Vienne, gazée ». Arthur Goldschmidt lui aurait prêté les traits de sa propre femme, décédée avant sa déportation. Peut-être que cette madame Parashy lui ressemblait ou que tout le monde, en ce lieu, finissait par se ressembler. Peut-être s'est-on laissé aveugler par la précision du trait, la singularité des visages, oubliant que ces dessins sont aussi, sûrement, des hommages et des réminiscences. Pas seulement le portrait d'hommes et de femmes mais celui d'un moment où le passé, le présent et l'avenir s'annulent et se confondent.

Beaucoup sont endormis, à moins qu'il ait aussi dessiné les morts. On sent le poids de leur corps, leur pesanteur. Entre eux, il y a des plantes, des étendues d'herbe et des arbustes maigres, des fleurs des champs croquées légères, comme déposées dans un herbier de fortune.

Et puis ce sont des silhouettes assises, couchées. On dirait qu'ils observent, on dirait qu'ils attendent. Trois jeunes filles de dos contemplent une rivière. La main d'une femme couvre sa bouche. Nombre de ces dessins ont été réalisés pendant la guerre, d'autres après la libération du camp. Certains attendent le train qui va les emmener à la mort, d'autres, peut-être, celui qui les ramènera chez eux. Nos yeux ne voient pas la différence. C'est le même vide, le même désœuvrement. Ceux du dessinateur, eux, ont vu ce que nous ne verrons pas, ils savent. Et même si ces dessins n'offrent que des instants quotidiens, des fragments infimes, c'est là, toujours, dans les feuillages des arbres et les yeux de ceux qui se tiennent parfaitement immobiles, dans les corps couchés au milieu du paysage.

Ils sont si nombreux à attendre. Et l'angoisse, qu'on ne décelait pas dans ces décors bucoliques, finit par venir de là, de la multiplication des corps oisifs, silhouettes trop nombreuses et trop seules, partageant le même lieu sans jamais être ensemble.

On pourrait croire que c'est beau, c'est ça, le problème. On pourrait croire qu'ils sont à un pique-nique à la campagne. On pourrait presque le croire.

C'est Georges-Arthur Goldschmidt qui parle, le fils d'Arthur. Lui n'a pas été interné comme son père. Il a été envoyé en France tout jeune adolescent, y a été caché, y a échappé à la traque des nazis, y a construit sa vie, y est devenu traducteur de Peter Handke, de Nietzsche, de Kafka, y est devenu écrivain. Il n'est jamais allé à Terezín. Dans ses livres, il tourne, sans cesse, autour des mêmes motifs – l'Allemagne, la montée du nazisme, ses germes dans la langue allemande, pour lui celle de l'enfance et de la barbarie.

*

Il m'avait donné rendez-vous au café Zimmer, place du Châtelet à Paris. Décor chargé, grande pompe, fresque au plafond, serveurs en livrée qui vous accueillent à l'entrée. Je l'avais vu arriver de loin, par la fenêtre d'où je le guettais. Il avait lâché sa canne pour me serrer la main.

Il me l'avait dit tout de suite, il détestait ce faux luxe récent. Avant, le Zimmer était un café normal, qui ne faisait semblant de rien. Cela avait été, aussi, un haut lieu de la Résistance – Il y avait des enfants juifs cachés là, sous vos pieds.

Ce qui m'avait tout de suite frappée chez lui, c'était sa colère. Contre les universitaires, contre ceux qui font de la Shoah une affaire de chiffres. Tout le monde sait ces choses-là, avait-il scandé avant d'ajouter : vous ne savez pas dans quoi vous mettez les pieds.

Le serveur, par-derrière, avait rempli mon verre. Il était encore trop tôt pour brancher le dictaphone, trop tôt pour lui dire pourquoi j'avais tenu à le rencontrer, pour lui parler de ce mélange de douceur à vif et de provocation qui sourd de ses paroles et de ses livres, lui parler, surtout, de la ville dont son père est mort, comme on meurt d'une maladie.

Il y avait du bruit dans la salle, un brouhaha dont se détachera, sur l'enregistrement de notre rencontre, sa voix qui prend son temps, prononce des mots qui me sembleront plus tard, une fois retranscrits par écrit, comme sortis de l'un de ses livres à la langue douloureuse et limpide, *La Forêt interrompue*, *La Traversée des fleuves*, *Le Poing dans la bouche*, *Une langue pour abri*.

Je suis un cas particulier, m'a-t-il prévenue d'entrée de jeu. Je suis même celui qui n'a rien à vous dire.

Avec colère toujours, il m'a parlé de son père, l'un de ceux que l'on a appelés les *Prominenten*, notable issu d'une famille juive de la région de Hambourg convertie au protestantisme depuis deux générations, ce père qui avait occulté ses origines et était devenu le pasteur de la communauté protestante de Theresienstadt. Ce père mort après la guerre, sans doute des suites du camp où il était resté, faute de moyens de transport, jusqu'en août 1945, à dessiner les paysages des alentours et à lire Dostoïevski en russe chez le commandant soviétique.

Colère contre l'aveuglement du père qui s'est cru protégé par son intégration parfaite dans l'Allemagne nazie, ce père, dit-il, plus allemand que tous les Allemands, qui n'a pu croire que l'Allemagne puisse ainsi institutionnaliser l'horreur. Colère contre lui-même parce que lui est vivant, sans savoir ce qui l'y autorise. Lui, le fils. 86 ans mais un fils, toujours – Ma femme dit que j'ai 5 ans.

Colère, méfiance envers les « études scientifiques », puis amorce d'une indulgence face à la perspective d'un récit, forcément subjectif, forcément fragmentaire.

Excusez-moi de ma violence initiale, a-t-il fini par me dire. Je croyais que vous faisiez une étude scientifique. On ne peut pas faire un travail scientifique.

Ce grand homme maigre aux yeux très clairs, au sourire délicat et féroce, vit son passé d'enfant caché comme une chance méprisable, à la frontière du plaisir et de la peur d'être tué ou coupable. La honte et la joie et la honte de la joie. Ses mots prononcés à Paris, dans le café Zimmer, vont accompagner tout mon voyage. Ils m'accompagnent encore.

Je suis un resquilleur. Un survivant honteux, une poule de luxe de la déportation.

Je n'ai jamais vu d'étoile jaune en Haute-Savoie.

Je n'ai rien vu. Ce que j'ai vu, c'est la peur.

Nous parlons, toujours, de son père qu'il accompagnait, enfant, faire de la peinture « sur le motif ». C'est lui qui lui a appris à regarder le monde, qui a contribué à en faire cet écrivain du paysage, sensible à ses moindres variations d'atmosphère. La perception, pour Goldschmidt, c'est d'abord la langue, ses sonorités, son chant, sa façon intrinsèque de dire ce qui nous entoure. Il y aurait une « manière allemande » et une « manière française » d'être dans l'espace, de le peindre mais aussi de l'écrire. Le français serait une langue « en survol de la réalité », l'allemand, « concrètement dedans », tandis que « l'œil américain » serait apte à voir à la fois le proche et le lointain.

Quand vous vous baladez le long du canal de l'Ourcq, m'a-t-il expliqué, il y a des grands peupliers. En allemand, vous écrivez le vent d'abord et en français, d'abord les feuilles. Il m'est arrivé d'écrire deux descriptions du canal de l'Ourcq. Et sans que je m'en rende compte, en français, ça commence par le bruissement des feuilles et en allemand, c'est le vent qui arrive. C'est le mouvement, c'est plus sensoriel. Le vent, vous le sentez. Les feuilles, vous les entendez.

Existe-t-il encore un « lieu réel » si la langue, pour s'en saisir, obéit non seulement à des choix mais aussi à la marque d'une identité que, parfois, l'on renie soi-même ?

En l'écoutant, je ne suis plus vraiment dans ce café parisien, pas encore à Terezín. Sans mots pour faire exister ce qui nous entoure, pour le rendre irréfutable, on n'est nulle part, comme lui entre deux pays, entre deux langues, si bien qu'il a dû se forger la sienne pour dire cet interstice où on l'avait laissé.

Moi je me suis auto-traduit, a-t-il poursuivi. C'est très difficile, mais on y arrive quand même parce que les langues disent toutes la même chose à leur façon. Vous savez comment on dit un cadenas en allemand ? Une serrure qu'on accroche devant. Vous comprenez tout de suite. C'est-à-dire : tout est sur la table. Les SS ont inventé une langue – que parle d'ailleurs Heidegger, c'est la même langue –, un chef-d'œuvre d'horreur, de connerie et d'efficacité, des concepts comme *Kinderlandverschickung*, l'expédition des enfants à la campagne. L'organisation de Theresienstadt a été précédée de son organisation verbale.

Cette « langue du IIIe Reich » dont parle Goldschmidt, Victor Klemperer, philologue, l'a nommée LTI [23]. Elle passe par le dévoiement de l'allemand, la torsion de vocables assemblés autrement pour que cette langue « agglutinante », dans laquelle les mots s'ajoutent comme des briques pour en construire d'autres, se mette à dire ce qu'on veut lui faire dire, à fabriquer des concepts comme on fabrique un monstre en collant dans le désordre les parties d'un corps. Cette langue nouvelle ne se contentera pas d'être l'expression de la barbarie, elle en deviendra le canevas verbal, patient tissage de mots qui déforment le monde.

Klemperer, traqué parce qu'il était juif, s'est accroché à sa vie en la prenant comme terrain de recherches, en explorant les mots et leurs métamorphoses. Ainsi du mot « monter » qu'il a vu perdre, à mesure que le nazisme s'installait en Allemagne, sa connotation négative – *monter* un tour, une farce – pour prendre des atours respectables, devenir une composante nécessaire d'un régime bâti, de manière de plus en plus assumée, sur la dissimulation. « Monter » un projet, une entreprise. Le mot a définitivement perdu sa résonance artificielle, roublarde. Dans ce rachat à peu de frais du mensonge par la propagande puis la publicité, ce glissement entre l'escroquerie et l'envie de croire n'en finit pas de s'opérer.

La lumière commence à baisser derrière les vitres du café Zimmer. Peut-être que nous nous éloignons de Terezín ou plutôt, que nous tournons autour. Peut-être qu'on ne peut que tourner autour mais qu'à force de polir l'écorce d'un noyau invisible, on finit par le mettre au jour.

Ma femme me reproche beaucoup de parler à la fois de plusieurs choses, me dit-il, comme pour s'excuser des digressions qui nous emmènent ailleurs, nous éloignent, nous rapprochent, mais vous avez des tas d'impressions qui vous assaillent en même temps.

Je vois des choses que ma femme ne voit pas et elle voit des choses que moi, je ne vois pas. Elle a un regard français, moi j'ai un regard allemand. Je suis beaucoup plus animal. Les Allemands sont fondamentalement liés à l'animalité. Ils fouillent avec leur museau la terre meuble. Non, je vous assure. Pas des paysans, des terriens. Ma femme a un regard très large, très ample, mais elle ne voit pas à la fois de près et de loin. Moi, je suis un animal, l'animal du terrier de Kafka. Elle me dit parfois, pour rigoler, au fond, tu es à peine un être humain. Et je la remercie de dire ça. Je ne le suis pas. Je suis à mi-chemin.

Il faut viser avec l'œil, tac, le regard. Ma femme, c'est amusant, est très française de ce point de vue-là. Nous avons une petite maison dans l'Oise et il y a trois ans, elle s'est cassé la figure, elle s'est cassé la main. Depuis, je lui dis, écoute, il faut que tu aies le regard américain. Tu regardes à la fois devant toi et le paysage. Elle ne peut pas le faire. Elle est obligée de regarder soit l'un, soit l'autre. Moi, je vois les deux à la fois, parce que mon père m'a dit, tu dois regarder de manière à voir à la fois le proche et le lointain.

Dans ce précis balaiement du monde que son père lui a appris, il y a un lieu qui manque, trop près ou trop loin, impossible de régler la focale, de le voir net – ce lieu où son père a été enfermé, affamé, dont il est mort après coup, comme à retardement, d'où il a laissé ses dernières images. Une ville qui me semble silencieusement au cœur de son œuvre, la seule qu'il ne parvient pas à voir, à écrire.

Il est peut-être temps, maintenant, de parler de Terezín.

Georges-Arthur pose le doigt sur la surface glacée d'une photographie – Je crois que c'est là qu'on rassemblait les gens pour les déporter. Il me semble. Dans les dessins de mon père, il y a des visages dont je n'ai jamais essayé de retrouver les propriétaires, si je puis dire. J'ai eu tort, mais je ne suis pas historien, trop paresseux, trop à m'occuper de mes petites affaires, mais il y a des visages. Alors, peut-être. Tous ces dessins, si on ne voit pas que derrière, il y a la mort, il y a le savoir que, dans quinze jours, on ne sera plus là... On ne peut pas regarder ces dessins. Oui, la beauté. Ce qui est terrible dans les dessins de mon père, c'est que ce sont d'admirables paysages. Theresienstadt, c'est un lieu magnifique. Une ville carrée, complètement fermée, avec, autour, des vallons, des arbres.

Est-il encore beau, ce paysage ?

Je n'ose pas y aller. Je trouve ça obscène de ma part, d'y aller. Ça m'est intolérable. Il paraît qu'il y a énormément de gens, toujours. C'est un lieu touristique. Auschwitz, c'est devenu un lieu touristique. Je n'ai même pas été au Struthof, en Alsace. Je suis passé devant, rien que le portail, voir ça, c'est le comble de la perversion. On n'a pas besoin d'aller voir.

Theresienstadt, je l'ai rayée des cartes. Je connais les images mais en moi, il y a un refus.

Je me mets à l'abri. Je me préserve.

Je vois les dessins de mon père, alors, ça recouvre.

J'ai en moi, encore, et ça fausse tout, la peur animale des deux Allemands qui sont venus me chercher. Les mitraillettes. En moi, il y a ça. Donc, ça m'empêche de voir. Vous avez raison, je n'ai jamais vu Theresienstadt. Je sais exactement comment c'est construit, les fossés, tout, mais je ne l'ai jamais vue.

Dans le film de propagande apparaît un homme pensif, accoudé à une colonne de pierre, sous un ciel où filent les nuages. Il tient son front dans sa main. Il dessine. La lumière noie la feuille de papier mais dans sa blancheur, on distingue les branches d'un arbre. Je n'ai pas osé demander à Georges-Arthur s'il pouvait s'agir de son père.

Je ne lui ai pas demandé non plus ce qu'entraînait en lui ce refus de voir un lieu. S'il aidait à le circonscrire ou s'il lui donnait au contraire une dimension nouvelle, le pouvoir de transformer tous les autres.

Dans les dessins d'Arthur Goldschmidt, l'impossibilité de voir ou de montrer la mort donne à son regard sur les vivants une acuité rare. Dans les écrits de son fils, c'est peut-être cette même tache aveugle qui diffuse sur tous les paysages la lumière précise, ultra-sensible, dont il les éclaire, comme après avoir fermé les yeux on découvre un monde neuf, dénaturé l'espace d'un instant par cette obscurité regardée trop longtemps.

Quelques jours après notre rencontre, son souvenir, dans mon esprit, s'est déjà modifié. Il me reste l'image des peupliers, étrangement découpée, désincarnée par cette idée qu'on pouvait *soit* voir les feuilles *soit* entendre le vent, ces peupliers comme une image muette, en arrêt, la présence du canal qui s'élargit, calme, indolent, dans le bruit et les lumières du café, canal de l'Ourcq ou rivages de l'Elbe, puis cette image, presque aussi nette et pourtant manquante, invisible, des enfants qui avaient été cachés là, sous nos pieds.

Le lieu s'est changé, déjà, en fiction et il faut revenir en arrière, remonter le fil, retranscrire l'entretien pour retrouver le lieu réel, celui dont on parle, qui est déjà en train de s'échapper.

*

Stania, ma guide, me parle sans cesse de « Magdebourg caserne », comme d'autres transformée en musée. Dans une grande pièce à l'étage, elle abrite aujourd'hui un dortoir reconstitué et une exposition sur les artistes de Theresienstadt. C'est ici que logeaient les membres du « bureau de dessin » dont la direction a vite été confiée à Bedrich Fritta, interné avec sa femme et son fils âgé d'un an à leur arrivée.

Fritta y réalise comme les autres des illustrations de propagande, des dessins techniques, des projets d'aménagement intérieur pour les lieux réservés aux SS, des tableaux et des objets décoratifs qui seront vendus dans tout le Reich, mais aussi, dans les nuits et les cachettes, des visages griffés au noir, des corps malades, brisés. Sur ses dessins officiels, des forgerons frappent le fer entourés d'étincelles. Sur ses dessins clandestins grouillent des silhouettes prises par une sorte d'affolement inquiet, dans des rues creuses comme des cuvettes.

Il y a deux bras qui sortent de l'eau, l'éclatement cosmique d'un œil ou d'un ciel, des corps aplatis comme des poupées vaudou, nuages ou magma humain, herbes et eau, traits profonds, acérés.

Sintflut. Noyade.

Il y a les dessins du jour et les dessins de la nuit, du silence, du secret.

Contrairement à Arthur Goldschmidt, Fritta, en tant que dessinateur professionnel, bénéficie d'un traitement particulier. Comme beaucoup de ses compagnons, il va profiter, pour réaliser son œuvre interdite, des avantages de ses fonctions : déplacements autorisés, élargissement de l'espace mais aussi fournitures – encre de Chine, papiers grand format qui normalement servent à dresser des plans et où s'accumulent de plus en plus de corps, de silhouettes déjà fantômes. Les matériaux de l'ennemi fabriquent l'exact envers des dessins de propagande.

On dirait que tout ce qui n'est pas montré dans les dessins de Goldschmidt, tout ce qu'il n'a pu ou voulu voir s'est insinué dans ceux de Fritta, que leur dualité intérieure, subtile, contrariée, s'y est faite impossible, tranchée, et leur silencieux purgatoire, changé en deux faces bien distinctes, séparées par une ligne de faille.

Ils sont tordus, hachurés, sans regard.

Ils sont un grouillement de corps nus.

Il y a cette main, ce crayon, ce papier, outils modestes et familiers qui ont toujours été ceux des dessinateurs et qui subitement doivent servir deux buts contradictoires. Contribuer, même modestement, à l'effort de guerre des nazis, à la décoration charmante de leurs intérieurs, à ce qu'évoque cet intraduisible mot allemand, *Gemütlichkeit*, bien-être domestique quand la pluie, la neige ou la guerre grondent au-dehors, habiller leurs murs de copies de toiles de maîtres ou de tableaux de famille, les dessiner, eux, les SS, les commandants, les peindre accompagnés de leur femme et de leurs enfants, souriant à l'artiste ou lui offrant leur regard lointain, leurs habits choisis, leurs familles nombreuses, bâtir autour d'eux tout ce que la main, le crayon, le papier peuvent bâtir de rassurant, d'harmonieux, exploiter le pouvoir qu'ils ont, ces outils, de conforter le pouvoir en place sans jamais le questionner mais aussi les utiliser pour écorner les aquarelles, crever la surface du papier qu'ils ont eux-mêmes coloré avec soin pour découvrir, sous la croûte épaisse des mauvaises toiles et la transparence de l'encre, les peaux infestées, la crasse des rues et les puces des planchers.

Quand Fritta parvient, comme plusieurs de ses compagnons, à faire sortir des dessins du camp pour les montrer au monde extérieur, il est arrêté et envoyé à Auschwitz pour *Gräuelpropaganda* – « propagande de terreur ». C'est ainsi que les nazis appellent la prétendue « propagande alliée sur les atrocités », puisque c'est aussi cela, la propagande, faire passer pour des mensonges des crimes si inimaginables qu'ils seront abrités par leur cruauté.

Plus c'est énorme, plus ça passe, m'a dit Georges-Arthur Goldschmidt. Il est tellement facile de déguiser. Vous accusez quelqu'un que vous voyez par terre, ensanglanté : c'est lui qui est l'assassin. Les gens vous croiront.

Après l'arrestation des dessinateurs, les conditions se durcissent. Les nazis reviennent sur certaines des libertés qu'ils avaient accordées aux Juifs, comme celle, pour les Tchèques, de jouer et de chanter dans leur langue. Tout est une question de dosage, de mou qu'on donne à la corde mais elle servira à la même chose, qu'elle soit laissée lâche ou bien qu'on la retende.

Bedrich Fritta mourra à Auschwitz en 1944, laissant derrière lui son fils de 3 ans, Tommy, qui sera adopté après la guerre par son ancien compagnon de captivité, le dessinateur Leo Haas.

Lui, il croque les vieux et les malades, les mourants, les remparts envahis par les herbes, les portions de voie ferrée qui ne mènent nulle part, les ciels lourds, les paysages où l'on ne peut jamais échapper aux autres, abandonné mais sans droit à être seul.

Ces dessins, on ne peut les sonder qu'après coup, tenter de deviner derrière chaque trait, la pensée, derrière chaque tremblement de l'outil, la position du corps – étaient-ils debout ou assis, dans le noir ou la lumière, derrière un bosquet ou au fin fond d'une chambre, et qu'auraient-ils aimé que l'on saisisse de ce qu'a laissé leur main absente ?

Pour couper court à toute interprétation abusive, Michaela Vidláková m'a raconté l'histoire de l'arbre sans feuilles et de l'oiseau noir. Enfant, à Theresienstadt, elle avait dessiné un arbre dans lequel nichait un merle. Des notes de musique s'échappaient de son bec. Sa mère, enseignante, auteure d'un article sur les enfants dans le ghetto, habituée certainement à réfléchir sur les mystérieux faits et gestes des petits, avait ressenti de l'inquiétude devant le plumage sombre de cet oiseau qu'elle avait cru de mauvais augure, devant cet arbre nu qui devait être mort. Dans les entrelacs maladroits des branches, elle avait décelé la forme d'une croix gammée. La réalité était bien plus simple, pour Michaela. Elle ne savait pas dessiner les arbres, et encore moins les feuilles. Quant à l'oiseau siffleur, c'était juste un message pour son père, confiné dans la baraque des hommes, avec qui elle avait l'habitude de siffler pour communiquer.

Il faut se méfier des interprétations des psychologues, rit Michaela.

*

Il fait complètement nuit, une chaude nuit d'été. Le sol est couvert de minuscules fleurs jaunes, odorantes, tombées des frondaisons. J'entends de ma chambre un crissement sur le bitume, accompagné du halètement gras de ce que je suppose être un molosse.

J'ai appris que le bâtiment où se trouve actuellement mon hôtel avait été le logement des commandants allemands du camp, et la grande bâtisse jaune qui lui fait face, celui des gendarmes tchèques. Entre les deux, le parc et ses essences multiples qui, la nuit, découpent le ciel si clair, était le lieu où les nazis se reposaient, prenaient du bon temps, laissaient tomber le soir. Il y règne le calme suspendu d'un tableau de Paul Delvaux, un silence de gare nocturne qui précède les départs. Et me revient ce récit que m'a fait Georges-Arthur Goldschmidt, à propos d'un quai de gare et des pièges de l'écriture :

Une nuit, à 2 heures du matin, le téléphone sonne. À moitié endormi, je décroche.

– Arthur ? Il paraît que vous avez des dessins.

Je reconnais immédiatement la voix de Marguerite Duras.

– Vous venez me voir demain à 3 heures ?

– Écoutez, Marguerite, c'est un peu...

– Mais si, ça vous arrange tout à fait.

J'y vais, elle me fait raconter mon histoire, et elle disait, tout à coup, des fulgurances inouïes, à la fois d'une absolue banalité et complètement étranges. Je passe toute l'après-midi avec elle, on se quitte très bons amis, et quelqu'un m'appelle un jour en me disant, vous savez qu'il y a un article sur vous dans *L'Observateur* ?

J'achète *L'Observateur*. C'était Marguerite Duras qui écrivait : Georges-Arthur Goldschmidt m'a appelée une nuit à 3 heures du matin pour me parler des dessins de son père où, notamment, il y a une femme habillée d'une robe blanche qui attend dans une gare le train qui va la déporter.

Vous vous rendez compte ? Quelqu'un qui, dans une gare, attendrait que... J'ai fait une rectification. Cette dame, elle a voulu publier mon histoire. C'est ça qui est dangereux. Les contemporains qui inventent. Enfin, c'est amusant en même temps.

Cette femme attend toujours son train, aux côtés de tous les personnages que l'on fabrique pour contenir ceux qui ont un jour été vivants, et Goldschmidt en rit, d'un grand rire attendri malgré tout par les constructions romanesques, les jeunes filles en robe blanche.

De ma fenêtre, je vois la tache claire du kiosque à musique et une silhouette mouvante, peut-être celle de l'homme maigre au torse nu et au tout petit chien. Je vois la baraque des gendarmes tchèques, l'ancien bâtiment des archives de Berlin, le lampadaire sur le trottoir, la poussière jaune des fleurs. Tout, sauf l'ancien logement des nazis puisque je suis à l'intérieur, puisque c'est là que se trouvent le lit où je dors, la table où je travaille, mes rares repères familiers.

Sans y prendre garde je me suis mise, déjà, à faire ce que font les habitants de Terezín. Regarder dehors et ne pas y penser.

✷

Sur la photo, elle aussi est en robe blanche. À l'arrière-plan s'épand le feuillage d'un arbre jeune, peut-être un lilas, sans fleurs, ses feuilles comme aspirées par le ciel dans un mouvement vigoureux, vertical. Elle baisse la tête et c'est une folle ou une sorcière, une fée, l'un de ces fantômes que l'on créait dans les limbes de la photographie, ses tout premiers balbutiements, pour faire croire à ce qu'une photo quelque part est toujours – l'irruption d'un mort dans le monde des vivants.

C'est une femme sortie d'un rêve, d'une vision et pourtant, elle est bien réelle. Elle l'a été.

Elle baisse la tête mais regarde droit devant, vers le haut, légèrement. Son regard est provocant, taquin, sa bouche dément la folie de ses yeux, elle sourit ou s'apprête à le faire, son visage, son corps parcourus par l'énergie d'un geste à venir, d'un bon mot ou d'un éclat de rire. Ses yeux sont un peu forts, cernés par des paupières lourdes et son visage est rond sous les longs bandeaux noirs. Mais il y a la grâce de sa posture, l'humour naissant aux commissures de ses lèvres, l'effronterie de son port de tête.

Elle s'appelle Friedl Dicker-Brandeis. Cette photo semble dater d'avant la guerre. La légère surexposition rend sa robe si éclatante qu'elle éclabousse l'herbe à ses pieds et jusqu'au tronc de l'arbre.

Friedl vient du Bauhaus, dont elle était l'une des meilleures étudiantes. Elle y a, notamment, été formée par Paul Klee avant de mener une fructueuse carrière de dessinatrice de mode et d'architecture intérieure.

Pourquoi parler d'elle ? Il y en a eu tant, ici, des artistes enfermés. Peut-être à cause de cette photo de nymphe ou de sorcière, de son regard qui happe – un harpon, une lance –, ou parce qu'elle a été l'une de celles qui ont le mieux incarné l'idée que le dessin comme la musique, l'écriture, le théâtre, ce qu'on dit avec un trait, une tache, était, à Theresienstadt, la seule enclave habitable.

Sur toutes les photos dont on dispose d'elle, même sans robe blanche et sans arbre, toujours Friedl s'apprête à sourire de se trouver là, de son image à venir. Elle rit d'être regardée. Tout cela ne peut être bien sérieux.

Contre le nazisme qui s'installe, elle se bat comme elle peut. Avec des images, des affiches, en militant au parti communiste, en entamant une psychanalyse. La liberté n'est pas à conquérir qu'à l'extérieur mais aussi en elle-même. Se libérer de la place à laquelle on l'assigne. Dénicher l'oppression bien avant le régime, bien ailleurs, dans la manière dont on éduque les enfants, dont on tient les femmes. Elle monte une école qui fonctionne selon la méthode Montessori. Toujours, elle revient à l'enfance, la sienne et celles des autres, de plus en plus amoindries, abîmées. De son compagnon, Friedl n'aura pas d'enfant. Elle en aurait voulu, mais il se marie avec une autre. Leur relation continue, clandestine, elle espère, elle espère, elle renonce. Ils ouvrent ensemble leur atelier d'architecture qui volera en éclats dans la Nuit de Cristal.

Elle rencontre sur le tard la sœur de sa mère qu'elle n'a pas connue, et finit par épouser le fils de cette tante retrouvée. Elle perdra l'enfant qu'elle attendait de lui et quand son associé, son ancien amour, lui proposera de le rejoindre en Angleterre, elle refusera pour rester avec son cousin, son mari.

Tenter de se libérer et être reprise. À l'intérieur comme à l'extérieur.

Friedl est déportée à Theresienstadt. Aux enfants du ghetto – ils seront onze mille, onze mille enfants et adolescents à croupir là, entre les murs de la forteresse – elle enseigne le regard, l'écoute, ouvre des portes, des fenêtres.

Dessiner en écoutant les inflexions d'une voix, les méandres d'un récit. Dessiner, tout simplement, son propre visage – retrouver ses contours, se rappeler qu'il existe, qu'il est différent des autres. Dessiner sans souci de performance, pour relier la main et le regard, remettre le corps dans le monde. Dessiner les paysages qu'on aperçoit ou devine au-delà des remparts[24].

L'éducation, officiellement, est interdite en dehors de celle, manuelle, directement liée au travail, mais on organise dans les greniers et les foyers d'enfants des heures d'enseignement, des journées réglées comme celles des pensionnats, où l'on fait son lit, où l'on se lève avec le soleil, où l'on apprend les mathématiques, l'histoire, la littérature. Il y a parmi les éducateurs de fervents sionistes et de fervents communistes et même s'ils ont bien des divergences, s'ils s'affrontent sur l'apprentissage des textes religieux et l'organisation des fêtes, ils sont d'accord sur une chose : l'importance du collectif, d'un corps commun à entretenir ensemble.

Ils sont nombreux, ceux qui dispensent leur enseignement aux enfants. Souvent des pointures dans leur domaine, ils viennent aux foyers faire des conférences, trouver des moyens de transmettre. Il y a Ota Klein, qui s'occupe du foyer des garçons, Egon Redlich, qui administre l'éducation, il y a Ilse Weber, qui enseigne la guitare et la mandoline, il y a Freddy Hirsch qui, déporté plus tard à Auschwitz avec les enfants dont il s'occupe, continuera à enseigner avec les moyens du bord, à maintenir le goût de l'action et du sport, deviendra un maillon essentiel de la résistance à l'intérieur même du camp avant de renoncer à une insurrection de peur que les nazis s'en prennent aux enfants et de se suicider, ligoté par sa propre impuissance.

Tous, ils font la même chose que ceux qui écrivent, ceux qui jouent, ceux qui dessinent ou peignent, qui ont laissé derrière eux des poèmes ou juste le souvenir de leur corps sur la scène, ils font la même chose que Friedl, se ménagent un espace, et même s'ils savent qu'il sera investi, déformé, qu'on l'utilisera pour inventer une ville qui n'existe pas et s'en servir contre eux, même s'ils le devinent ou le craignent, ils se tiennent encore là, parce qu'il n'y a que là qu'on peut encore se tenir.

C'est Eichmann, m'a dit Georges-Arthur Goldschmidt, c'est Eichmann, entre autres, qui a conçu ça, cette histoire d'une ville où l'on démontrerait que les Juifs sont des parasites qui se parasiteraient eux-mêmes, qui s'auto-dévoreraient. Ça ne s'est pas produit. Les nazis ont réussi le contraire de ce qu'ils voulaient puisque c'était une floraison extraordinaire de littérature, d'art, en présence de la mort.

Dans la synagogue de Prague sont exposés des dessins d'enfants de Theresienstadt. Certains, peut-être, ont été faits pendant ces ateliers fous, ces parenthèses merveilleuses qu'ouvrait dans leurs vies rétrécies Friedl Dicker-Brandeis. En tout cas, c'est dans une valise à son nom qu'ils ont été retrouvés et acheminés jusqu'à Prague. Elle nous a transmis ces images. Elle nous les a, en quelque sorte, adressées.

Me reste le souvenir d'un seul de ces dessins qui pour moi évoque tous les autres, les papillons et les paysages, les rues et les scènes quotidiennes, les châteaux rêvés et les fenêtres des cachots : une porte et devant elle, un visage. Celui d'un spectre ou d'une petite fille, les cheveux – des traits – dressés vers le ciel, sans qu'on sache si ce visage est celui du cauchemar ou s'il tente de lui échapper. Le dessin est signé Raja Engländerova. Je ne sais rien d'elle à part que la porte noire ne s'est pas refermée sur elle, qu'elle a regagné Prague à la fin de la guerre.

On ne peut plus que saisir des bribes, tenter de les agencer et par leur agencement, dessiner le visage d'une ville, fait aussi de tout ce qui n'a pas été écrit, dessiné, de ceux qui ont été oubliés, inventés, de tous les visages convoqués par celui, moqueur, de Friedl-Dicker Brandeis, morte à Auschwitz le 9 octobre 1944, et de ses bras le long du corps, dans la robe blanche, contre l'arbre d'avant la guerre.

CITÉ POTEMKINE

À LA TERRASSE DU RESTAURANT L'ATYPIK, un costaud moustachu, rouge et rasé, pose sur chaque table une délicate tortue en terre dont les pattes et la tête, accrochées par un fil, oscillent au moindre souffle d'air. Lorsqu'il comprend que je ne lui achèterai pas, son visage se tord violemment de tristesse.

Je parcours les dizaines de mètres qui me séparent de l'hôtel dans la ville silencieuse. La nuit sent le Sud – une nuit épaisse et moite, une nuit qui n'est pas d'ici.

Les lampadaires ceinturent les arbres de lignes lumineuses.

Depuis ma première visite, il y a deux ans, Terezín s'élargit, me colonise, fait tache d'huile. Il m'a semblé en déceler partout des traces. Dans l'une de ces étranges superpositions que permet la lecture, c'est dans la petite église de Monterosso al Mare, en Italie, lors d'un printemps pluvieux qui ternissait les façades, transformait les rues en fleuves et la mer en fracas, qu'il m'a semblé entendre jouer l'orchestre décrit par Josef Bor dans *Le Requiem de Terezín*. Plus tard, c'est dans ce décor reconstitué par la mémoire que je continuerai à situer les musiciens qui donnèrent, coûte que coûte, le *Requiem* de Verdi.

Un matin gris de la fin mai, j'ai surpris, dans une rue parisienne, l'étrange manège d'une femme. Elle avait les cheveux blancs, portait des lunettes et un imperméable, elle était pressée, courait, s'arrêtait brusquement sous des portes cochères, dans des recoins d'immeubles. J'ai réalisé qu'elle s'employait à décoller avec une sorte de rage tout ce qu'elle trouvait placardé sur les murs, les vitrines, les abribus, les lampadaires. J'étais juste derrière elle quand elle s'est mise à gratter avec ses ongles les angles d'une affichette, elle avait du mal, s'acharnait. Sur la feuille dont je me suis approchée en douce, il y avait la photo d'une femme, en noir et blanc elle chantait, et c'était si difficile à décoller, si long et si pénible que j'ai eu le temps de lire : « Edna Stern, *La Piana*, musique composée à Theresienstadt. »

Le puzzle se complique, les pièces bougent, se font de plus en plus nombreuses. Terezín s'étoile dans tous les sens, me mène ailleurs, suscite des rencontres, des confidences. À force de suivre les directions qu'elle ouvre, il m'arrivera souvent de m'en éloigner. Ce soir, à quelques mètres de la place centrale, j'ai du mal à reconnaître ce paysage qui pourtant n'a cessé de me revenir.

Je marche sur la pierre noire qui, à Terezín, fait la jonction entre la rue et le trottoir. Stania s'est amusée que je remarque cette particularité. C'est, d'après elle, une roche volcanique. Ne trouvant plus le mot, elle a mimé la pluie, dit l'orage, oui, c'est la foudre, cette pierre l'attire, on a ri comme souvent des périls dérisoires mais cette conversation m'a laissé, chaque fois que je marche sur la pierre lisse et noire, l'impression de fouler une substance conductrice qui recèle, même ténue, même légère, la matière d'un danger.

Comme la plupart des choses que j'apprendrai sur Terezín, cette information n'a pas tardé à être contredite. Plus de roche volcanique, juste un bitume lustré par les pas des habitants et un rire devant ma crédulité. Pourtant, je continue à noter les approximations, les légendes. Être ici, c'est se faire balader par ceux qui y vivent, subir des détours et des contradictions qui ressemblent à la ville – son labyrinthe, son mystère.

Il n'y a peut-être que comme cela qu'on peut saisir quelque chose de Terezín, en étant attentif aux glissements, aux associations d'idées, en suivant les fils que chaque porte close donne envie de tirer. Une ville qui suscite sa propre écriture, curieuse et empêchée, oblique, soumise aux aléas et aux réminiscences.

Je ne sais pas encore où elle m'emmènera ni même si elle m'emmènera quelque part. Mais il me semble que ce point central d'une étoile encore à dessiner est plus riche des directions qu'il suscite, des branches qui y prennent racine, que de son cœur opaque, inaccessible.

Je n'ai pas veillé assez tard pour savoir si, ici, les lumières des lampadaires qui éclairent le parc finissent par s'éteindre, plongeant tout à fait la ville dans la nuit.

✷

Entre 1933 et 1939, Charlotte Beradt, Allemande d'origine juive qui assistait, impuissante, à la montée du nazisme, s'est lancée dans une étrange entreprise : recueillir les rêves [25] des gens de Berlin, sonder à travers leurs récits l'imprégnation lente de l'idéologie totalitaire, révéler la façon dont chacun, dans le refuge précaire de ses nuits, parvenait à déceler avant qu'elles existent les atrocités à venir, simplement parce que le climat ambiant l'y avait déjà préparé. Aveugles encore à ce qui venait, les témoins nocturnes de Charlotte Beradt y étaient éveillés dans leurs rêves. Ils *voyaient*, déjà, ce que personne ne pouvait seulement imaginer.

En 1934, elle retranscrit ainsi le rêve d'un ophtalmologue de 45 ans :

Je suis dans un camp de concentration mais tous les prisonniers se portent très bien, des dîners sont organisés, il y a des représentations théâtrales. Je me dis que c'est donc très exagéré ce qu'on rapporte à propos des camps et c'est alors que je me vois dans un miroir : je porte l'uniforme d'un médecin de camp, des bottes à tige spéciales qui brillent comme des diamants. Je m'appuie sur le fil barbelé et je commence à pleurer.

Ce médecin, en 1934, avait rêvé Theresienstadt. Non parce qu'il aurait été doué d'intuitions prémonitoires mais parce que de l'entreprise de déréalisation installée par le régime nazi, de sa fiction mortifère, ce ghetto, ce camp, serait en quelque sorte le point d'orgue, l'aboutissement d'un fantasme que les nazis s'appliquaient depuis une décennie déjà à installer.

*

Il existe une carte retraçant le parcours de la délégation de la Croix-Rouge qui a inspecté Theresienstadt le 23 juin 1944. Certains trajets en bleu, d'autres en rouge, parfois les traits se superposent, s'annulent. Ni Stania ni moi ne parvenons à déterminer les méandres exacts, l'ordre dans lequel les rues ont été arpentées, mais ce qui est certain, c'est que les artères choisies, toutes proches de la place principale, sont les plus arborées et, aujourd'hui encore, celles où l'on trouve les plus belles façades.

C'est Himmler qui a accepté qu'on inspecte un camp pour faire taire les rumeurs. Theresienstadt, bien sûr, est le lieu idéal. Pourtant, un délégué de la Croix-Rouge allemande, Walter Hartmann, l'avait déjà visité en juin 1943 et donné un avis défavorable. Cette fois, devant le Comité international, pas question de faire mauvaise impression. La visite est très bien préparée. Le « plan d'embellissement », s'appuyant sur l'« organisation des loisirs » qui, déjà, a planté le décor, s'accompagne de quelques améliorations réelles de la vie quotidienne et, surtout, d'une transformation méthodique de la ville. Chaque centimètre carré se doit d'être astiqué, repeint, laqué, rafraîchi, couvert de gazon frais et de massifs colorés comme on n'en avait pas vus depuis l'avant-guerre et les mains dans la terre, en ces régions où la vivacité des couleurs frappe l'œil bien avant les premiers jours de juin, où les chaleurs sont précoces et franches, on retrouve des sensations et des odeurs et on dirait que la ville redevient une ville, que le printemps redevient un printemps.

Partout on plante des clous, on transporte des planches, on construit un café, des magasins où l'on ne vendra rien. Les matériaux amoncelés au milieu d'une pelouse sont peu à peu assemblés et certains s'interrogent – une boutique, un restaurant ? Mais c'est le kiosque à musique qui pousse sous leurs yeux, bientôt orné d'un toit sous lequel les musiciens, déjà, se préparent. Puisqu'il y a tant d'enfants, on leur construira aussi un jardin, on ornera les murs d'images d'animaux domestiques et de bêtes sauvages, on fignolera de petits lits de bois. Il y aura des couleurs douces, des odeurs de peinture fraîche et de sciure, des souvenirs de maisons neuves où l'on entre sur la pointe des pieds, des souvenirs de choses à soi.

Il leur faudra des jeux, des manèges, des chevaux à bascule, du sable, des balançoires qui ne serviront qu'une journée et puis qui attendront, sans qu'on ait le droit d'y toucher, la deuxième phase de la comédie – le tournage à venir du film de propagande.

Pour l'instant, des fleurs sont plantées et un bassin creusé, on repeint les façades mais seulement les façades, on fait venir de Prague du pain et des vêtements pour agrémenter les vitrines, on orne des panneaux de fines lettres gothiques. On trouve de jolies robes et des râteaux à poser sur l'épaule pour que les jeunes femmes reviennent des champs en chantant. Peu à peu, on s'efforce de faire ressembler la ville à l'illusion promise dès le départ, au mensonge fondateur du ghetto – à l'abri du monde, un refuge tranquille et sûr. Comme les villages Potemkine, qui auraient été montés de toutes pièces pour la visite de l'Impératrice Catherine II, Theresienstadt est bientôt prête à être regardée.

Helga Weissová écrit : *C'est ridicule, mais on dirait que Terezín doit se transformer en station thermale. Ça me fait penser à la petite table du conte de Grimm. Le soir un ordre arrive, et le matin chacun ouvre des yeux ronds en se demandant d'où ceci est sorti.*

✷

L'homme chargé de mener à bien l'« opération d'embellissement » est Benjamin Murmelstein, qui deviendra plus tard le troisième et dernier doyen du Conseil juif.

En 1975, lorsque Claude Lanzmann viendra s'entretenir avec lui – dialogue qui deviendra la colonne vertébrale de son film, *Le Dernier des Injustes* –, Murmelstein sera aussi le seul à pouvoir encore donner sa version des faits.

On en revient toujours à l'espoir. Celui qu'Edelstein, le premier des doyens, a porté sur ses épaules jusqu'à son assassinat. Celui qu'Eppstein, le deuxième, tente encore, à l'été 1944, de maintenir, poings serrés, attendant que passe la tempête, avant d'être lui aussi exécuté. Celui que Murmelstein fabriquera de toutes pièces, sans se soucier de savoir s'il vaut encore quelque chose, s'il est digne, fiable ou tout simplement crédible. Un espoir est toujours un espoir.

Pourtant, comme il le confie à Lanzmann, il ne se fait aucune illusion :

Là où commence Theresienstadt commence le mensonge.

Les gens ne peuvent pas se sortir de ce mensonge. C'est une malédiction. La ville entière repose sur une malédiction.

Le Juif n'y a pas vécu, ce n'était pas une vie.

Le Juif n'y a pas habité, ce n'étaient pas des logements.

Il s'est persuadé qu'il logeait mais c'était sur un sac de paille au quatrième étage d'un lit superposé.

Il s'est persuadé qu'il travaillait mais il ne travaillait pas.

Il s'est persuadé qu'on lui servait du café, mais c'était de l'eau teinte en noir.

On s'est persuadé qu'on avait de la viande, il n'y avait pas de viande.

Tout n'était que mensonge. Tout était mensonge, de la tête aux pieds[26].

De la supercherie, Murmelstein apprend à tirer des bénéfices bien réels. Si « l'opération d'embellissement » travestit la réalité, il la voit aussi comme une chance de survie, la possibilité d'obtenir du matériel et, surtout, l'espoir de retourner les intérêts des nazis en sa faveur. Loin d'être dupe de la fausseté du « ghetto modèle », c'est au cœur de ce mensonge que Murmelstein décide d'établir son camp de base, sa stratégie.

Eichmann s'intéresse à Theresienstadt, dit-il à Lanzmann. *Il veut en faire quelque chose. Si on parvient à l'amener à montrer Theresienstadt à quelqu'un, c'est une amarre. Theresienstadt ne pourra plus disparaître. Cela signifiait qu'il fallait se prostituer, participer à la farce jusqu'à ce que Theresienstadt soit montrée.*

Une amarre. Murmelstein file la métaphore de son prédécesseur, qui comparait le ghetto à un bateau cherchant à entrer au port. Celui de Murmelstein, lui, est bien ancré. Maintenant, il faut attendre. Et inventer.

J'ai survécu parce que je devais dire un conte.
Je devais dire le conte du paradis des Juifs, Theresienstadt.

Dans cette ville montée de toutes pièces, cette fiction dont les internés sont les acteurs involontaires, voilà que l'un d'eux se veut narrateur de l'histoire, tente sans cesse d'agrandir l'interstice qui lui est ménagé, de saisir les rênes d'un spectacle dont il aurait dû n'être qu'un personnage.

Il utilisera toutes les ficelles des restes de pouvoir qu'on lui laisse. Il ne tentera ni de falsifier les listes de déportation ni de désobéir aux ordres mais profitera de sa maigre marge de manœuvre pour aménager une salle pour les vieillards, améliorer la situation des hôpitaux, faire en sorte que les internés travaillent et produisent davantage. Puisque les nazis veulent une vitrine, il les aidera à la faire reluire afin qu'elle reste indispensable, revendiquant avant tout une fidélité à la vie, la sienne comme celle des autres, une vie qu'il dit n'avoir jamais trahie, avoir tout fait pour sauvegarder.

Mener ainsi sa barque lui aurait effectivement permis de sauver de nombreuses personnes. Mais ce rôle qu'il a accepté de jouer ne lui sera pas pardonné. Après la guerre, il sera accusé d'être entré dans le jeu des nazis, d'avoir fait preuve de trop de zèle dans ses fonctions de gestionnaire et d'homme de pouvoir. Il sera mis sur la sellette, notamment par Hannah Arendt qui, lors du procès Eichmann, en fera une figure emblématique du rôle controversé des Conseils juifs. Il écrira un livre sur le ghetto et, puisqu'on ne voudra pas l'entendre, décidera de se taire et s'exilera à Rome, ville dont le grand rabbin refusera, à sa mort, qu'il soit enterré près de sa femme au cœur du cimetière juif.

Une caricature datée de 1944, exécutée par Karel Fleischmann, montre un Murmelstein solidement campé au-dessus de son bureau où traîne de la paperasse. Il porte l'étoile, dont deux branches sont dissimulées par le pli de sa veste. Son visage est gras, son menton double, ses yeux minuscules, ronds et hagards mais surtout, il y a ses mains, énormes, puissantes, ses poings à demi fermés comme s'ils renfermaient jalousement quelque chose ou s'apprêtaient à frapper, ces mains comme des symboles du pouvoir abusif que certains lui prêtaient, mais peut-être que ses poings sont vides, qu'ils se referment sur du vent.

Devant la caméra de Lanzmann, durant ces heures où il est écouté, filmé, assis sur une terrasse dominant les toits de tuiles dans la douce lumière romaine, il peut enfin dérouler son récit, indéfiniment puisque le film pourra être passé en boucle, tourner sur lui-même sans jamais s'arrêter.

Cet homme de lettres, cet homme d'histoires se décline en une multitude de personnages : le pragmatique Sancho Panza, le loup du *Petit Chaperon rouge*, caché sous la cape de la grand-mère, le roi esclave ou le prince Carnaval, multiples visages d'hommes, d'animaux, de femmes puisque celle en laquelle il se reconnaît le mieux, c'est encore la princesse Shéhérazade, qu'on laisse en vie tant qu'elle arrive à maintenir le fil du conte et qu'il peut enfin pleinement devenir, face caméra.

Une Shéhérazade inlassable, immortelle – comme si avoir le premier rôle d'une fiction toujours en marche était la seule manière de tenter de la façonner.

✷

Du temps, il en faut pour ripoliner la ville, astiquer les murs, répéter les phrases, mais il en a fallu aussi pour passer les barrières administratives, les réserves, les complications, avant d'entrer enfin à Theresienstadt.

Au Mémorial de la Shoah, à Paris, on trouve une partie des archives de la Croix-Rouge datant de la seconde guerre mondiale – recueils reliés, documents imprimés, microfilms que j'apprends, peu à peu, à déchiffrer.

Quand on les enclenche, les documents sont d'abord illisibles, jamais dans la bonne langue sous la lumière jaunâtre de l'écran rétroéclairé. Écriture cursive, ratures, petits carreaux transparaissent derrière les mots, des feuilles arrachées on voit encore la déchirure, il y a dans les coins des cotes incompréhensibles, le mouvement s'accélère quand on veut rembobiner et on dirait que la machine nous échappe, s'emballe, que les documents vont s'effacer d'eux-mêmes puis le défilement reprend, réintroduit le temps au sein même de l'archive – un film incompréhensible, hypnotique, où l'on devine parfois, au milieu des formulaires administratifs, des poèmes, des correspondances, des accidents.

À force de saisir des bribes, on reconstitue peu à peu les atermoiements et les tentatives, les refus, les plaintes, les échecs, l'interminable dialogue épistolaire qui n'a su mener qu'à la mascarade du 23 juin 1944.

✷

Archives du CICR[27]
Extraits des correspondances et rapports[28]

24 septembre 1942
Note du CICR au docteur Marti
R. Gallopin

Jusqu'à il y a quelques semaines, nous avons transmis à la Croix-Rouge allemande les enquêtes individuelles concernant les déportés; c'était tout ce que nous pouvions faire. Or, lors de sa dernière visite, M. Hartmann nous a déclaré que la Croix-Rouge allemande était obligée de refuser toute enquête concernant des Juifs. [...]

Toutefois, nous estimons que ce problème est beaucoup trop grave pour que le Comité ne l'aborde que par le moyen des enquêtes individuelles. Le grand nombre d'arrestations et de déportations notamment en France pose un problème humanitaire dont le Comité international de la Croix-Rouge ne peut se désintéresser. [...] *Nous nous rendons compte des difficultés auxquelles votre démarche se heurtera. Votre expérience et votre connaissance des diverses compétences nous font espérer que si vous n'aboutissez pas nous aurons tout de même fait notre devoir et que ni vous ni le Comité ne seront responsables de l'échec.*

*

7 novembre 1942
Note du docteur Marti au CICR

J'ai demandé au Dr Sethe s'il ne voyait aucun inconvénient à ce que le Comité international de la Croix-Rouge s'enquière directement, soit auprès du ministre de la Justice, soit auprès de M. Himmler lui-même, de la situation des civils des territoires occupés arrêtés, déportés ou pris comme otages.

M. Sethe estime que c'est absolument inutile; après avoir d'abord répondu que le Comité ne devait pas s'adresser directement à ces instances, il a cédé, après que je lui ai décrit la triste situation de ces catégories de civils, et a admis que le Comité pouvait écrire soit au ministre de la Justice, soit à M. Himmler. Le Dr Sethe est néanmoins persuadé que l'intervention du CICR sera suivie d'une fin de non-recevoir. [...]

Quant aux Israélites, le Dr Sethe est absolument catégorique : le Comité international de la Croix-Rouge ne peut s'en occuper. La visite de Theresienstadt ou de tout autre camp d'Israélites m'est nettement refusée. Il ne subsiste aucun espoir.

✷

6 novembre 1943
Note du CICR à la délégation de Berlin
R. Gallopin

[...] *Une autre question qui devrait être reprise avec la Croix-Rouge allemande, c'est celle de la visite à Theresienstadt. Elle nous paraît urgente et devrait – comme vous en conviendrez – être faite par un membre de la délégation à Berlin et non pas par un membre du Comité international. Nous vous prions de vous informer pour quand cette visite sera arrangée et nous vous ferons parvenir alors quelques instructions de détail.*

✷

31 mai 1944
Note du CICR à la délégation de Berlin
J. E. Schwartzenberg

[...] *M. Hartmann vient de nous faire savoir, lors de son passage à Genève, qu'il a abouti dans ses démarches pour obtenir l'autorisation d'une visite de Theresienstadt par un délégué du Comité international de la Croix-Rouge. Cette visite serait prévue au début du mois de juin.*

⁕

Des femmes astiquent le sol dès 4 heures du matin, briquent des rues dans lesquelles personne n'aura le droit de marcher, qu'il faudra garder intactes jusqu'à ce qu'elles soient foulées par les membres de la délégation.

Peut-être l'espoir, sous ses différentes formes – le calcul de Murmelstein ou la croyance, plus simple et plus naïve, en une amélioration réelle de la vie quotidienne –, est-il palpable dans cette aube qui vient, avant qu'enfin des regards se glissent entre les murs.

Mais ils sont tordus, ces espoirs, ils sont contradictoires. Si l'on croit en ces jolis panneaux, en ces jardins d'enfants, en ces kiosques à musique, alors s'anéantit la perspective d'une aide extérieure. Elle est là, aussi, la supercherie, la cruauté extrême de la mise en scène : susciter l'espoir, même vague, même minime chez les internés qui astiquent et clouent, repeignent, pour qu'ils jouent le jeu, pour qu'ils aient peur et que cette peur rende la visite de la Croix-Rouge inoffensive, inutile.

Pour parfaire l'harmonie des lieux, pour ne laisser à la Croix-Rouge que des images rassurantes, les détenus les moins « présentables » sont déportés à l'Est. Bedrich Fritta, qui traçait à l'encre de Chine les visages hachurés de l'angoisse et du surpeuplement, fera partie des 7 500 personnes envoyées à Auschwitz. Il aura le temps de laisser un dessin, *Coulisse pour la Commission internationale* – un couple s'y embrasse devant un pan de mur, une façade lisse et blanche derrière laquelle on devine un charnier.

On n'attend que de voir les premières autos apparaître sur la route de Bohušovice, écrit Helga Weissová. *La comédie peut commencer.*

✱

La visite a lieu à 11 heures. Tout est prêt pour l'arrivée de la limousine du délégué Maurice Rossel, accompagné de deux homologues danois à la recherche d'informations sur leurs compatriotes. Tous trois sont sous bonne garde – celle du commandant du camp, Karl Rahm, de deux SS, d'un chargé de liaison avec le ministère des Affaires étrangères, d'un représentant de la Croix-Rouge allemande et de trois autres SS que Rossel omettra de mentionner dans son rapport.

La petite délégation se fait donc promener le long des rues choisies sous le soleil de juin, des rues dont Rossel notera l'architecture opportunément carcérale, qui dispense d'y installer l'arsenal habituel de la surveillance. Tout est exactement adapté à son usage. Avec ses compagnons, il examine les bâtiments fraîchement repeints, contourne les massifs de fleurs. Au coin des rues, dans les parcs, des internés triés sur le volet regardent passer les hommes qui les regardent vivre, jaugent la qualité de leurs vêtements, l'éclat de leurs yeux, leur corpulence que Rossel estimera, en ces temps de disette, amplement suffisante. On distribue au passage des boîtes de sardines à des enfants qui ont bien appris leur texte. Cher oncle Rahm, disent-ils au commandant du camp, nous ne pouvons plus manger toutes ces sardines, nous n'avons plus faim, nous avons mangé tellement de sardines !

La plupart de ces enfants n'ont jamais vu de sardines. Après le départ de la délégation, ils devront rendre les boîtes.

Du kiosque à musique flambant neuf s'échappent des rythmes enjoués, des airs de jazz interdits dans toute l'Europe occupée qui s'accordent si bien avec le temps, avec l'été. Au milieu des fleurs, on joue *La Veuve joyeuse.*

Si le projet d'un film de propagande n'a pas encore abouti, il apparaît soudain évident que cette ville arrangée pour la Croix-Rouge en sera le décor idéal : les nazis profiteront bientôt de cette « opération d'embellissement » pour y loger un tournage, un film qui portera la légende de Theresienstadt au-delà des frontières du Reich et dans les strates incertaines de l'avenir. Si les délégués se doutent peut-être que la ville a été transformée pour leur regard, ils ne peuvent savoir qu'ils marchent dans le décor d'une fiction à venir. Et puisqu'aucune image filmée n'existe encore, ils recevront en cadeau un album d'aquarelles du dessinateur Jo Spier, pochades aux titres éloquents – *Jardinage des jeunes* ou *Ambiance printanière à Theresienstadt.*

Maurice Rossel prend lui-même des photographies qui passent immédiatement du statut de témoignages à celui d'outils de propagande. On y voit des fillettes en robes d'été, socquettes remontées sur les chevilles au-dessus des souliers. Les garçons, eux, portent des vestes sombres ou de petits gilets sur d'impeccables chemises blanches. Ces images ne paraissent pas avoir été prises en temps de guerre. Elles viennent d'un temps du souvenir, qui n'a plus cours depuis longtemps.

Rossel se fait également photographier, probablement par ses hôtes. Devant le kiosque à musique, il se tient droit dans son costume. Si ces photos ont certainement pour but d'attester, pour ses supérieurs, sa présence sur les lieux, on ne peut s'empêcher d'y voir le redoublement sans doute inconscient d'une pratique beaucoup plus quotidienne : on dirait que Rossel, pris par l'ambiance harmonieuse de la ville, les injonctions moqueuses du groupe ou la bonhomie de l'ambiance, s'est tout simplement laissé aller à quelques clichés touristiques [29].

Charmé par la chorale, il demande au commandant Rahm de ne pas séparer les chanteurs. Ils seront gazés ensemble à Auschwitz.

Le soir de la visite, il retourne à Prague, où un banquet dans les salons du baroque palais Cernín a été organisé. On le remerciera pour ses photos qui serviront à contrer la « propagande ennemie » sur les « prétendues atrocités perpétrées contre les Juifs ».

Le délégué censé révéler au monde la réalité des camps de concentration en est donc devenu le photographe officiel. Il le dira lui-même dans le film de Claude Lanzmann, *Un vivant qui passe* : *J'ai photographié tout ce que j'ai voulu.* [...] *Une photographie, on dit, est plus parlante que dix mille mots, n'est-ce pas ?*

À Theresienstadt, après la visite, la vie recommencera, plus bancale, plus étrange encore. Les aménagements délaissés seront des ruines absurdes, des reliques de théâtre. Plus personne ne jouera dans le jardin d'enfants dont les images animalières ont tant charmé Rossel. Les petits panneaux ornés de lettres gothiques ne désigneront plus rien.

À l'automne 1944, la guerre est bientôt finie, les nazis sont sur les dents, les internés errent dans les restes d'une ville qui ne leur laisse plus aucune illusion. L'« autogestion communautaire », qui a toujours été une chimère, prend maintenant la forme d'une errance collective, instable, dans l'angoisse du départ de nouveaux convois vers l'Est.

✷

Extraits du rapport de Maurice Rossel sur sa visite à Theresienstadt[30] :

On arrive à Theresienstadt par la route principale conduisant de Dresde à Prague. La route côtoie la ville forteresse de Theresienstadt de très près ; on dépasse à droite la Kleine Festung, *petit bastion où sont actuellement détenus des prisonniers politiques arrêtés sur le territoire du Protectorat. À gauche de la route se trouve le Ghetto. Il n'est séparé de la route que par une palissade en bois d'une hauteur approximative de deux mètres. Pour tout le pourtour de la ville il n'est pas besoin de palissades. Theresienstadt est en effet une ville-forteresse construite à la Vauban, de larges fossés se trouvent devant les murs. Cette forteresse n'ayant jamais subi de siège est encore parfaitement conservée, les murs n'ont aucune brèche. Cela facilite l'isolement de la ville et on ne voit nulle part de barbelés.* [...]

Nous nous rendons bientôt à la mairie juive où le Judenälteste[31]*, M. Eppstein, nous oriente par une courte introduction sur l'organisation du ghetto et nous propose de commencer immédiatement notre tournée. Il termine par ces mots : « Vous allez visiter une ville normale de province ! »* [...]

La petite ville de Theresienstadt, qui devrait compter environ douze mille à quinze mille habitants, était une ville de garnison, les deux tiers des habitants étant soldats. Il y a de ce fait de très grandes casernes dans la ville. Cela a facilité l'évacuation totale de la population civile et sa réquisition pour une transformation en ghetto.

Mobilier : Partout les meubles sont maintenant en quantité suffisante. L'atelier de menuiserie fabrique en effet des meubles d'un type standardisé, très pratiques et dont chaque famille disposera bientôt.

Il y a suffisamment de rideaux, tapis, papiers peints pour que les logements soient agréables.

Literie : est suffisante, les draps peuvent être changés régulièrement, les couvertures de laine sont excellentes.

Homes d'enfants : sont particulièrement bien meublés, d'une façon rationnelle avec des peintures murales d'un effet décoratif et d'une valeur éducative remarquables. [...]

Notre rapport ne changera le jugement de personne, chacun étant libre de condamner l'attitude prise par le Reich pour résoudre le problème juif. Si pourtant ce rapport dissipe un peu le mystère entourant le ghetto de Theresienstadt, c'est suffisant.

✷

De Maurice Rossel, jeune délégué du Comité international de la Croix-Rouge qui visita Theresienstadt presque par hasard, parce que ses supérieurs étaient occupés à des tâches jugées plus importantes, nous disposons de nombreuses images. D'abord, parce que lui-même s'est fait photographier mais surtout parce qu'il a été filmé, par Claude Lanzmann dans *Un vivant qui passe*, puis, bien plus âgé, par Christine Rütten dans son documentaire sur le rôle de la Croix-Rouge sous le Troisième Reich[32].

Entre le jeune homme fier des photos de 1944, l'homme mûr au sourire goguenard qui fait face à Lanzmann et le vieillard qui tourne dans sa main le visage sculpté sur le pommeau de sa canne dans le documentaire de Rütten, presque rien en commun si ce n'est son discours, étonnamment inchangé. Son visage est autre mais sa langue est la même, un français soigneusement articulé et comme souligné par l'allemand qu'il utilise toujours, quitte à se répéter, quand il tient à faire entendre une phrase.

Maurice Rossel n'a rien vu et continue à ne rien voir, revendiquant son aveuglement comme une preuve supplémentaire qu'il n'y avait rien à comprendre, litanie qu'il déroule à travers les années, inscrit dans ses rapports et répète devant les caméras tandis que l'on voit son visage changer, son regard se faire plus lointain, voilé, sans que se module jamais la bande-son de son discours.

Dans *Un vivant qui passe*, assis dans son bureau, il fume un cigare. La fumée qui par instants noie son visage, la qualité de l'image, le costume soigné et l'atmosphère de confort bourgeois, tout rappelle les volutes sombres d'un polar, Maigret ou Agatha Christie – dans le bureau vert olive, il y aurait eu un crime et le maître de maison évacuerait, d'un mouvement de sa main tannée, évasive, les soupçons qui pèsent sur lui.

Mais Lanzmann n'est pas un inspecteur, il ne questionne pas, il écoute, explique, force sa voix parfois à rester calme parce qu'il sait que Rossel risque à tout moment de se lever, d'interrompre l'entretien. C'est une joute étrange et douce, qui se joue aussi dans les silences, les temps de pause. Parfois, le regard de Rossel devient grave et on ne sait quelles images défilent derrière ses paupières, si son visage assombri exprime le passage d'un souvenir ou s'il tente juste de composer l'expression qu'on attend de lui.

Sans cesse, il revient sur son malaise lors de la visite de Theresienstadt, parce qu'il voyait bien, dit-il, que c'était une *partie de théâtre*. Mais ce qui l'a le plus gêné, et il insiste sans cesse sur ce point, c'est ce qu'il appelle *l'attitude des acteurs israélites*, ces *notables, très argentés, importants dans leur petite ville et qu'il ne fallait quand même pas faire disparaître trop brusquement*, ces *privilégiés* qui, selon lui, *à coups de versements de dollars au Portugal*, ou grâce à *des visas de sortie, signés par Himmler, arrangeaient leur situation et se permettaient de durer*[33].

Ce mot revient deux fois. Durer. Comme on le dit d'une lampe.

Il leur reproche de ne pas lui avoir fait un signe, un clin d'œil, *le passage d'un papier ou d'un rapport qui eut été facile, monsieur, facile*, pour lui faire comprendre que tout n'était que comédie.

C'est hallucinant que personne ne dise : mais enfin, ceci est une farce.

Mais il semble leur reprocher, surtout, cette drôle de volonté de vivre. Il sait, maintenant, que ceux qui lui ont paru si privilégiés ont presque tous été exterminés. Il le sait et pourtant, il répète sa version, encore et encore, avec la fierté de ceux qui ne s'en laissent pas conter : *J'y crois encore – malgré tout ce qu'on m'a dit.*

Ces deux conceptions ne semblent pas pour lui contradictoires, la réalité de l'extermination et la croyance à laquelle il s'accroche : la passivité coupable de notables qui auraient survécu en dépit du bon sens grâce à la seule richesse qu'il prête aux Juifs, l'argent.

Il tire une nouvelle bouffée de son cigare. La fumée ne voile jamais son visage tout à fait.

Vous n'avez rien vu de Theresienstadt, dit Lanzmann.

Il n'ose pas nier.

L'interruption du théâtre, bien sûr, aurait signifié la mort, une mort que Rossel semble considérer comme un moindre mal, un sacrifice qu'il aurait fallu consentir à la survie du groupe, même s'il a le scrupule de dire qu'il ne sait pas comment il aurait réagi s'il avait eu lui-même *le fusil dans les reins*.

L'interruption de ce théâtre, il n'a pas pour autant été disposé à en prendre la responsabilité puisque de cette impression d'irréalité sur laquelle il insiste tant, il n'a pas dit un mot à l'époque des faits.

Le spectacle qu'il dénonce devant la caméra, il l'a, en 1944, soigneusement passé sous silence, mais lorsque son interlocuteur lui demande s'il regrette son rapport, il répond, toujours avec le même aplomb : *Je ne vois pas comment j'en aurais fait un autre. Je le signerais encore.*

✸

En septembre 1944, alors que les nazis, sentant le vent tourner, commencent à brûler leurs propres archives, Maurice Rossel prend l'initiative d'une visite rapide à Auschwitz, sous prétexte de fournir des médicaments pour l'infirmerie du camp. Il a entendu dire par des prisonniers de guerre britanniques que les détenus y étaient gazés dans des douches. Il veut vérifier, il veut, surtout, « y aller », mettre les pieds dans ce lieu qu'il sait ou devine le summum de l'horreur, même s'il n'en ramènera aucune information, aucune image.

Dans *Un vivant qui passe*, il raconte à Lanzmann son entrevue avec le commandant d'Auschwitz, décrit comme un charmant jeune homme aux yeux bleus avec qui il discute de la Suisse où son interlocuteur aime à faire des courses de « bob ». Les déportés, il ne fait que les croiser en colonnes hagardes – *des squelettes ambulants. Il n'y avait que les yeux qui vivaient.*

L'un de ces « squelettes ambulants » s'appelait Charles Baron. Il est arrivé à Birkenau le 27 juillet 1944. Il a survécu. En 1989, il a répondu à un appel à témoins sur la visite de la Croix-Rouge.

Les différences sont si grandes entre son récit et celui de Rossel qu'il est difficile de savoir s'il s'agit bien de la même visite. Pour Charles Baron comme pour ses compagnons, les hommes qui entraient dans le camp n'avaient pas de nom. À lire leurs témoignages, ils ne constituaient pas davantage un espoir. Son récit donne en tout cas une idée de ce qui pouvait arriver à ceux qui osaient interrompre le « théâtre ».

[L]*e petit cortège entama son parcours par l'allée droite,* raconte Charles Baron, *marchant assez vite et posant des questions brèves. Lorsqu'il eut dépassé mon châlit d'une dizaine de mètres, un de nos codétenus (je me souviens de son visage au teint couleur de brique, son nez très busqué, qui lui donnaient le profil d'un Indien tel qu'il était dessiné dans les revues populaires et qui lui valait de la part de certains d'entre nous le sobriquet « Der Indianer », et que son nom avait une consonance anglo-saxonne) se souleva sur sa couchette du troisième niveau et cria ce que nous savions sur les chambres à gaz. Il y eut un moment de confusion et des échanges de phrases à voix basse que je n'entendis pas entre les civils et les SS. Ils renoncèrent à poursuivre leur visite, firent demi-tour et repartirent ensemble. Notre courageux camarade fut descendu de sa place par des kapos ; quelques instants après des SS vinrent le chercher et nous ne le revîmes jamais*[34].

Dans le documentaire de Christine Rütten, Maurice Rossel est assis dans un fauteuil à rayures. Il a pris de l'âge. Son crâne est presque nu et ses lèvres pendent aux commissures. Sa peau est tachée et son cou grêle, enfoncé dans un chandail épais. Ses yeux sont agrandis par phénomène étrange – dans un visage, ils sont les seuls organes dont la taille ne change jamais : immenses chez les enfants, inquiétants quand maigrissent les vieillards.

Derrière lui, il y a un tableau représentant Don Quichotte et Sancho Panza, auquel se comparait Murmelstein. Reste à savoir si Rossel ferait un bon Don Quichotte, capable de se battre contre des moulins à vent ou s'il préfère observer, narquois, la manière dont ils tournent.

Sur Auschwitz, son discours n'a pas changé. À Lanzmann, il disait : *Je n'ai vu ni lueur, ni fumée, et pas d'odeur non plus.*

Dans le documentaire de Christine Rütten, à propos des commandants du camp, il ajoute non sans une certaine ironie : *Ils avaient des mains manucurées, ils étaient très, très bien. Ce que j'en ai tiré, c'est qu'eux étaient fiers du travail qu'ils faisaient.*

Il répète la même phrase en allemand.

*

Vous savez qu'à côté de chez moi, m'a dit Georges-Arthur Goldschmidt, quand j'étais enfant – je suis né à 500 mètres de la frontière de Hambourg –, tout près, il y avait un camp de concentration, Neuengamme. À 500 mètres de là, on sentait l'odeur. Donc, Rossel mentait. Auschwitz sentait. Même à 3 kilomètres de là.

Maurice Rossel n'est qu'une figure isolée extraite du marasme qui règne dans les rangs de la Croix-Rouge internationale. Ce « petit Helvète », comme il se nomme lui-même, est un pur produit de son époque, nourri à un antisémitisme largement partagé. Il a mené l'enquête sur les méthodes de gazage, visité de nombreux camps, parfois dans des conditions difficiles, il a alerté l'opinion sur les horreurs commises à Ravensbrück[35], il a, même s'il le cache derrière un cynisme bonhomme, été horrifié par les crimes nazis. Pourtant, il persiste à pointer la supposée responsabilité des Juifs de Theresienstadt. L'ambiguïté de ce lieu échappant aux classifications comme l'ampleur de ce qui s'est déroulé dans toute l'Europe, il n'a pas su les percer à jour, pas pu les approcher.

La langue de ses rapports est celle de l'administration des années 1940 – prudente, neutre, sans affects. Son aveuglement, celui de l'ensemble du CICR, comme son envie de savoir, et, malgré tout, d'aider – la Croix-Rouge n'a jamais cessé les démarches concernant l'envoi de colis, même si ceux-ci arrivaient rarement entre les mains de leurs destinataires.

Partout, sur les images d'archives, on voit des bataillons d'infirmières, tenues blanches et démarche militaire, là, la tête d'un soldat relevée d'une main douce, on porte à ses lèvres une cuiller, mais cette sollicitude, bien sûr, est loin de s'appliquer à tout le monde. La boucherie de la guerre de 1914 a pourtant failli changer la donne, on a voulu élargir la protection aux victimes civiles mais la décision a été repoussée, tellement repoussée qu'elle n'a été appliquée qu'après la seconde guerre mondiale.

Dès 1938, la Croix-Rouge est alertée sur le traitement réservé aux Juifs. On gazera bientôt des handicapés dans le château de Hartheim, fière demeure Renaissance aux toits rouges, où, à partir de 1941, des prisonniers malades seront également éliminés.

De sa visite à Dachau, ouvert depuis 1933, où près de trente mille personnes seront assassinées, le colonel Guillaume Favre, membre du Comité international, rapporte ces propos : *Partout règnent l'ordre, la propreté, et même une certaine élégance*[36].

Les Juifs n'ont, depuis longtemps déjà, plus droit de cité au CICR. Nombre de ses membres voient en eux des bolchéviques en puissance. Son président, Max Huber, en affaire avec des entreprises d'armement allemandes, feint de ne pas croire les informations dont il dispose sur les exactions envers les Juifs. Son vice-président, Carl Jacob Burckhardt, est plus qu'indulgent envers le parti nazi dont le sens légendaire de la discipline lui fit ainsi commenter son voyage en Allemagne à l'invitation d'Hitler en 1936 : *Une formidable hospitalité et une excellente organisation m'ont permis de découvrir dans toute l'Allemagne et en une semaine seulement le génie véritablement faustien des autoroutes du Reich et du service national du travail*[37].

Certains membres de l'organisation deviennent des rouages actifs du processus d'extermination, comme Ernst-Robert Grawitz, directeur adjoint de la Croix-Rouge allemande, bon médecin bien que son engagement politique ait été, de l'avis de ses collaborateurs, quelque peu dévorant, responsable de l'état sanitaire des camps de concentration et de l'assassinat en masse de Juifs et de handicapés. À l'origine de l'inoculation du typhus à des détenus de Sachsenhausen et d'expériences consistant à exposer au froid et à l'eau glacée des prisonniers de Dachau, il aurait également conseillé à Himmler de recourir au gaz. Traité de lâche par Hitler alors qu'il demandait l'autorisation de fuir, il se suicidera à la grenade avec sa famille au milieu du dîner.

Burckhardt cache longtemps les informations dont il dispose sur la solution finale. Lorsqu'elles finissent par filtrer, la Croix-Rouge examine la possibilité, défendue par certaines femmes du Comité, de lancer au monde un appel. Certains délégués, comme Friedrich Born à Budapest, Georges Dunand à Bratislava, Louis Haefliger à Mauthausen parviennent à sauver des Juifs, mais sans le soutien de leurs supérieurs. Après la guerre, Haefliger sera limogé.

Si semblables assurances ont été données, écrit un délégué dans son rapport, évoquant la possibilité de se mêler du sort des Juifs, *elles sont actuellement dépassées par les événements*[38].

De châteaux en belles demeures, de grands hôtels en villas prestigieuses sises sur les bords des lacs, les décisions se discutent et se tempèrent à grand renfort de réunions stériles et de courriers elliptiques, hésitants, sans cesse contredits, dans leurs rares passages audacieux, par les réponses qui leur sont faites. Un savant jeu de pas en avant – minuscules – et de pas en arrière – de géants – qui aura permis à la Croix-Rouge d'accomplir l'exploit, de tentatives en refus, de marcher à reculons.

*

Extrait d'un procès-verbal de réunion, janvier 1943

Questions israélites

Mme Frick, Mlle Ferrière, M. Schwarzenberg assistent à la séance

M. Huber pose la question de savoir si le CICR va s'occuper des Israélites en général, y compris ceux qui sont sous la domination de leur pays d'origine, ou s'il va se borner à ceux qui se trouvent hors du pays dont ils étaient citoyens.

La Commission estime que le CICR ne peut se désintéresser des Juifs en général.

M. Chenevière souligne qu'il y a également des déportés aryens dont le Comité doit également se préoccuper. Notre action ne doit pas s'orienter uniquement sur le problème israélite.

En conclusion, la Commission décide que le Comité fera son possible à l'égard du problème juif, mais cela sans risquer de compromettre l'ensemble de ses activités[39].

✷

L'appel venu d'une zone neutre, d'un organisme fiable qui aurait pu alerter les consciences, ne sera jamais lancé. L'île suisse est de plus en plus close. Ses frontières se suturent. Plus l'extermination systématique des Juifs remonte à la surface, moins il devient possible aux survivants d'y circuler.

Été 1944. Les rapports de deux prisonniers évadés d'Auschwitz arrivent malgré tout à Genève. La presse commence à relayer des informations, mais elles restent bien en deçà de la réalité. Les rumeurs, d'habitude si promptes à grossir le trait, ne peuvent saisir l'ampleur de ce qui est en train de se passer.

En 1945, J. E. Schwartzenberg, délégué de la Croix-Rouge, écrit dans un courrier, à propos du centre d'extermination de Birkenau où moururent plus d'un million de personnes : *Une Israélite qui a passé plusieurs mois à Birkenau me donne une description moins atroce qu'on ne l'attend généralement du camp de Birkenau. Ils savaient tous qu'ils n'avaient pas le droit de recevoir des secours de la Croix-Rouge ; ils ne les attendaient donc pas et n'en recevaient pas non plus. Il y avait un crématoire et elle a été témoin elle-même de l'incinération de personnes vivantes, suite à un accès de mauvaise humeur de la part du commandant du camp. Le travail était dur et la nourriture très simple, mais, contrairement à ce que nous pensions, la mortalité n'était pas très élevée. Elle prétendait même qu'elle restait dans les limites normales*[40].

À la fin de la guerre, une fois qu'on ne s'attend plus à une victoire allemande, le CICR négocie enfin avec les nazis pour venir en aide aux déportés. Le ghetto de Theresienstadt lui est remis le 5 mai 1945. Il prend alors des allures d'hôpital de campagne où seront transférés de nombreux survivants des camps de l'Est. Ne craignant plus de représailles, la Croix-Rouge peut enfin venir en aide à ceux qui restent.

Après l'ouverture des camps, malgré un léger changement de ton dans les rapports, moins cérémonieux envers l'Allemagne, l'aveuglement du CICR reste inchangé, comme en témoigne une note de P. Kuhne, de la division des prisonniers, internés et civils, datée de juin 1945, et qui se conclut ainsi :

À l'exception du jardinier employé par les Allemands, tué par une balle allemande, et d'un interné juif tué par un obus russe, il n'a été enregistré aucune mort violente à Theresienstadt.

✷

Dans son roman mêlé d'archives, *Sonnenschein*, Daša Drndic décrit le château de Bad Arolsen, *un château baroque, au milieu d'une épaisse forêt – presque délibérément caché aux yeux du public.*

Bad Arolsen, c'est le centre de recherches dirigé par le CICR, où sont entre autres rassemblés les documents sur les crimes nazis et les survivants des camps.

La plus grande collection d'horreur documentée, écrit-elle, *garde des lambeaux, des bribes, des débris de dix-sept millions* – en chiffres : 17 000 000 – *de vies sur quarante-sept millions de feuilles de papier récupérées dans vingt-deux camps de concentration et leurs organisations satellites* [...].

Ces archives sont réservées au personnel de la Croix-Rouge. *Pour tous les autres*, écrit encore Daša Drndic, *les historiographes, les journalistes, les sociologues, les écrivains, pour tous, mais surtout pour ceux qui sont personnellement intéressés, qui à force d'errer dans les ténèbres de l'histoire pourraient peut-être aboutir à quelque petit sentier éclairé, pour eux tous l'accès au château baroque de Bad Arolsen est interdit.*

Sous prétexte de « protéger leur vie privée », les dossiers des victimes sont longtemps restés inaccessibles, ensevelis derrière cette vitrine rutilante et opaque. Depuis 2006 seulement, le CICR s'efforce de résoudre ces dysfonctionnements. Mais l'afflux de demandes après un si long silence rend complexe la gestion des dossiers et l'on attend parfois une réponse durant plusieurs années, comme s'il avait fallu, ces restes, les enterrer au plus profond avant de les rendre tronqués, appauvris, à des vieux ou à des morts, maintenant que le temps a passé.

Dans les années 1950, Carl Jacob Burckhardt fait disparaître des dossiers des archives du CICR. Masquer. Détruire. Aider à fuir. Les criminels nazis, Mengele, Eichmann, tant d'autres, se sont fondus déjà, à l'aide de passeports délivrés par la Croix-Rouge, dans l'obscurité d'identités nouvelles, acquises en douce de l'autre côté de la terre, se sont mis à l'ombre de villes du Sud où ils ont entamé, ces petits messieurs discrets, polis, de longues vies nouvelles loin du château cadenassé où reposent les traces de ceux qu'ils ont tués.

LA MÉTROPOLE

NE POUVANT IMAGINER L'ÉTENDUE de l'aveuglement de la Croix-Rouge, les nazis avaient prévu, pour la fiction de Theresienstadt, un prolongement.

Si les délégués voulaient se rendre à l'Est, s'ils souhaitaient voir Auschwitz, il fallait perpétuer là-bas le mensonge du « ghetto modèle ».

C'est ainsi qu'a été créé, à Birkenau, le « camp des familles » où les femmes, les hommes, les enfants pouvaient rester ensemble et où les conditions étaient moins terribles que dans le reste du camp.

Mais la visite de Theresienstadt a suffi à étancher la curiosité des délégués. Charmés par ce qu'ils y ont vu, ils n'ont pas demandé à visiter cette annexe pourtant créée exprès pour eux. Et une fois que le camp des familles n'a plus eu, pour les nazis, aucune utilité, la plupart de ceux qui y étaient internés ont été exterminés.

Otto B. Kraus est l'un des rares survivants. De son expérience, il a choisi de tirer un roman, *Le Mur de Lisa Pomnenka*, qui utilise l'artifice de l'« histoire dans l'histoire », celle d'un journal imaginaire caché dans le camp puis retrouvé – récits gigognes où s'enchâssent ses souvenirs. Pour dire ce monde de faux-semblants, cette *bulle à l'intérieur d'une bulle*[41], pour dire une enfance nourrie de presque rien, il fallait cela peut-être, créer une fiction nouvelle, enfin devenue sienne.

Le block des enfants était organisé comme un camp d'été, un jeu, une illusion, une île, écrit Otto B. Kraus. Et puis, l'île rétrécit, elle devient un navire, *un bateau à la coque percée, constamment sur le point de sombrer.*

La vie y est faite d'ersatz, d'inventions minuscules. On continue à mimer les gestes de tous les jours, coupés de l'avenir qui d'ordinaire leur donne sens.

Ils savaient que le 20 juin, ils mourraient, mais ils continuaient à laver les enfants à l'eau glacée et à leur faire écrire des mots et des phrases bien en ligne, écrit Otto B. Kraus.

Comme dans les ateliers de dessin de Friedl Dicker-Brandeis, on recrée au camp des morceaux de paysages, des images d'un monde que certains enfants sont trop jeunes pour avoir connu avant leur arrivée.

Ils n'avaient ni maison, ni voisin, ni paysage à se remémorer, à l'exception des murs du ghetto ou des baraquements de leur camp de détention. Ils étaient déracinés, dépossédés de leur nom et affamés comme des animaux.

Comme des aveugles de naissance, ils s'efforcent d'inventer des souvenirs, une géographie invisible.

Les enfants ne se souvenaient d'aucun vol d'oiseau au-dessus d'un lac et ils n'avaient jamais vu d'ours, mais ils avaient vu une fleur ou une abeille égarée dans le ghetto. Ils ne dansaient pas en fonction de ce dont ils se souvenaient mais avec ce qu'ils imaginaient être un vol d'oiseau, la marche de l'ours ou la tête penchée d'une fleur, et leurs mouvements étaient authentiques et pleins de grâce.

Ils créent une *bibliothèque ambulante* issue de leurs mémoires rassemblées, dressent des listes de livres dont ils se souviennent et se les racontent, les déforment, les réinventent. Une bibliothèque mentale, orale, partagée, d'où sortent le voyage de Nils Holgersson au-dessus des lacs de Suède, les récits bibliques, les longues plaines des Indiens et l'île de Robinson.

Le héros du *Mur de Lisa Pommenka*, Alex Ehren, double de l'auteur, s'invente *des villes blanches et des paysages où foisonnaient les arbres exotiques*. Quant à la fille qu'il aime, Lisa, elle peint chaque jour sur un mur tout ce qui n'a plus de place au camp. Sa fresque naïve, obsessionnelle, évolue au fil du temps. Là où l'on ne peut plus rien attendre, où n'ont plus cours ni projet ni surprise, elle se ménage une part d'aléatoire, un instant suspendu où, face au mur, elle peut encore faire un choix :

– *Que peindras-tu aujourd'hui ?*
– *Comment savoir ? Je ne suis pas encore montée sur l'échelle.*

*

On m'a dit qu'aujourd'hui, rien ne distinguait les ruines du « camp des familles » des autres ruines de Birkenau. À l'automne 2012, quelques mois avant ma seconde visite à Terezín, j'ai voulu aller voir.

À Cracovie où j'atterris, le long des ruelles envahies de boutiques de souvenirs, on croise des hommes déguisés en chopes de bière et des minibus de tour-opérateurs bardés du nom d'Auschwitz en lettres capitales. Bientôt commencera dans l'ancien ghetto un festival de la culture juive où l'on joue de la musique et des pièces de théâtre. Les musées sont riches d'objets sacrés et de photographies. Dans la rue, j'entends quelqu'un dire : De toute façon, il n'y a plus de Juifs ici. Plus de Juifs mais des figurines de Juifs en vente dans les boutiques de souvenirs, petits gnomes de bois au grand nez, aux vêtements noirs, certains tenant dans leurs mains des instruments traditionnels, d'autres d'énormes bourses bien pleines.

Un folklore caricatural qui ne fleurit, comme partout, qu'après l'extinction de ce qu'il représente. On vend des Juifs de bois comme des Indiens de western. Une jeune fille qui travaille dans un musée où l'on trouve ce type de figurines m'explique qu'elles sont, pour les Polonais, des sortes de talismans qui protègent les maisons, gardent les portes, apaisent les nuits – devenus objets magiques, surtout, dit-elle, pendant la période communiste, en opposition au régime.

Il reste des icônes, des poupées. Il reste des effigies. Après les « Juifs témoins » de l'appartement témoin de Terezín, voici les « Juifs talismans », qui signent leur effacement.

À la périphérie de Cracovie, l'usine Schindler est devenue un musée. Tout y est fait pour plonger le visiteur dans l'atmosphère de l'époque – mannequins, reconstitutions, effets lumineux et sonores. Le résultat est si troublant qu'il m'est arrivé de tressaillir devant un gardien, ne sachant plus si j'avais affaire à un homme ou à un mannequin.

Sur la fin du parcours, un sol en caoutchouc vise, semble-t-il, à accentuer encore la perte de repères, l'impression nauséeuse de cette immersion. Dans ce *fake* géant, on en vient à se méfier de tout, malaise accentué par la surenchère de documents, d'informations et par le manque flagrant d'indications sur leur provenance.

Qui sont les témoins dont on nous diffuse les paroles ? Les photographies sont-elles des originaux, des fac-similés ? L'efficacité muette de la mise en scène finit par créer la distance qu'elle cherche, par tous les moyens, à combler.

En bas d'un escalier, la porte close d'une prison derrière laquelle on entend des cris enregistrés. J'essaie de l'ouvrir mais bien sûr, elle est factice. Il n'y a rien derrière.

La reconstruction précise du bureau d'Oskar Schindler – ses papiers administratifs, sa cuisine avec sa miche de pain posée sur la table, son bocal de cornichons, sa bouteille de vodka – parvient à faire oublier que ce lieu est bien celui où il s'est tenu, où il a travaillé, où il a mangé. Elle fait écran au lieu réel et je repense à mon désarroi, enfant, devant des ruines antiques que je savais là, devant moi, tangibles, même si je ne voyais que des pierres blanches, et impossible d'imaginer les couleurs dont elles avaient un jour été peintes, l'agitation qui les avait entourées. Dans le musée de l'usine Schindler, de bonnes âmes ont fabriqué tout ce qui aurait risqué de manquer ; les bruits, les images et jusqu'aux sensations. J'ai même cru percevoir une odeur mais ce devait être un prolongement personnel de cette entreprise de reconstitution. Devant ce simulacre, je n'ai même plus accès à une absence qui est tout ce que j'aurais encore pu reconnaître, éprouver.

En voulant rendre le passé accessible comme dans ces films colorisés pour faire plus vrai, de ceux où l'on se presse, en manteaux sépia rapiécés, sur de lointains quais de gare, ces films qui accélèrent le temps, relèguent l'Histoire, on a condamné ce qui aurait encore pu y donner accès. Les images lacunaires. Les blancs de la mémoire. Il aurait fallu, peut-être, se pencher sur ce vide pour discerner, au fond, quelque chose de si proche qu'on a préféré le combler.

*

Le train entre Cracovie et Oswiecim éveille de lointains souvenirs de campagne. L'acidité du vert de l'herbe, les particules en suspension dans le soleil, les fleurs des champs. Çà et là, quelques maisons peintes en jaune et bleu, soutenues par de grosses poutres horizontales, des blocs de béton, des poules, un cheval.

Peu avant Dulova s'étend une forêt mélangée – bouleaux, pins et d'autres espèces que je ne saurais nommer. Le ciel s'assombrit. Le train est bruyant et ses sièges, durs et rouges. On s'y sent comme dans un jouet d'enfant, inconfortable, rutilant, heurtant durement la voie ferrée.

Certaines cigarettes ont une odeur d'herbe, de beedies, de foin brûlé. On est ici comme on pourrait être tout à fait ailleurs, à l'abri des grands axes et des regards pesants des villes, on reconnaît sans les avoir jamais vus les motifs caractéristiques de l'Europe centrale – églises à bulbes, maisons couvertes de pans de bois sombre. Des lieux sans rien de notable. À l'abri du monde mais suffisamment reliés à lui pour qu'on puisse en faire les maillons d'une chaîne aujourd'hui retombée dans l'oubli.

Rien bien sûr ne permet plus de distinguer les lignes nettement dessinées sur les cartes des voies ferroviaires à destination des camps. De Trieste, les trains remontaient vers le nord *via* Vienne, direction la Pologne. De Marseille, on passait par Avignon, puis Lyon, Dijon, Nancy, Breslau, Auschwitz, autant de gares où les trains le plus souvent ne s'arrêtaient pas, où il était bien sûr interdit de descendre, autant de villes inaccessibles. D'Oslo, en bateau jusqu'à l'Allemagne, puis Sachsenhausen, Berlin, Breslau, encore, Auschwitz. De la Finlande, on traversait les paysages de l'Estonie, puis Vilna, Grodno, Bialystok, Lodz, Auschwitz. De Terezín, peu de chemin à faire avant de rattraper la ligne qui remonte d'Italie jusqu'en Pologne.

Plus personne ne suit ces chemins qui ont relié des lieux de force, dessinant le temps d'une guerre des itinéraires dont le simple tracé est l'image de cette Europe aveugle, contre-nature, puisque ce qui fait aussi la spécificité du génocide des Juifs, ce qui rend sa marque si prégnante sur le paysage européen, c'est ce que relève Georges Bensoussan dans son *Atlas de la Shoah*[42] : *Si l'assassin a toujours été à la rencontre de sa victime, ici, de l'Europe entière, on a acheminé les victimes vers leurs assassins pour les tuer dans des lieux conçus à cet effet.*

La topographie de l'Europe a été tordue, déroutée, des trajets absurdes ont raturé le paysage et la logique, coupés, croisés, repliés sur eux-mêmes, bloquant l'accès aux routes, aux villes, aux quais de gare, et ces Polonais, ces Roumains, ces Hongrois qui avaient quitté leur pays pour fuir les pogroms ou espérant une vie meilleure, au terme d'un voyage de plusieurs jours dans le noir et l'ignorance, sans même connaître les noms des villes et des villages, sont retournés sans le savoir mourir si près de là où ils étaient nés.

Parce qu'un territoire, c'est aussi la circulation qu'il abrite, les déplacements qu'il permet, l'Europe fendue par ces trajectoires, barrée par ces villes condamnées, devenue une autoroute vers la mort sans plus aucun point de fuite, a été tout entière, pour longtemps, déformée. Et quand on y érige des murs qui redoublent les frontières, c'est aussi ce visage-là qu'on reconnaît.

Avant la forêt, un rire de jeune fille. Je ne la vois que de dos, elle doit imiter quelqu'un ou quelque chose, elle rit, gémit, d'un coup elles sont plusieurs et c'est étrange, ces cris suraigus dans la bouche d'adolescentes qui semblaient sages et silencieuses.

La forêt s'épaissit. De gigantesques bouleaux aux branches lourdes, brassées par le vent. Le ciel gris plomb promet l'orage. Brouillée par la vitesse, l'apparition sur le bas-côté d'une petite guérite bleu pâle aux rideaux de dentelle puis des arbres jeunes, des troncs blancs comme des traits et, dans le vent d'avant la pluie, les feuilles qui brillent comme des écus.

Derrière moi, les jeunes ont mis une musique martiale qui rappelle *La Guerre des étoiles*. Cela dure quelques secondes puis le silence revient. À l'approche de Chrzanow Srodmiescie, des barres d'immeubles rompent la monotonie étale de la campagne. Une banque. Un centre commercial. Le train est extrêmement lent, presque à l'arrêt. J'arriverai tard à Oswiecim.

Partout, l'herbe haute et grasse. Impossible d'insérer mentalement le camp dans cet environnement mais écrire cela est inutile, autant que cette phrase qui revient toujours dans la bouche de ceux qui ont côtoyé des assassins, c'était un voisin sans histoire, on n'aurait jamais imaginé.

Vous avez raison, les paysages, m'a dit Georges-Arthur Goldschmidt dans l'arrière-salle du café Zimmer. Quand j'étais petit garçon, mon oncle est tombé en panne avec sa petite voiture et derrière – j'avais 9 ans mais je suis formel – des pins, des pins. Et j'ai dit à ma mère : Là, derrière, on pourrait mettre un camp de concentration. Nous savions que les camps existaient. À 9 ans. Tout le monde le savait. Si t'es pas sage, t'iras en camp de concentration.

Je lui avais parlé des traces, il m'avait parlé des prémices, comme des traces inversées qui précéderaient les drames, les contiendraient en germe et dont il se souvenait avoir décelé la présence au sein même du paysage : Cet alignement de pins, avait-il repris, les petits Allemands reconstituaient d'instinct les lieux de déportation, sans savoir ce qui s'y passait, c'était étrange, l'Allemagne était habitée déjà, dans les années 1937, 1938, par ça. C'était presque dans la nature des choses. Nous savions tous. Mais tout le monde crevait de peur. Les Allemands, leur peur s'est transformée en enthousiasme, un enthousiasme débordant, que seule la peur explique.

En 1947, à Pontoise, avait-il ajouté, il y avait encore, habillés d'un vert sale, les prisonniers, enchaînés les uns aux autres, qui balayaient la rue avec un boulet qui traînait. Il y avait partout des baraquements gris. Un gris brun. Le camp de concentration convenait parfaitement à cette civilisation, si vous voyez ce que je veux dire. Genre gare désaffectée. On voit très bien comment les camps de concentration existent.

Le train longe des usines abandonnées. Je me demande si celle de Monowitz-Buna, également nommée Auschwitz III, financée par l'entreprise IG Farben qui fabriquait, entre autres, les films photographiques Agfa, pourrait être l'une d'entre elles.

Aux abords de la gare d'Oswiecim, il fait froid et humide. Il n'y a pas de bus, on est dimanche. Je finis par partager un taxi avec un couple d'Allemands.

*

Les restes de Birkenau sont des ruines. Ils ont le calme des ruines. Leur vide spectaculaire et pauvre.

Ma guide francophone s'appelle Dorota. Ce jour-là, il n'y a pas d'autre Français, je visiterai donc seule avec elle. J'échappe à l'audioguide, à la lenteur des groupes – le mauvais temps, peut-être, ou le mois de septembre, expliquent cette désertion d'un lieu qu'on m'avait décrit envahi de touristes. Je ne verrai pas Auschwitz comme je le redoutais, dans le bruit et le soleil, un casque sur les oreilles.

Dorota me montre la travée où se trouvait le camp des familles – le squelette d'une porte de fer, à demi ouverte, permet d'y pénétrer. Ici ont été emmenés de Theresienstadt une majorité de jeunes Tchèques, dans la crainte, sans doute, qu'éclate dans le ghetto une révolte semblable à celle de Varsovie. Au cœur du plus grand des complexes de mort, leur jeunesse ne représenterait plus un danger. En septembre 1943, ils sont cinq mille à arriver ici, et autant en décembre.

Je marche un moment seule dans les ruines. La plupart des baraques ont été détruites, certaines après la guerre parce qu'il fallait des briques pour reconstruire la Pologne. Il ne reste que les fondations. Des marques sur la terre, trop abstraites, trop régulières, dont on ne peut rien déduire, rien deviner. L'aberration de la conception de ce lieu rend ses ruines illisibles.

Otto Dov Kulka était dans le convoi de septembre. Des ruines du camp des familles, de ce champ hérissé de fondations de briques, creusé de fossés pleins ce jour-là d'une eau saumâtre où poussent des plantes aquatiques, de cette terre bosselée, arasée, il fait le lieu où l'on revient toujours, ce lieu qu'il nomme « la Métropole de la mort ».

Il a longtemps cru qu'il n'avait rien à écrire sur Theresienstadt, sur Auschwitz, sur le camp des familles. Alors, il a commencé par parler, par dire à voix haute, devant un magnétophone, les bribes de souvenirs qui lui revenaient. Le son est devenu la matière de l'écriture et c'est peut-être ce qui fait de son livre, *Paysages de la Métropole de la mort*[43], un chant hypnotique, enroulé sur lui-même, une spirale qui aspire vers un centre caché.

Dans ses rêves, cette double certitude qu'il va réussir à fuir le camp tout en sachant qu'il y reviendra toujours, deux actions obscurément liées l'une à l'autre, indissociables. Il faut s'échapper pour revenir et revenir pour s'échapper. Il réécoute ses enregistrements, revient, encore, en arrière, comme si c'était la seule manière d'avancer.

Il marche dans les ruines, se rappelle leur peuplement ancien, leur bruit et leur violence. Il revient sur les lieux, en repart, et rembobine la bande.

Il convoque la figure de sa mère, partie vers un autre camp sans se retourner, et l'incompréhension qu'a suscitée dans ses yeux d'enfant cette mère échappée d'un lieu duquel lui ne pourrait jamais vraiment sortir. Elle portait dans son ventre un bébé, il l'apprendra plus tard et c'est pour cela, peut-être, qu'elle a pu s'en aller sans lui jeter un regard. Mais elle aussi sera reprise, rattrapée, et mourra après son évasion du camp du Stutthof, dans les paysages lointains du Nord de la Baltique.

Lui, il restera. Parti d'Auschwitz mais là-bas pour toujours.

La vie de Kulka est semée de sentiments de déjà-vu. Le premier lui apparaît à Jérusalem. D'un coup, il lui semble être revenu, pour quelques secondes, dans les paysages de la Métropole de la mort. Les lieux sans cesse en appellent d'autres, par une capillarité de plus en plus fluide à mesure que les années passent. Le temps l'éloigne d'Auschwitz mais l'espace, en se faisant poreux et propice aux glissements, ne cesse de l'en rapprocher.

Les lieux sont tous sous l'égide d'un lieu unique qui se répand, déborde et s'étend peu à peu sur tous les autres – la Métropole.

*

Dorota propose de m'emmener en voiture voir la *Judenrampe*. C'est là qu'arrivaient les Juifs au début de l'année 1944, quand Bernard Goldstein, mon grand-père, a été déporté à Auschwitz. Les rares éléments qui restent – son nom sur des listes, son âge, 48 ans au moment de sa déportation – laissent peu d'espoir. Mais peu, c'est toujours quelque chose et cela a suffi, pendant des années, pour que ma mère, âgée d'à peine un an à l'époque, pour que ma tante et ma grand-mère le peuplent, cet espoir, comme je n'allais pas tarder à le faire, d'attentes jamais tout à fait éteintes.

Ce lieu, la *Judenrampe*, est le seul où l'on soit sûr qu'il ait marché avant de disparaître puisque personne, jamais, n'a su ce qui lui était arrivé après son entrée dans le camp.

La *Judenrampe* ne fait normalement pas partie de la visite. On y voit de simples rails à même le paysage, pas même un quai, encore moins une rampe et, juste en face, une maison jaune, un jardinet, un toboggan en plastique.

Sur la photo que j'ai prise, j'ai laissé la maison hors du champ et avec elle les traces de son occupation – le gazon ras, le toboggan. Ma photo est celle d'un « lieu de mémoire » quand le lieu, lui, était un collage étrange que par précipitation, par habitude, par négligence, je n'ai pas tenté de saisir dans son ensemble. J'ai pris la photo que je m'attendais à prendre, l'image que j'avais déjà en tête, reconstitué par omission un lieu qui n'existe plus, où imaginer s'éloigner un homme que je n'ai pas connu. J'ai tenté, peut-être, d'abolir quelque chose comme le temps ou l'oubli mais c'est le présent que j'ai négligé.

C'est pourtant de ça que je dispose, c'est pourtant ça qui reste, cette étrangeté de la maison jaune et de la voie ferrée devenue son jardin.

Mes questions sur la vie ici, aujourd'hui, semblent étonner, voire irriter Dorota. Oui, des gens vivent là, oui, ils en ont le droit. Les Polonais ont déjà été chassés de chez eux avant la guerre, il n'y avait plus de maisons, dit-elle, rasées par les Allemands. Les habitants de ce pavillon ne veulent pas partir. Il a été construit avant que la *Judenrampe* devienne un « lieu de mémoire ». Des gens vivent à Oswiecim. Les visiteurs sont choqués, ajoute Dorota, pas les gens d'ici.

Elle est agacée. Amusée aussi, parfois. Cela fait des années qu'elle accompagne des visiteurs à Auschwitz. Elle en connaît les recoins et les secrets. Elle ne banalise pas, ne sacralise pas. Je ne suis pas la première, pas la dernière. Pourtant, elle m'accompagne dans mes recherches, me retrouve le lendemain au centre d'archives. Mais sur mon grand-père comme sur le camp des familles, tout ce que j'aurais pu chercher a brûlé.

Dans le bois de bouleaux penchés sous le vent s'enfonce un groupe d'Israéliens, certains étrangement enveloppés dans leur drapeau, taches blanches, bleues entre les troncs des arbres, refuges et étendards qui semblent le signe d'une revendication et d'une peur – les corps sont blottis, repliés à l'intérieur.

La surface du petit lac où dorment tant de cendres est couverte de roses.

Je marche là sans rien saisir. Je sais tous ceux qui sont morts mais il n'y a pas d'images pour eux, il n'y a pas d'accès.

Les traces sont partout mais on ne peut pas les voir. Elles sont le paysage, elles le font. Birkenau est un bois édifié sur des cendres, nourri de cendres et pourtant, c'est un bois. Un petit lac. Ils sont indissociables, les morts, du paysage.

La menace de la pluie pèse dans l'air et les arbres. Il n'y a que les cris aigus des oiseaux. Un chat qui traverse la route et soudain, disparaît.

À marcher là, il y a un apaisement ou une colère, quelque chose qui mêle les deux, que je ne connaissais pas.

LE SENTIMENT DE L'ÎLE

TRAVERSER UNE VILLE dont on ne parle pas la langue. Dont on ne connaît ni les termes, ni les usages. Arpenter des rues brisées par d'autres rues, les mêmes, et à chaque silhouette qu'on croise, chaque visage, savoir qu'aucun mot partagé n'est possible, à peine des gestes, une incompréhension polie, méfiante : personne ne me demande ce que je fais là.

Les touristes en groupe, en famille, en couple, promènent leurs mots à eux dans la ville. Dedans, il y a leur monde, leur pays, leurs paysages, tout cela on l'entend quand ils passent, on sait d'où ils viennent ou bien on l'imagine. À Terezín, l'été, il y a ainsi des étrangers qui visitent le Mémorial, l'ancien ghetto devenu ville, ils arrivent le matin en car et repartent le soir, ponctuant le temps comme sur une île – au départ du dernier bateau, du dernier touriste, le rythme change, comme en l'absence d'intrus on recommence à occuper sa maison sans se soucier des yeux des autres.

Moi aussi je suis une intruse, qui reste à peine plus longtemps, quelques jours, trois fois rien mais cela suffit pour attirer les regards intrigués. Ici on ne reste pas, on dirait que la ville est prévue pour ça, des visites d'une journée et puis on la laisse seule, on se retrouve entre soi.

La ville est une île emmurée et intemporelle, écrit H. G. Adler dans *Un voyage*.

Isolée par ses remparts comme par une mer.

Bien avant Auschwitz, bien avant Theresienstadt, les nazis cherchaient une île pour les Juifs. Eichmann a écrit que seule l'île était idéale pour éviter qu'ils ne *contaminent* les autres populations.

L'île, cela a d'abord été Madagascar. Mais il semblerait que ce projet – parquer les Juifs, hommes et femmes séparés, pour, à terme, aboutir à l'« extinction de la race » – ait été lui-même un camouflage. Pour Benjamin Murmelstein, qui l'explique dans *Le Dernier des Injustes*, Madagascar était *un mot qui en cache un autre. Un code, un masque. Au lieu de dire « exterminer », on a dit « envoyer à Madagascar ». Tout comme au lieu de dire : « envoyer à Auschwitz », on a dit : « Theresienstadt »* [44].

L'île, déjà, signifie la mort.

Quand les Britanniques, devant l'avancée des troupes allemandes, bloquent les routes maritimes vers Madagascar, d'autres destinations sont évoquées : l'Ukraine, Brest-Litovsk, Sandomierz, le Birobidjian en Sibérie orientale, au nord du fleuve Amour, « territoire juif autonome » depuis 1934, la Palestine, la Syrie, l'Angola. Le 12 octobre 1939, Eichmann sillonne la Pologne pour y trouver un lieu où rassembler les Juifs de Vienne et de Prague. On l'imagine parcourir des kilomètres en voiture dans la lumière rasante, les couleurs déjà blettes de l'automne polonais, on l'imagine flâner, jauger le paysage, s'arrêter, repartir à la recherche de l'endroit idéal pour finalement élire la localité de Nisko, terre marécageuse et envahie par les moustiques, inhospitalière au possible.

Nisko [45] n'est pas une île, pas un pays, pas même une ville, juste un coin retiré de la campagne polonaise, entre la rivière San et le fleuve Bug.

À peine une semaine plus tard, un premier convoi quitte la région de Prague. Le 20 octobre, on transporte de Vienne plus de neuf cents Juifs. Le détachement praguois est mené par Jakob Edelstein et le viennois par Benjamin Murmelstein, tous deux futurs doyens des Juifs de Theresienstadt.

Tout ou presque, déjà, est en place.

À Nisko, il n'y a rien. Dans cette région boueuse, humide, ce bout de l'Europe pourtant proche de son centre, il faudra tout construire. Ceux qui arrivent sont réquisitionnés pour aplanir la terre et bâtir les baraquements, pour dormir les uns contre les autres, pour avoir froid, pour mourir, pour accomplir l'impossible et l'absurde, pour ériger ce qu'Heydrich nommera une « région de parc naturel protégé ».

Au-delà du mensonge grossier, il y a là l'expression d'un rapport particulier au paysage qui revient, ritournelle étrange, dans les termes choisis par les nazis. Birkenau, le « bois de bouleaux ». Le « vent printanier » qui désignera la rafle du Vel d'Hiv. Ces noms évoquent le visage le plus doucement romantique de l'Allemagne, sans qu'on sache s'ils relèvent d'un cynisme absolu ou d'une volonté hygiéniste si fanatique qu'elle permet de voir, là où on extermine des hommes, le charmant paysage qui succédera à leur élimination.

Le « plan Nisko-Lublin » est finalement stoppé dès la fin octobre sous le prétexte officiel du surpeuplement. C'est un euphémisme. Encore une fois, un prétexte. La région, en plus d'être proche de la frontière soviétique, pose surtout des problèmes de transport et d'approvisionnement. Le projet à peine lancé se révèle peu réaliste, fruit d'un mélange récurrent de cruauté, de secret, de pragmatisme bancal, de folie des grandeurs et d'amateurisme qui caractérise nombre des entreprises nazies.

De Madagascar, de Nisko, Theresienstadt est comme l'aboutissement et le miroir.

Pour que la forteresse soit bien hermétique, on a ménagé, en bordure du ghetto, dans une rue clôturée, une seule entrée fermée par une barrière après chaque passage d'un aryen, d'où son nom : la rue Ariana[46].

Theresienstadt, c'est les cellules et les îles, les prisons, les navires.

Les routes qui reviennent sans cesse au point de départ, les bus qui ramènent à la frontière, les fins de non-recevoir.

Un piège, et une fausse piste.

Au-delà des remparts, des routes filent comme ailleurs vers des maisons inconnues, serrées lumineuses à l'approche de la nuit. Pourtant, on peine à imaginer ces campagnes, ces villages. Peut-être parce que Terezín ne ressemble à aucune autre ville des environs et qu'on ne peut, en regardant ses façades, deviner celles des agglomérations voisines dans cette espèce de glissement progressif qui permet, dans une même région, de se reconnaître, de se retrouver. Terezín est une ville seule. Isolée par ses murailles, l'anomalie de son architecture – un noyau dur, aux transformations lentes.

L'île des horreurs de Karel Švenk, l'île du block des enfants d'Otto B. Kraus, l'île, encore, à laquelle Paul Eppstein a aussi comparé la communauté de Theresienstadt. Ils sont nombreux à avoir vécu la ville comme une île. Pourtant, dans l'île, il y a le rivage, il y a le sable et l'eau, le vent et la lumière, tout un imaginaire qui vient sans cesse contredire ce qu'on a devant les yeux. C'est que l'image de l'île, qui s'impose peu à peu aux déportés comme aux visiteurs, n'est pas une esthétisation du paysage. D'une île on entrevoit bien l'image quand on s'approche ou s'éloigne des remparts, fixant cette étoile posée comme un bijou pauvre sur la plaine de Bohême, mais on ressent, surtout, l'isolement qu'elle suscite, la surveillance qu'elle permet, la peur qu'elle contient.

D'un coup, c'est l'image d'une île inversée qui s'impose : la terre ferme est derrière les remparts et au milieu, une sphère évidée où l'on se tient pourtant.

L'île n'est plus un paysage, c'est un sentiment.

*

Je retrouve Kristina, la jeune traductrice contactée depuis Paris, à la terrasse de l'Atypik. C'est une très jeune fille en mini-short, longs cheveux clairs, lunettes à monture épaisse, un morceau de Prague dans les rues de Terezín. Sa peau est lisse comme celle d'une enfant. Parfois, ses yeux bleus, légèrement grossis par les verres, se font lointains, mélancoliques, quand ils ne se plissent pas dans un rire – d'un coup ce sont de petits traits, comme dans les dessins animés japonais.

Elle parle un français presque parfait. Elle est déjà venue ici plusieurs fois, notamment pour un concours de textes sur l'holocauste, qu'elle a gagné. Elle apprend l'hébreu et partira bientôt étudier en Israël. Elle n'est pas juive.

Dans mon carnet, elle m'écrit les mots « bonjour », *dobrý den*, « merci », *dekuji*, et rit de ma façon de les prononcer.

Dans l'air et sur la surface lisse de la table, déposées par les arbres, de minuscules germinations brunes.

Je lui raconte les quelques jours que je viens de passer ici, le silence des habitants, ma difficulté à les aborder. Elle me confie avoir croisé une vieille femme qui, croyant qu'elle voulait lui demander son chemin, lui avait répondu poliment avant de tourner les talons en comprenant qu'elle cherchait à rencontrer des gens pour un « livre français ». Nous réfléchissons à la manière de percer la gangue de Terezín, d'entrer sans violence dans le quotidien de ses habitants. Les gens d'ici en ont assez qu'on les ramène au passé. Il va être difficile d'éviter les mouvements de lassitude et les discours tout prêts.

À la fin du repas, Kristina aborde la patronne du restaurant qui lui désigne un homme, assis sur la terrasse. Dans cette langue inconnue qu'ils partagent, je vais bientôt découvrir la place particulière qu'offre la présence d'une interprète : à la fois au bord de la conversation et à l'abri de sa gêne puisque ce que je demande ne vient plus tout à fait de moi et pas tout à fait d'elle, puisque de ces paroles personne n'est responsable.

Accoudé devant une bière, il porte un tee-shirt jaune. La brume dans ses yeux bruns est celle de la bière ou de la fatigue mais sa voix est claire, son ton, posé. Il a peut-être 40 ans. Plus tard, il nous dira qu'il s'appelle Martin, « comme Martin Luther King ». Il accepte de nous raconter sa ville, ce qu'il y a vécu, ce qu'il en sait.

Quand son père est arrivé, en 1958, il y avait beaucoup d'appartements vides. La maison qu'a d'abord habitée sa famille appartenait à une dame juive qui avait connu le ghetto et était partie pour Prague à la Libération. Elle avait voulu la leur vendre mais le loyer était si modique qu'ils avaient préféré rester locataires.

Sur le sort des anciens habitants tchèques qui ont « déménagé » quand le ghetto a été créé, il faut creuser pour trouver les informations les plus maigres, retracer les trajectoires qui ont mené certains, à la fin de la guerre, à revenir chez eux, dans des appartements chargés d'une vie dont il ne restait que des traces. L'un d'eux est toujours en vie, nous dit Martin. Il nous note son adresse sur un morceau de papier.

D'après lui, de rares habitants sont restés tout le temps de la guerre. Ceux qui avaient un travail dans le ghetto, comme le facteur qui, à la Libération, s'est retrouvé avec des monceaux de colis qui n'avaient plus ni expéditeur ni destinataire.

*

Au début de l'année 1942, seize Juifs sont exécutés publiquement pour ne pas avoir respecté l'interdiction de correspondre. Les habitants tchèques de Terezín n'ont pas encore été expulsés, ils cohabitent avec les internés et certains tentent de les aider comme ils le peuvent. Faire passer des lettres est le méfait le plus grave pour le commandement allemand.

Cette interdiction va s'assouplir avec le temps et dans cette nouvelle manière de considérer l'écrit, c'est une autre façon de voir la ville qui va se dessiner. À mesure que se met en place le projet d'un « ghetto modèle », les lettres et les cartes postales en deviennent la trace et la preuve.

En février 1942, on est autorisé à envoyer des cartes de trente mots maximum, obligatoirement rédigées en allemand et en lettres capitales. Et puis, le nombre de mots permis augmente, notamment à l'arrivée des *Prominenten*, qui ont encore des relations susceptibles de s'inquiéter de leur sort. Les règles s'assouplissent, les textes s'allongent. La fiction du ghetto modèle s'installe.

Au-dessus de son châlit, ce sont des cartes postales de Prague qu'Helga Weissová accroche au mur, comme dans n'importe quelle chambre de petite fille. Elle a ainsi, écrit-elle, *une vue sur le Château et le fleuve*. Elle y est *comme dans une chambrette et les cartes postales sont les fenêtres*.

Ce qui était un danger devient une arme pour le pouvoir. Au lieu de les interdire, les nazis apprennent à retourner les mots contre ceux qui les écrivent. À mesure que l'expression des détenus se libère, qu'on permet la possibilité d'un lien, la vitrine se peaufine et la méfiance s'endort.

Le timbre créé exprès pour affranchir les paquets à destination de Theresienstadt, sur lequel est dessinée, verdâtre, bucolique, surmontée d'un moutonnement de nuages en volutes, une vue de la ville qui se résume à des champs, des arbres, des bosquets, un chemin et un petit clocher, sert à la fois à contrôler ce qui y entre, ce qui en sort, et à propager l'illusion de sa tranquillité. On ne devine rien, sur cette image, de la forteresse. La campagne est étale, sans remparts, sans relief.

De Birkenau, on fait écrire aux déportés, à l'attention de leurs proches restés à Theresienstadt, des cartes rassurantes, souvent antidatées, qui répandent l'image d'un camp de travail à l'Est. Pour contourner la censure, faire passer malgré tout des messages, il faut inventer ses propres stratagèmes. Messages codés, références littéraires, le langage est fourré de doubles sens que ceux qui écrivent seront, parfois, les seuls à comprendre.

Rien ne peut plus être cru ni dit sans mensonge. À Birkenau où elle est transférée en 1944, Helga Weissová écrit : *Nous sommes convenus d'un signe, nos correspondants sauront donc que tout ce que nous écrivons est le contraire de la vérité.*

S'il reste une forme de justesse, elle se situe désormais dans ce qu'on tait ou transforme :

On nous a dit aussi d'écrire que nous ne restons pas là, que nous attendons d'être envoyées travailler ailleurs. On en parle depuis notre arrivée, mais maintenant qu'on nous l'a fait mettre noir sur blanc, je n'y crois plus.

*

Quand Martin a eu 6 ans, son père a reçu un appartement de l'armée, près de la petite forteresse. Dans ce nouveau logement, précise-t-il, il y avait même des toilettes. Il est allé à l'école maternelle dans le bâtiment qui jouxte le restaurant l'Atypik. C'est aujourd'hui une salle de jeu tenue par un Chinois – on aperçoit par la fenêtre les lumières des machines mais la porte est toujours fermée.

Avant, dit-il, les maisons avaient des couleurs juives, ce qui semble pour lui un équivalent de sombres, sombres et tenaces puisque cet enduit disgracieux ne se laisse pas facilement recouvrir : pour repeindre les façades, il faut le briser.

Il est difficile de trouver un emploi ici depuis que les soldats sont partis. Lui, il travaillait à l'usine de conservation de fruits et légumes, dans le bâtiment à cheminée de brique qui a été une brasserie avant de devenir le centre de désinfection du ghetto dont les vapeurs toxiques incommodaient tout le voisinage. Maintenant que l'usine est fermée, il travaille dans une serre où l'on cultive des fleurs.

Ici, il n'y a pas de discothèque, regrette-t-il, quelquefois des concerts mais il y a, quoi, huit personnes. Une fois par an, il y a un bal rock dans la maison culturelle. Sinon, pour les jeunes, surtout des activités sportives. Samedi prochain, il y aura une course de vélo pour les enfants. À Litomerice, il y a une équipe de hockey.

Les touristes ? Les personnes âgées, ça va, dit-il, mais les jeunes sont bruyants. Les gens s'intéressent surtout au chemin qu'ils doivent prendre, pas à l'expérience des autres.

Martin dit que le passé ne touche pas sa vie. À l'école de son enfance, il n'y avait pas d'éducation spéciale sur ces choses-là. Il y en a peut-être encore moins aujourd'hui. Il ne se rend compte de ce qu'a été la petite forteresse que quand il la fait découvrir à quelqu'un, mais n'aurait pas l'idée d'y emmener ses enfants. Il préfère visiter les châteaux des environs.

C'est une ville morte mais on s'y habitue, conclut-il dans un petit rire. Il y a beaucoup de personnes âgées. Puisqu'il est impossible de construire, il faut attendre qu'elles meurent.

Son école primaire se trouvait dans le bâtiment qui abrite aujourd'hui le Musée du ghetto, celui où étaient internés les jeunes garçons juifs, où Petr Ginz dessinait la surface accidentée de la lune. C'est là, entre ces murs qui ont contenu les corps d'adolescents destinés à la mort, que Martin a appris à lire, à écrire, à compter.

*

Le Musée du ghetto est une grande bâtisse blanche. En rang sur les marches, plusieurs femmes blondes, solides, dont aucune ne parle allemand ou anglais, semblent davantage garder l'endroit qu'accueillir les visiteurs. À l'étage, des panneaux retracent l'histoire du ghetto et de ses occupants.

Sur de fausses colonnes Morris, on a collé des reproductions faussement vieillies d'affiches de spectacles et, dans des vitrines, placé des figurines qui semblent avoir été fabriquées hier, dont le tissu n'est ni abîmé ni jauni, des jouets que l'on jurerait faux alors qu'eux sont d'époque. Des écrans de télévision diffusent des témoignages de survivants dont les voix se mélangent – difficile de tirer de ce brouhaha un seul de ces récits qui ont dû pourtant, lors de leur délivrance, avoir le poids unique d'une confession.

Le projet d'un musée commémorant la vie des victimes du ghetto, né dans les années 1960, a vite été gelé par le régime communiste. Le bâtiment est alors redevenu un outil de surveillance, un « musée de la sécurité nationale », maillon d'un système discriminatoire qui listait les représentants de la communauté juive et cherchait à limiter leur nombre dans certaines professions [47].

Il a fallu attendre les années 1990 pour que le projet, tel qu'il avait été conçu au départ, voie enfin le jour.

C'est en 1995 que l'écrivain W. G. Sebald fait passer la porte du Musée du ghetto à son personnage, Austerlitz. Le lieu n'est pas encore tout à fait sorti des limbes. Les documents sont bien disposés dans de jolies vitrines, mais il n'y a personne d'autre pour les regarder.

Austerlitz, lui, est là, debout, avec sur le dos le petit sac qu'il promène partout, dans ses nombreux voyages sur les routes d'Europe. Il compulse les documents, il cherche, il observe. Austerlitz ne sait rien de lui-même mais il est attentif au monde, à ses paysages, à ses architectures, les inhumaines, les gigantesques – comme celle de la gare où lui sont revenues des bribes de son passé d'enfant juif tchèque envoyé en Angleterre pour échapper à la déportation alors que sa mère, Agata, allait disparaître à Theresienstadt.

Dans ce petit musée désert, après les rues, les villes traversées, les livres lus, devant ces papiers jaunis qu'aucun touriste ne compulse, Austerlitz semble frôler le cœur de ce qu'il a cherché partout sans l'identifier tout à fait. Mais à mesure qu'il retrouve des traces de son passé, de celui de sa mère, il se découvre de plus en plus démuni :

Je suis resté abasourdi devant les reproductions photographiques, n'en croyant pas mes yeux, obligé de me détourner à maintes reprises et de plonger mon regard dans le jardin sur l'arrière, confronté pour la première fois à une présentation de l'histoire de cette persécution que mon système de déni m'avait si longtemps permis de tenir à distance et qui maintenant, dans cette maison, m'entourait de toutes parts.

J'étudiai les cartes du Grand Reich allemand et de ses protectorats, qui jusqu'alors n'avaient jamais été, dans ma conscience topographique par ailleurs si développée, que des taches blanches[48].

✷

Les documents du Musée du ghetto ne rendent rien à Austerlitz de ce que sa mère a vécu. Pourtant, quand il en sort, il n'est plus tout à fait dans la même ville, sur la même place. Celle qu'il découvre lui donne le sentiment tenace que les soixante mille personnes enfermées ici *n'avaient pas été évacuées mais continuaient de vivre là, entassées dans les maisons, les souterrains et les greniers, qu'elles montaient et descendaient sans relâche les escaliers, regardaient par les fenêtres, se déplaçaient en grand nombre dans les rues et les venelles, et formaient même une muette assemblée remplissant tout l'espace d'un ciel finement hachuré par la pluie.*

Leurs traces sont partout, dans les rues, dans la vitrine du magasin d'antiquités : *Quel secret recelaient les trois mortiers de laiton de différentes tailles, qui semblaient vouloir rendre oracle*, écrit Sebald, *quel secret bien gardé dans les coupes de cristal, les vases de céramique et les cruches en terre,* [...] *le paysage peint à fins traits tout autour d'un abat-jour, bordant un fleuve indolent de Bohême, à moins que ce ne soit du Brésil ?*

L'Antikos bazar, contre lequel Austerlitz colle son front dans le roman, n'existe plus. Lors de ma première visite à Terezín, cherchant quelque chose de familier, j'avais voulu trouver au moins sa façade, qui figure sur l'une des images reproduites dans le livre. Certaines des portes photographiées par Sebald étaient bien là, remplacées, pour la plupart, mais reconnaissables à leur encadrement et au numéro qui les surplombait. Par contre, aucune trace du bazar. Peut-être l'avait-il photographié dans une autre ville. *Austerlitz*, après tout, est une fiction.

Sur la place principale, il n'y avait aucune silhouette sous le soleil net de la fin de l'été. Pourtant, la ville n'était pas sinistre et ses façades, plutôt pimpantes, version colorisée, remise à neuf de celle, noire, déserte, arpentée seulement par un simple d'esprit, que décrit Sebald par la voix d'Austerlitz.

C'était d'abord ce personnage qui m'avait conduite dans cette ville, sa voix qui m'avait saisie, emmenée. Sans doute, j'y avais reconnu quelque chose sans savoir bien le nommer – dans la distance dont Sebald fait preuve, à la fois lointaine et grevée d'éclats, de fentes qui ouvrent sur ce qu'on n'ose regarder, comme dans la quête que mènent ses personnages de disparus inconnus, oubliés, avec lesquels recréer sur le tard les liens qui n'ont pas été tissés.

Mais de la ville qu'il avait décrite, photographiée, je ne reconnaissais que des détails, des signes et une atmosphère qui, derrière les façades pastel, se laissait parfois deviner. On aurait dit qu'elle avait été ripolinée en surface, passée au kärcher, nettoyée.

Assise sur cette place si vaste et si pleine de soleil, j'avais laissé traîner mon regard sur les bâtiments qui m'entouraient. Ce n'est qu'au bout de longues minutes que j'avais réalisé la présence de l'Antikos bazar ou de ce qu'il en restait. J'avais regardé partout sauf juste devant moi. C'étaient bien les mêmes montants de béton, le même espace entre les vitres, la même carcasse, recouverte, transformée en l'absence de Sebald et d'Austerlitz, de l'écrivain mort et de son personnage.

L'Antikos bazar était devenu une épicerie sur le fronton de laquelle on lisait, entre autres, *cigarety, alkohol, napoje, droguerie*, longée par un vieil homme en short, de hautes chaussettes dans ses sandales de cuir, qui parcourait, inlassable, le trajet entre le passage clouté et le trottoir. Ses allers-retours étaient si rapides que je devais me dépêcher de photographier la façade, d'appuyer sur le déclencheur avant qu'il revienne se placer dans le cadre sans sembler me voir.

Dans *Austerlitz*, la vitrine de l'Antikos bazar était un sanctuaire d'objets sans doute volés aux morts et Terezín, une ville tirée des limbes. Devant mes yeux, la vitrine aux fausses oranges, aux guirlandes argentées, la ville aux façades repeintes était comme le fantôme d'un fantôme, un spectre qui aurait repris des couleurs, bleui son ciel et l'eau acide de sa fontaine. Je ne sais toujours pas laquelle des deux villes est la plus fantomatique, la plus fausse, laquelle est, de l'autre, l'image déformée.

Dans la vitrine, un arbuste artificiel trônait dans un pot de porcelaine devant une affiche publicitaire pour de la bière ornée d'un aigle – *Carlsbad, 1873*.

*

J'avais voulu voir Carlsbad, Marienbad, ces villes d'eaux semblables à celle promise aux Juifs arrachés à leur domicile, trompés par un mirage qui masquait encore le ghetto de Theresienstadt. Tenter de tracer les contours de la ville qu'ils avaient en tête, lui redonner des couleurs en traversant, aujourd'hui, des cités endormies qui, peut-être, lui ressemblaient.

Le train venant de Prague avait traversé des alpages, longé des torrents, on avait deviné des montagnes et l'air s'était fait plus piquant, plus frais. Carlsbad, désormais Karlovy Vary, s'étendait le long d'un canal jalonné de ponts ouvragés – une autre Venise, chaque pays en a une, ici roulaient des calèches qui promenaient les touristes. Goethe est passé par là et aussi Joseph II, le fondateur de Terezín. C'est la ville natale de l'officier nazi Karl Hermann Frank comme celle du dadaïste Walter Serner, mort en déportation en 1942 à Wald von Bikernieki, près de Riga.

Vue du ciel, Karlovy Vary ressemblait à une maquette ou à un décor de train électrique que le train aurait déserté. On aurait pu croire que la photographie enjolivait, que derrière ces façades pimpantes, il y avait comme partout des ruelles disgracieuses, des affiches sales, un double fond, un envers de la ville. Mais au premier regard, il n'y avait rien d'autre.

Sous les arcades, on se baladait avec de petites tasses à bec remplies aux différentes sources thermales. L'eau était tiède et salée comme une humeur du corps. Le flux léger des visiteurs se coulait le long des méandres d'une route, puis d'une rivière. Une fidélité totale à une image de papier. Aucun vice caché, aucune tare gommée par les agences de voyages, la ville semblait tenir ses promesses et ce n'était qu'après l'avoir arpentée dans les deux sens, m'être perdue, de nuit, sur son pourtour semé de demeures ouvragées comme des châteaux exotiques, que j'avais constaté son étrange absence de cœur. Une ville faite de cercles concentriques que rien ne reliait, aussi impénétrable que les façades des folies disparates que j'imaginais habitées par des milliardaires russes – langue slave entendue au sortir des berlines qui suivaient, dans un glissement nocturne, les courbes de la route. Une rue, deux tout au plus, et on était bloqué par l'à-pic des collines. Le soir, pour boire un verre, il n'y avait qu'une pizzeria déserte à l'éternel décor d'Italie. Dehors, la nuit tiède et foncée.

Un peu plus loin, Marienbad, où Austerlitz a séjourné, dans un imposant hôtel, sous des arcades qu'on dirait de dentelle. On y mangeait des glaces sur une large esplanade, écrasée d'un soleil dont il ne restait, à l'intérieur des bains, qu'une lumière vive sous les paupières. Ambiance feutrée, vasques vert amande, épaisses serviettes blanches. Au-dehors, d'inaccessibles jardins et le poids des forêts.

À Theresienstadt, au printemps 1943, les rues avaient été renommées. À la place des chiffres et des lettres, appellations brèves, pratiques, de l'établissement du ghetto, on avait inventé de toutes pièces une ruelle de la Montagne, une rue du Parc, une rue du Lac. Bien sûr, il n'y avait pas de montagne, pas de lac. Le parc était interdit. La beauté tranquille, l'image rémanente de ces paysages, étaient tout entières contenues dans leurs noms.

Des hauteurs de Marienbad, je la voyais qui s'étageait, se perdait, se confondrait bientôt, dans ma mémoire, avec Karlovy Vary – deux villes rendues jumelles par le court laps de temps passé à les arpenter et qui se mêlaient déjà en larges plages de couleurs, vert, roux de l'automne qui approchait, blanc des murs, bleu du ciel.

Voilà ce qu'on avait promis à celles et ceux qui ont quitté Prague pour le ghetto, voilà ce qu'ils s'attendaient sans doute à trouver – il y aurait un fleuve, des collines boisées, il y aurait une eau qui sauve, tiède et salée, il y aurait exactement ce soleil et ces soirs.

*

Il fait très chaud. Sous les larges parasols de l'Atypik, le visage de Martin, bronzé, un peu rouge, est moite. Ses yeux brillent.

Plus tard, continue-t-il, on a construit une école plus grande pour accueillir des enfants d'autres villages. On a dû la faire en dehors du centre-ville parce qu'ici, il est interdit de construire des bâtiments à toit plat – j'apprendrai vite qu'il est à peu près interdit de construire tout court et que, pour beaucoup ici, le classement de Terezín est l'un des facteurs qui entrave son développement.

Il faut garder l'ambiance de la ville, résume ironiquement Martin.

Pourquoi n'est-il pas parti ? Parce qu'il aime rester au même endroit. Son rêve, c'est d'habiter à la montagne mais il a fait une école d'agriculture. L'agriculture et la montagne, ça ne va pas ensemble, dit-il.

Il nous a proposé de rencontrer sa mère, qui se trouve être maire de la ville. Je me rendrai peu à peu compte que les rares personnes auxquelles je parviens à parler plus ou moins par hasard bénéficient, même si les apparences ne le laissent pas toujours deviner, d'une certaine assise sociale. J'ai l'étrange impression de toujours croiser les mêmes visages, ceux qui ont quelque chose à dire, avec qui on peut partager un langage, comme si Terezín se restreignait peu à peu à des rencontres qu'on croit d'abord fortuites mais qui se révèlent les seules possibles, l'arbre cachant une forêt qui persiste à se dérober.

Nous quittons ensemble le restaurant. Sur le chemin, Martin raconte, amusé, fataliste, jamais amer. Quelle qu'elle soit, c'est sa ville, c'est aussi simple que cela.

Dans les anciens fossés, à la périphérie, de longues fleurs de lupin, de petites flaques d'eau rare, les hachures légères de l'herbe sur le ciel. Quand il était enfant, quand Martin jouait ici, il y avait partout des herbes folles, dit-il, montrant l'un des versants où ce sont des arbustes qui recouvrent la pierre. Il s'amusait avec ses copains dans les hautes herbes et aussi dans les galeries, sous la petite forteresse. Lors d'une cérémonie de commémoration, un vieil homme qui s'était occupé des détenus à la Libération, un médecin sans doute, leur avait demandé pourquoi ils ne s'intéressaient pas à ce qui avait eu lieu ici. Martin se souvient d'avoir répondu que lui, il était là tous les jours, que c'était devenu normal. L'homme a dit avoir vu du sang sur les murs. Il a ajouté qu'il aurait mieux valu raser la forteresse pour qu'elle ne devienne jamais une nouvelle prison.

C'était la première fois que quelqu'un parlait à Martin de ce qu'il avait vu quand le camp s'était ouvert aux yeux du monde.

Après les inondations de 2002, dit Martin, il y avait beaucoup de gravats dans les rues. Des survivants ont dit que cela ressemblait à l'état de la ville après la guerre.

En passant, il désigne une maison, la sienne. Pourtant, il continue à marcher, nous continuons à le suivre. Ma mère n'est pas là, dit-il, puis il ajoute d'un air mystérieux : Elle est au jardin.

Nous pressons le pas sans savoir où il nous mène. Il désigne les remparts. Du temps des soldats, il y avait beaucoup de magasins, de restaurants, tout cela a disparu, regrette-t-il. Il y avait six mille habitants, il y en a moins de trois mille, maintenant.

Nous traversons le pont vers la petite forteresse. Loin en contrebas, des familles, des enfants se baignent sur les rives caillouteuses de la rivière. Par des grilles au milieu du pont, leurs voix nous parviennent comme s'ils criaient à nos oreilles.

Quand je pense que c'est un tout petit peu plus loin qu'ils jetaient les cendres, me glisse Kristina.

Le dimanche, il n'y a personne, c'est mort, continue Martin. Ce sont les touristes qui font l'animation. Les hôteliers se tirent la bourre pour les avoir mais eux non plus, ils n'ont plus d'argent, alors ils font des circuits où tout est compris, ils n'achètent pas sur place, ils ne font pas vivre la ville.

Nous longeons l'immense cimetière où, entre les carrés de marbre, sont plantées une croix et une étoile de David monumentales. Sur la droite, des potagers, des fleurs vives, des plantes dans de vieilles baignoires, des cabanes. Nous voici au jardin.

C'est une vraie petite maison en dur qu'occupe, dans cet espace partagé, la famille de Martin. Sur le côté, un couple, à genoux dans la terre, cueille des gousses d'ail.

Dans les jardins ouvriers, il y a sans cesse à faire, car les produits cultivés sont bienvenus au menu !

Le commentaire du film de propagande s'invite soudain dans l'herbe grasse et avec lui les hommes courbés, les femmes nombreuses, penchées en robes légères sur les plants de légumes, tressautant au rythme saccadé des images en noir et blanc. Une utopie factice qui se serait ici changée en une réalité pragmatique et languide. Il ne reste rien, sous les fleurs, de l'entrain surjoué, de la joie communautaire que les images avaient laborieusement tenté de créer. Rien qu'un long dimanche, un lumineux après-midi de relâche.

Je pensais avoir photographié Kristina sur le chemin. Je n'ai pas retrouvé l'image mais cette photo que, peut-être, je n'ai pas prise, est restée incrustée comme les autres dans ma mémoire. Ainsi sa silhouette fine, ses cheveux châtains tressés en une longue natte se sont invités dans les images que je garderai de Terezín, accentuant son rôle d'alliée, de complice, bientôt, de personnage.

✷

Sous un auvent est assis un vieil homme bronzé en marcel bleu ciel. Il nous désigne deux chaises longues – si elles tiennent –, rit et nous offre de l'eau. Sa femme travaille encore, elle ne va pas tarder. Bientôt un petit garçon nous rejoint, casquette orange « Nederland », suivi d'un Yorkshire qui nous flaire les orteils. L'eau est fraîche. On se croirait, d'un coup, presque en famille.

Qu'est-ce que vous voulez savoir sur Terezín ? demande le père de Martin. Ça fait deux cents ans qu'elle tient et elle est toujours là !

Il faisait son service ici, il a été blessé, a rencontré l'infirmière qui allait devenir sa femme et la maire de la ville. Il a fait son bonheur, dit-il, alors elle est restée, mais la politique, elle en a assez, elle attend les élections pour arrêter.

Un autre homme nous rejoint, peut-être le frère de Martin. Torse nu, bronzé, les cheveux très courts, les yeux très bleus.

En cas de bataille, on inondait les couloirs sous la terre pour protéger les forteresses, traduit Kristina sans que je sache ce qui a amené la conversation dans les souterrains alors que la chaleur est blonde, étouffante.

Lui aussi jouait dans les tunnels quand il était enfant. Quelques-uns sont inaccessibles mais on peut parcourir presque toute la ville par en dessous, vous devriez y aller, ajoute-t-il avant de préciser : Avec des garçons.

Il répète tout le temps que Terezín était une ville juive, me glisse Kristina.

Il nous parle de ce temps que tous semblent regretter, celui où la cité, après-guerre, était encore militaire : La ville était pleine de soldats, mais c'était propre, parce qu'ils avaient, les soldats, fait beaucoup de travaux, construit des restaurants, des pubs. Il y avait quarante-deux pubs mais la moitié, c'étaient des bordels. Ça n'existe plus, ça. Les filles venaient pour rencontrer des soldats. Si vous vouliez rencontrer un soldat, vous étiez au bon endroit. Pendant les inondations, on a trouvé beaucoup d'objets du temps du ghetto et des signes sur les murs, mais tout a été détruit par l'eau. Maintenant, on essaie d'embellir la ville pour la rendre accessible aux touristes, de repeindre les façades. C'est plus coloré que ça ne l'a été.

Embellir, encore, mais pour d'autres regards.

Tu veux que je parle au petit garçon ? me demande Kristina.

Le gamin est assis droit sur sa chaise, fin, bronzé, vif, une voix aiguë encore malgré sa taille. Il a 9 ans. À l'école, il n'a pas encore étudié l'histoire de Terezín, il sait juste que la ville a la forme d'une étoile. Il se plaît beaucoup ici, et de sa petite tête projetée en arrière, il semble désigner les fleurs, le soleil, tout ce bleu de l'après-midi. Quand on lui demande ce qu'il aime, il répond : Le Musée du ghetto. C'est parce que son autre grand-père y travaille, il y projette des films. Il y a deux ans, un Hollandais qui avait été emprisonné dans le camp est revenu pour tourner un film sur sa vie. L'enfant y a joué un rôle, celui du Hollandais lui-même quand il était petit. Dans la rue, il sautait, il courait. Est-ce qu'il disait quelque chose ? On dirait que son rôle a été silencieux.

Il n'a jamais vu les films que projette son grand-père. Il est trop petit encore. Ses souvenirs du Musée du ghetto, ses souvenirs préférés, c'est l'instant où les vitrines s'allument et le jour où il a suivi la trajectoire d'une hirondelle en papier lancée dans les vastes salles du musée.

Savoir que la ville est en forme d'étoile, pour l'instant, lui suffit. Cela lui suffira peut-être toujours, à lui qui n'a vécu ni les jeux dans les contreforts de la forteresse ni les récits encore frais de la guerre. On la devine, la ville telle qu'il la voit, débarrassée de ce qui, tenace, s'accroche à elle, on la devine mais on ne la verra jamais comme lui, neuve. Et on voudrait d'un coup avoir ses yeux pour voir.

Lui les ferme, parce que la lumière est trop forte, puis les rouvre et nous glisse qu'il connaît un tunnel secret où personne n'est jamais allé. Elle n'est peut-être pas si innocente, sa ville, pas si vierge. Ce qui la peuple est juste en train de se construire.

Si l'enfant était notre guide, conclut son grand-père, il nous perdrait tous les trois.

⁕

Nous avons quitté les jardins sans avoir vu la mère de Martin. Kristina est rentrée chez elle. Je me suis retrouvée seule, dans la ville déjà un peu plus familière. Avant la tombée de la nuit, je me suis attardée devant le magasin d'antiquités dont j'ai fini par pousser la porte. On y trouve le même genre d'objets que dans l'Antikos bazar de Sebald, un bric-à-brac de vieilleries qui, m'avoue le patron de la boutique, ne viennent pas d'ici. Lui-même n'habite pas à Terezín, dit-il comme si cela aurait été, vraiment, une drôle d'idée. Bien sûr, il n'y vient que pour travailler. Les antiquités, il faut croire, se vendent mieux ici qu'ailleurs même si elles n'ont avec cet endroit que des liens lointains – simulacres de souvenirs, pièces rapportées.

Entre deux phrases échangées j'ai eu le temps de photographier, derrière des flacons bruns, camphre, pharmacopées anciennes, un amoncellement ordonné d'objets : un poupon nu aux bras levés, aux yeux qui louchent, une lampe à pétrole au bec de verre ceint de cuivre ouvragé, un vieux poste de radio, un paysage alpin – bâtisse blanche entourée de montagnes, nuages huileux comme une nappe de pétrole, sapins –, des dos de livres ornés de typographies élégantes aux accents indéchiffrables, de la vaisselle, une marquise de porcelaine, les fleurs bleues en volutes d'une faïence ancienne, sur un bol une pêche peinte faisant ployer sa tige et la photo d'un couple, souriant, leurs deux têtes rapprochées.

L'homme porte l'uniforme de la Wehrmacht. Il a les yeux très clairs et sa femme, un sourire ouvert, dents blanches entre ses lèvres fines, étrangement parallèles aux perles de son collier. Sur le visage de cet homme à peine grandi, on décèle encore quelque chose de délicat, d'inaccompli. Son uniforme empesé, sa coupe de cheveux à la fois martiale et sophistiquée – rasé au-dessus des oreilles, minivague, toupet – ne parviennent pas à le rendre tout à fait antipathique, oui, il a une douceur. Elle est déjà bien portante, son teint est de porcelaine et ses cheveux noirs crantés lui dessinent un visage en forme de coquillage.

L'image était posée à l'horizontale sur une pile de gravures et d'aquarelles. Je ne me souviens plus si je l'ai extraite du tas, déplacée pour mieux la photographier alors que je n'ai pas touché à ce garçonnet peint en salopette, à cette jeune muse sous une colonne grecque, si je l'ai extraite du lot, surveillant du coin de l'œil le marchand enfoui derrière les babioles qui couvraient son bureau ou si la scène était déjà en place quand j'ai appuyé sur le déclencheur – si j'ai trouvé là, toutes prêtes, les images de la ville que j'étais venue chercher ou si j'ai participé à leur construction, ordonné moi-même ce que je m'attendais à découvrir en élisant la photo de l'officier de la Wehrmacht et de sa femme énamourée et en la posant sur la pile pour que le cadrage soit parfait.

*

Le lendemain, j'ai dépassé les remparts pour rejoindre à pied la ville la plus proche. Puisque le sentiment de l'île est si fort : vérifier que si l'on suit une route, elle mènera quelque part, qu'on ne va pas se heurter à un mur qui renvoie, sans cesse, au point de départ.

Vers la ville voisine de Litomerice, on surplombe d'abord Terezín du haut des remparts. En contrebas, il y a un golf, douces ondulations vertes de l'herbe bien coupée, clubs rangés sous les verrières, silence.

Je marche sur le bord de la route, tout contre les herbes du bas-côté, luzerne, fleurs saturées de bourdons et d'abeilles. Il fait lourd, ça sent l'orage. Des champs blonds dépassent parfois des têtes qui, selon la fluidité de leurs déplacements, sont le signe du passage d'un cycliste ou d'une famille de promeneurs.

Un long pont surplombe l'Elbe. Ici les arbres sont hauts, majestueux, des marronniers et, pile en face, couronnée d'un nuage beige doré sorti d'une peinture du XVIIIe, une église rose et blanche. D'un coup, on prend de la hauteur, il y a quelque chose de presque alpin dans cette vue plongeante sur la vallée. Ce vertige du fleuve, c'est comme si on s'était brusquement élevé au-dessus de Terezín dont les maisons, d'ici transformées en souvenirs, semblent encore plus basses, plus ramassées.

Litomerice est déserte. La majestueuse église, vue de côté, a la particularité de renfermer dans ses alcôves d'étranges statues plates, comme si des morceaux de fresques avaient été tranchés. Dans la niche principale, il n'y a qu'un creux, une peinture escamotée.

La place est vaste, bordée de cafés, de façades colorées, certaines décorées de *sgraffito*, enduit gratté en noir et blanc, ou de motifs pastel – des vignes, des angelots, des rubans. J'apprends qu'une fête dont j'ignore la nature explique la désertion de la ville. Le ciel gris clair est plein d'oiseaux. De loin, excités par l'orage à venir, on croirait des nuées d'insectes.

Dans *Un voyage* de H.G. Adler, Litomerice se nomme Leitenberg. L'auteur a changé les noms, ceux des lieux et des gens, comme si cette simple mise à distance permettait, en pressant fort ses souvenirs, d'en faire sortir un récit.

Récit. Ballade. Ainsi Adler a-t-il qualifié son texte polyphonique, flux ininterrompu de pensées et d'images, parabole de la déportation où les prisonniers deviennent des ombres aux oreilles d'animaux, créatures fantastiques et démunies, peu à peu dépossédées de tout. La ville de Leitenberg est traversée par des détenus dont Paul Lustig, le personnage principal, fait partie. Interné à Theresienstadt qui, dans le livre, se nomme Ruhental, il longe chaque jour pour rejoindre le camp de travail les rues de Leitenberg où tout lui rappelle une vie désormais interdite. Il ne peut que se souvenir qu'il a un jour possédé quelque chose, été ancré quelque part.

Leitenberg n'est pas votre ville, écrit Adler, *si souvent qu'on vous la fasse traverser, elle ne s'ouvre pas plus à vos regards que, jadis, les façades arrière des maisons des banlieues devant lesquelles vous passiez presque quotidiennement et à toute vitesse, en train, des années durant*[49].

Tous les symboles de la vie quotidienne qui font une ville, ses signes, les activités qu'elle contient et suscite, tout cela est désormais inaccessible. La cité déroule autour de lui ses façades ouvragées, ses rues, ses échoppes, ruban lumineux d'un film auquel il ne peut prendre aucune part.

Pendant le voyage de Paul Lustig, Leitenberg change. Des cohortes de prisonniers la sillonnent désormais sans discontinuer. On les nomme spectres. On les nomme lièvres. Des lapins pris dans les phares, apeurés.

Des nuées de sauterelles, des monceaux de déchets défigurent la cité. Le temps semble s'être arrêté, le temps et ses horloges, fausses comme celle du camp de Treblinka qui marquait toujours la même heure. Tout croule, tout sombre. Des animaux se glissent dans chaque maison, chaque ruelle. Les habitants aussi sont des errants, plus tout à fait vivants de n'avoir su voir l'horreur qui transformait d'autres hommes en bêtes craintives. Ils oublient tout de leur ville, jusqu'à son âge, son histoire. Tout se brouille et s'oxyde.

Seul le reporter Baltasar Schwind, du journal *Leitenberger Tagespost*, continue à travailler et tente d'interroger des habitants fuyants, quasi muets, dans la perspective d'un jubilé qui n'aura jamais lieu. Armé de son appareil photo, il veut encore ramener de la ville des images qu'il ne pourra certainement jamais tirer, faute de matériel.

Lorsque ce reporter sans journal croise un cortège de prisonniers, la seule chose que ceux-ci espèrent encore, pour se prouver à eux-mêmes qu'ils existent, c'est d'être photographiés. Schwind essaie, bataille, mais impossible de tourner la manivelle. L'appareil, déjà, ne fonctionne plus.

– *Photographiez, s'il vous plaît!* supplient les prisonniers. [...] *Brandissez cet objet noir à la longue tige! Nous vous en prions instamment! photographiez-nous, une, deux!*

– *Je ne peux pas faire avancer le film, je vous l'ai déjà dit tout à l'heure. Si j'appuyais sur le bouton, vous apparaîtriez sur une pellicule déjà exposée, et ce serait une mauvaise preuve de votre existence inconnue.*

– *Prétextes fallacieux, monsieur Schwind! Nous existons à chaque fois que l'on nous photographie.*

Schwind n'a plus la force d'appuyer sur le déclencheur. Les spectres se sont déjà éloignés, comme les colonnes de prisonniers croisées par Maurice Rossel à Auschwitz, ces hommes aux yeux immenses que lui non plus n'a pas photographiés mais qui apparaissent, comme en surimpression, derrière tous les visages, les silhouettes qui ont pris la pose devant l'appareil aveugle de leur unique témoin.

*

Paul Lustig, avatar d'Adler, finira par quitter Ruhenthal, avatar de Theresienstadt. Les villes, peu à peu, redeviendront habitables. La vitre qui le sépare des autres et du paysage finira par se briser. Il faudra pour cela reprendre sa vie en marche, renouer avec son image, avec son corps, avec sa voix en même temps qu'avec un « lieu à soi » pour, comme l'écrit Adler, que redevienne *tangible la frontière entre lui-même et son environnement.*

Il faudra retrouver *une adresse où il sera possible de lui rendre visite*, accrocher à sa porte un simple écriteau qui lui redonnera une place : *Ici habite Paul Lustig, merci de frapper avant d'entrer !*

Pour l'auteur du livre, rescapé comme son personnage, le retour sera également un exil – vers l'Angleterre où oublier Theresienstadt, où échapper au régime communiste, où continuer à écrire.

L'Angleterre, c'est là, aussi, que s'est exilé W. G. Sebald, Allemand né en 1944, l'année de la visite de la Croix-Rouge à Theresienstadt, pour des raisons différentes mais qui résonnent étrangement ensemble. Adler a fui son pays pour oublier la barbarie dont il avait été victime, Sebald, celle dont il a tenu les siens pour responsables. Chacun d'un côté d'une barrière que leur fuite puis leur écriture s'évertueront à abolir.

On peut croire qu'ils ont fini par se rencontrer puisque Adler aurait inspiré à Sebald le personnage d'Austerlitz, puisqu'il en serait devenu, autant par son immense travail de recherche[50] que par certains aspects de sa trajectoire, à la fois la source et le double.

Sur les photographies représentant Adler, c'est cela, qui me frappe : ce visage long, ces cheveux frisés, cette bouche mince – c'est un personnage de fiction qui s'incarne, c'est l'enfant de la couverture du livre qui grandit, c'est Austerlitz qui prend corps.

Je ne sais pas si Adler est un jour retourné à Litomerice, s'il y aurait reconnu la fiction qu'il a mise en place sur les fondations de son souvenir. Je ne sais pas si, dans la ville rendue à la paix, il aurait retrouvé quelque chose d'un quotidien qui lui avait été, à lui comme à son personnage, interdit. Mais sur la place presque déserte, face aux devantures fermées par une fête inconnue, il reste, au-dessus du paysage, un sentiment d'impossible appartenance que ses mots ont imprimé sur les façades, les rues, la surface plombée du fleuve, la statue absente de l'église.

*

Il m'est arrivé de croiser Sebald dans une gare. C'était à Copenhague, le 27 octobre 2013, je m'en souviens parce que c'était le jour de la mort de Lou Reed que je venais d'apprendre dans le journal et dont la nouvelle avait installé en moi les échos d'une chanson, « Perfect Day » – souvenirs de longs après-midi d'automne, de zoos déserts, d'une sensation de complétude que venait doucement contredire la tristesse de la mélodie.

Sebald, lui, était mort depuis longtemps déjà mais je n'ai pas été étonnée, dans un premier temps, dans cette gare étrangère, d'apercevoir dans la foule son visage – ses yeux légèrement plissés, tombants, et sa moustache fournie, blanche. Il était vêtu d'un bleu de travail, comme s'il avait vraiment tenu à voyager incognito. Sebald était si coutumier des hasards, des glissements inappropriés que devant cette rencontre fortuite avec son sosie ou son fantôme, je me suis un instant laissée aller à imaginer que son accident de voiture sur une route anglaise au tout début des années 2000 n'était peut-être qu'un nouveau leurre, une manière de s'exiler plus loin encore, de quitter l'Angleterre comme il avait quitté l'Allemagne, hanté par le silence de son peuple sur la guerre et par le passé de son père dans la Wehrmacht, allant jusqu'à changer son prénom, ce « Winfried Georg » qu'il trouvait « typiquement nazi » en un simple « Max », et d'errer comme ses personnages de gare en gare, de forteresse en forteresse, de hanter les architectures démesurées, enchâssées les unes dans les autres, pour rejoindre les émigrants, les marcheurs inlassables qu'il n'a cessé d'écrire et d'écouter.

C'est aussi dans une gare que W. G. Sebald et Georges-Arthur Goldschmidt se sont un jour rencontrés sans se voir.

Je sais que Sebald a lu mes trucs, m'a dit Goldschmidt, puisque j'ai une lettre de lui, une longue lettre où il m'écrit : Je vous en veux. Ça commence comme ça. *Ich bin Ihnen böse.* Vous savez pourquoi ? Parce que j'ai écrit un livre qui s'appelle, en français, *La Ligne de fuite.* Il l'a lu et il m'a écrit : À cause de vous j'ai raté mon train. Il était au buffet de la gare de Hambourg, il a lu mon livre, et ça l'a empêché de prendre son train. Je suis très fier. Alors je lui ai répondu, ce que vous me dites, c'est la plus belle chose qu'on puisse dire à quelqu'un. Et puis, il est mort très vite. Sebald, c'est quelqu'un qui a été physiquement atteint par la mort de la civilisation, avait ajouté Goldschmidt. Tout tourne chez lui autour de ça. Ce n'est jamais nommé et c'est toujours là. Il contient ça, comme s'il avait compris de l'intérieur cette formidable mise à mort de la civilisation. C'est toujours là. On la sent. Cette espèce de décomposition des personnages.

Et j'avais imaginé Sebald, assis au buffet de la gare, perdu dans le livre de Goldschmidt dont le père avait connu Adler, sans qu'on sache plus lequel des trois avait été le premier, qui avait inspiré qui, et Sebald, plongé dans sa lecture, laissait passer le train qui aurait dû l'emmener vers une destination qui me restera toujours inconnue, m'autorisant à le croiser sur le quai de toutes les gares, à la descente de tous les trains, à l'orée de toutes les villes.

*

Plus le séjour est long, plus un lieu rétrécit. Au début, les distances nouvelles étiraient la ville. Au bout de quelques jours, je les trouve ridicules et l'espace, ceinturé de toutes parts. *Je n'ai que quelques rues*, écrivait Petr Ginz dans son poème « Rêve de Prague », regrettant la ville d'or, la ville labyrinthe, enfermé dans ce périmètre clos pourtant si proche de la cité qu'il adorait.

Face au porche béant d'un entrepôt, tout près des remparts, la façade d'un musée fermé – on aperçoit juste, derrière une fenêtre, un moulage en verre. Devant la bâtisse, deux statues de femmes en robes de marquises ornées de fleurs, jupes larges, tailles étroites, bustiers qui font pigeonner les poitrines. L'une brandit un manuscrit ou un livre, l'autre tient tout contre elle le corps d'un animal, mi-jars, mi-mammifère. Elles ressemblent à des muses au goût

XVIIIe siècle ou bien à des précieuses, à des allégories de la musique ou de l'art.

Leurs visages, de face, sont ceux de statues quelconques, de facture grossière – joues trop rondes, yeux enfoncés, nez abîmés. Mais lorsqu'on les regarde de profil, on réalise que chacune a deux têtes, deux corps, un double collé dans le dos, une sœur siamoise qui soudain justifie leur expression inquiète, l'angle étrange de leur nuque.

Devant elles, un panneau publicitaire vante les mérites de reconstitutions historiques qui ont régulièrement lieu sur les remparts et font revivre les premiers temps glorieux de la forteresse. Un homme tourné vers le lointain y arbore un bouc bien taillé, un uniforme impeccable et, dans ses mains délicates, un objet qui ressemble autant à une longue-vue qu'à une arme. Il porte chapeau, sacoche, veste à galons. Dans l'espace blanc de l'affiche, quelqu'un a écrit au marqueur noir : *M + M = Love*.

Ce panneau planté là, devant les statues bifaces et la façade de l'ancien hôpital, dans ce coin désert de la ville, cette image nette, aseptisée, qui tranche sur un paysage en déliquescence, ressemble à une tentative de revenir en arrière, avant le ghetto, avant la guerre, dans un temps d'un bellicisme intact, un temps fier comme l'homme de la photo, menton conquérant et œil noir, un temps simple d'avant cette flétrissure qui ne cesse de s'étendre et qui, malgré tous les efforts des habitants, empêche de croire tout à fait aux uniformes empesés et aux chevaux blancs.

*

La mairie de Terezín est un vaste bâtiment aux murs chaulés. Plus on monte les étages, plus la vue s'élargit – les toits rouges, les taches vertes des arbres – et c'est encore une autre ville qui ouvre ses arrière-cours, sa végétation anarchique, l'étagement de ses tuiles. C'est un peu bête mais c'est une belle ville, m'a dit Kristina en longeant les remparts où paissent les chevaux.

La mère de Martin, maire de la ville, nous reçoit finalement au pied levé dans son bureau, une grande pièce claire où trône une immense table de bois et de verre sur laquelle sont posés deux sucriers minuscules. Aux murs, une photo aérienne de Terezín où ressort parfaitement son plan en étoile.

C'est une femme râblée, bronzée, cheveux courts et bouclés, plus clairs au sommet du crâne. Elle porte une blouse turquoise à fleurs et plusieurs bijoux d'or. Elle est maire depuis vingt-six ans. Elle l'est devenue après la révolution, mais est très vite forcée de remonter plus loin dans le temps pour répondre à nos questions.

Les expulsions des habitants ont commencé en novembre 1941, nous dit-elle. Les premiers à partir ont été les soldats. En mars 1942, toute la population tchèque a quitté Terezín. Les Allemands voulaient que tout soit en ordre. Ils ont donné aux habitants des contrats de vente pour leur maison, mais personne ne touchait jamais l'argent. Après la guerre, les gens n'ont pas pu revenir tout de suite, à cause du typhus, et puis certains sont rentrés, ont retrouvé leur maison presque comme ils l'avaient laissée. La plupart des meubles étaient restés. L'Histoire a marqué l'endroit, ajoute-t-elle après un silence, les gens se rendent bien compte que c'est une ville malheureuse, dépressive. Ceux qui n'habitent pas ici ne veulent pas la traverser. Il n'y a pas de Juifs à Terezín, à part les visiteurs.

L'année prochaine, cela fera cinquante ans qu'elle habite là. Lorsqu'elle y est venue pour la première fois, elle s'est dit qu'elle ne pourrait jamais y vivre. Et puis, elle a rencontré son mari, qui voulait rester pour garder son travail. Maintenant, elle aime sa ville, et voudrait changer la vision que le public en a.

Terezín, martèle-t-elle, ce n'est pas seulement le ghetto et le Mémorial, c'est aussi une ville vivante. Le ghetto n'a duré que quatre ans, Terezín a aussi son long passé militaire, mais ce ne sera jamais une ville normale, parce que le ghetto était le centre-ville même, il ne peut pas être séparé de la ville.

Il y a eu une dotation de l'Union européenne pour reconstruire les bâtiments, elle espère que ce sera attractif pour les touristes mais bien sûr, ça ne suffit pas. Elle voudrait offrir autre chose aux visiteurs, des tours des remparts, un musée militaire. Elle parle vite, tient un discours miné de regrets successifs, comme si cette ville qu'elle voudrait tant sortir de sa gangue mortifère n'avait cessé de perdre une mue puis une autre sans jamais se départir de sa charge.

On ne peut pas faire de nouveaux logements, déplore-t-elle, on ne peut pas construire, on ne peut pas toucher les façades, juste moderniser les intérieurs, alors, les jeunes partent, ce n'est pas possible de faire de l'industrie ici parce que c'est un lieu de mémoire, les besoins des habitants ne sont pas compatibles avec ce que demandent les historiens, on ne peut même pas changer une fenêtre. Quand les soldats étaient là, jusque dans les années 1990, il n'y avait pas de chômage, c'était beaucoup plus vivant. Aujourd'hui, les bâtiments militaires ne sont plus en bon état, ils appartiennent à la ville mais on ne peut pas les utiliser.

Son débit s'accélère encore, elle semble dérouler un discours rodé mais qu'elle n'a pas si souvent l'occasion de faire entendre. Kristina a du mal à tenir le rythme.

Je lui demande des informations sur les familles tsiganes qui, m'a-t-on dit, seraient arrivées récemment dans la ville. Avant la révolution, répond-elle, les Tsiganes n'avaient pas le droit de venir. Après, on a dit que c'était de la discrimination, alors deux femmes tsiganes sont venues travailler dans l'usine de conserves, elles avaient besoin d'une adresse ici, et puis elles ont eu des enfants, et des familles sont venues. Il y a une sorte d'hôtel où sont logés des Tsiganes et des Ukrainiens. C'est tout noir, là-dedans.

Dans le silence du vaste bureau, on se sent coupé de la ville dont elle parle et qu'on vient pourtant de quitter en montant, un à un, les étages. Nous sommes soudain assises dans une ville de mots et de photographies, quelque part entre le tableau esquissé de cette misère invisible et l'image, placardée sur les remparts, de militaires en uniformes antiques déterminés à défendre une cité où l'on ne s'est jamais battu, et depuis longtemps disparue.

Comme nous l'interrogeons sur ces reconstitutions historiques, elle va nous chercher le DVD d'un spectacle. Sur le fond bleu de la jaquette, des silhouettes de soldats, mousquets levés et, au dos, des figurants en costume derrière lesquels on devine les mêmes façades que dans le film de propagande – étrange ironie de cette ville qui semble toujours condamnée à recouvrir ses images honteuses d'autres plus reluisantes.

Nous nous éloignons de la mairie un peu désorientées, étourdies de trop de paroles, de visions de la ville qui tentent de contredire celle que nous avons, de nouveau, sous les yeux. Nous sommes revenues au niveau de la mer, plus de toits, plus de tuiles, de ciel ni de jardins devinés, rien que les rues plates, l'espace comme en deux dimensions. Kristina me confirme qu'elle n'a pas tout traduit, et pas seulement parce que notre interlocutrice parlait trop vite. Elle non plus n'arrivait pas à faire la mise au point, à raccorder les paroles de la maire avec ce que nous commencions à entrevoir, à faire la part des choses entre les mots dits sous le coup de l'agacement, du découragement, et les convictions réelles de cette femme politique.

En quittant la place principale s'affine, avec les paroles que Kristina me rapporte après-coup, l'impression gênante que le souhait profond de la ville ou de ceux qui décident pour elle est de faire une fois pour toutes un choix impossible : trancher entre ce qui s'est passé ici et ce qui s'y passera, entre le passé et l'avenir, rester prisonnier du ghetto ou croire coûte que coûte en une ville nouvelle – couper l'une ou l'autre de ces branches pour qu'un présent, quel qu'il soit, existe.

✷

La difficulté de vivre dans une ville qui n'est ni vraiment un lieu de vie, ni un lieu de mémoire, le sentiment d'indifférence, de lassitude et de délaissement de ses habitants, l'impression d'une superposition bancale de strates dont chacune viserait à recouvrir la précédente : j'ai trouvé tout cela dans un autre lieu, Drancy, où la cité de la Muette, qui a été le plus grand camp d'internement des Juifs de France, est aujourd'hui une cité HLM.

Une délégation de la Croix-Rouge est également venue la visiter en 1944, quelques jours avant la visite de Rossel à Theresienstadt. Là aussi, on a tenté de rendre les lieux présentables. Là aussi, on a du mal, aujourd'hui, à savoir que faire de ces murs, comment les insérer, encore, dans le paysage.

J'ai le souvenir de ce qu'on pourrait appeler maintenant une HLM, m'a raconté ma tante, mais à l'époque, ça n'existait pas, des grands bâtiments comme ça. Un bâtiment gris, vraiment triste. On ne voyait rien de l'extérieur, on ne voyait pas les gens qui étaient là. Ma mère a donné un colis à un gardien, qui l'a accepté. Est-ce que le colis lui est parvenu, ce n'est pas sûr. On y est allées au moins deux fois et là, on nous a dit, ils sont partis. Ils sont partis ce matin. Ils étaient partis. Voilà. À partir de là, on n'est plus retournées à Drancy, et on n'a plus jamais eu aucune nouvelle.

C'était en 1944. Ma tante avait 8 ans. Aux côtés de sa mère, elle était venue apporter un colis à son père – mon grand-père. Avant Auschwitz, avant la *Judenrampe*, Drancy est donc le dernier lieu où sa présence a été attestée, où, même si elles n'ont pas pu le voir ni lui parler, elles ont su qu'il était là, quelque part, derrière les vitres de la cité de la Muette.

On fait parfois de drôles de détours. Si je n'avais pas ressenti à Terezín, où je n'ai aucune attache, l'impression d'une reconnaissance, je ne me serais peut-être jamais retrouvée comme par ricochet à Auschwitz et dans les rues de Drancy, cette ville pourtant voisine de la mienne où mon grand-père a été enfermé, où il a passé ses derniers moments en France. Je n'y aurais sans doute jamais marché, un peu au hasard, tournant d'abord, longtemps, autour de la cité de la Muette.

Il y a un sentiment commun lorsqu'on arpente les rues de Drancy et celles de Terezín, comme assoupies par une mauvaise digestion de leur histoire. Dans les deux villes – et, en ce qui concerne Drancy, bien au-delà des murs de la cité de la Muette – règne une même impression d'entre-deux, d'un collage maladroit, temporel et géographique, d'où dépasseraient des accrocs, des juxtapositions malheureuses, mais qui serait aussi le creuset d'une vitalité intermittente, plus criante et déplacée qu'ailleurs. On passe sans cesse d'un pays à l'autre, d'un espace connu, balisé, à un lieu sans nom, sans repères.

Le Mandarin de Drancy fait de la viande halal non loin du Bucarest café-bar. Des bâtiments de béton brut côtoient une colonne Morris ornée d'une affiche de l'Exposition universelle de 1855. L'immense et vieillot restaurant chinois de l'avenue Henri-Barbusse s'appelle Le Nouveau Siècle. Les peintures qui ornent les bornes et les transformateurs représentent des pays lointains et des métiers disparus, comme ce « camelot rempailleur ».

Un snack s'appelle Le Mirage. Une auto-école, Le Départ.

Dans un café où l'on mange des keftas-pommes de terre, j'ai été attirée par la mention « après-midi à thèmes, rencontres littéraires, musicales, prestations divinatoires ». Plus loin, des constructions neuves nommées Villa Nova, style temple grec, rappellent le bord de mer, comme si l'on avait voulu recréer des bribes d'un paysage lointain, garder dans leur sillage un peu de l'atmosphère du lieu d'où ils viennent. En résulte une étrange impression de n'être nulle part et partout à la fois, impression qui s'accentue lorsqu'on pénètre dans le quartier du Village parisien par la rue de la Jumelle. On y longe de petits pavillons aux toits couleur brique, un tigre et un troll en céramique. Une, deux tours à l'horizon. Des chants d'oiseaux. Le silence.

La courette du café Le Balto, rue Jean-Jaurès, blanche sous le soleil de décembre, ressemblait à un été. Les saisons aussi, ce jour-là, se confondaient. Un chat dormait au soleil dans le prolongement écrasant d'une tour, sans laquelle on se serait cru dans un village d'avant ou d'après-guerre. Tout paraissait d'avant ou d'après, toujours dans l'attente ou le souvenir de quelque chose.

On peinait à lire « chambres à louer tout confort » sur un panneau de bois pâli par le soleil. Personne, peut-être, n'habitait ces maisonnettes, ces arches neuves, ces prétentieux péristyles, ces balcons fleuris ombrant de vieux pavillons gris.

Quelques mois après ma première visite à Terezín, je reconnaissais dans les rues de Drancy ses trous, ses vides. Le souvenir persistant, devant les façades basses et les cours grillagées, d'une campagne d'enfance dont les poules, les cris, les odeurs et jusqu'à la sensation de l'herbe auraient disparu.

J'avais longé l'étrange et vaste cour d'une maison, décorée de panneaux indicateurs – « Barrage de Pannecière », « Château de Poussignol », « Monplaisir » –, croisé des chemises accrochées les unes derrière les autres, procession d'épouvantails à manches courtes, un pingouin gelé dans un faux puits, des fleurs en plein décembre, de fausses stalactites, un panneau « Matériel Alzheimer » dans la vitrine d'une pharmacie, un palmier au feuillage cireux masquant à moitié un père Noël accroché par les mains à un fil électrique, des rouleaux de barbelés devant des façades de brique, des plumetis de plantes longues comme au bord d'un marais.

Une femme voilée m'avait tendu son portable : Tu sais comment on fait SFR ?

En rejoignant l'avenue Jean-Jaurès, j'avais entendu une voix sous la terre – au fond d'une bouche d'égout, un homme chantait.

Au 148, juste en face de l'avenue de la Muette, devant un petit pavillon, il y avait un panneau « brocante ». Vous avez vu mon mari ? m'avait demandé une vieille femme surgie des escaliers. À l'intérieur, il y avait un faisan empaillé sur fond de papier peint, une multitude de santons. Ne trouvant dans les cartons aucune photo, aucune carte postale, j'avais acheté des cadres vides en laiton doré.

Le quartier de la Mare, au Sud-Est, était plus triste que celui du Village parisien, peut-être juste parce que le soleil s'était voilé, aplatissant des rues soudain sans ombres et sans relief. Restaient les noms, déconnectés de ce que l'on avait devant les yeux.

Avenue du Bois-d'Amour.

Villa Mondésir.

L'avenue de la Muette est un cul-de-sac.

*

J'ai une image très précise d'une sorte de cour ouverte sur l'extérieur, m'a dit ma tante, des bâtiments en U, gris, d'une importance que je n'avais jamais vue parce que moi, je venais du Gers, tu vois. C'était sinistre. C'est toujours comme ça ? Ça n'a pas été ravalé, rien ?

C'est toujours comme ça. Dans ce lieu classé depuis 2001, on ne peut rien changer, rien repeindre, rien ajouter ni retrancher. Les appartements sont petits – des studios, des deux-pièces. On y loge des couples, des personnes âgées, des personnes seules. Quand ils ont des enfants, ils partent. Quand ils sont trop vieux, ils meurent. Il y a beaucoup de roulement dans ces intérieurs cloisonnés après-guerre pour briser la monotonie froide des chambrées. Les allées et venues des locataires sont les seuls mouvements notables dans une structure immuable.

La cité de la Muette, habitée dès 1948 parce qu'il fallait bien trouver des logements après-guerre, est restée figée dans la honte de l'État français d'avoir participé avec tant de bonne volonté à la déportation des Juifs. Puisqu'on ne peut la détruire, puisque déloger ses habitants serait une nouvelle violence, on la garde telle quelle, menaçant ruine dans certains escaliers, comme une cicatrice à laquelle on n'ose pas toucher de peur qu'elle s'enflamme. Chaque rénovation, qui se doit de respecter le lieu et sa valeur historique, est longue et coûteuse. Les habitants se plaignent des lourdeurs administratives mais c'est aussi en prenant le temps de refaire à l'identique les huisseries des fenêtres qu'on a exhumé, sous les papiers peints jaunis, des graffitis du temps du camp, des dessins et des signatures, d'ultimes messages.

Moi, si j'en vois, je recouvre, ça m'évitera des ennuis, m'a dit l'une des locataires.

Mais c'est elle, aussi, qui m'a parlé plus tard de son beau-père, interné dans le camp – le maillage est serré, tout, encore, cohabite.

Ceux qui vivent là m'ont presque tous parlé du sentiment ambivalent d'être immergés dans une histoire qu'ils chassent de leurs pensées mais ne peuvent jamais tout à fait oublier.

Au centre du U formé par les immeubles a été placé un wagon qui induit souvent les visiteurs en erreur. Il laisse imaginer que les rails aboutissaient devant le camp, qu'on était déporté par le train directement depuis Drancy. Mais le wagon est une relique, un symbole, aucun train n'est venu jusqu'ici, aucun n'en est parti, c'est en bus qu'on quittait Drancy pour la gare du Bourget puis, plus tard, pour celle de Bobigny. Des bus qui fonctionnaient comme des leurres puisqu'en y montant, les internés, rassurés, pensaient qu'ils n'allaient pas bien loin – en bus, on ne fait pas de longs trajets. Les bus étaient tout aussi trompeurs que le wagon relique, le wagon symbole, ils masquaient, bien mieux que des mensonges, le voyage qui les attendait.

Le récent mémorial a été construit juste en face de la cité, comme un observatoire, ni vraiment dedans, ni vraiment à l'écart. Vue de ses larges baies vitrées, la Muette, dont le nom ne ferait pas référence au silence ni à l'armée mais aux meutes qui y chassaient au temps où s'étendaient ici des champs et des forêts, la Muette ressemble aux photos de l'époque du camp, aux films qui passent en boucle dans la salle d'exposition, à la différence près qu'elle est en couleurs, que son terre-plein est rayé par le passage des enfants qui sortent de l'école et traversent l'esplanade en courant.

*

Je suis retournée à la Muette en compagnie de Victor Pérahia. Il m'a dit, si vous voulez, je vous montre, je vous emmène.

Le regard de Victor est grave, attentif. C'est un homme d'une extrême réserve, d'une grande gentillesse. Droit, il se tenait droit, c'est ce qui m'a frappée chez lui sans savoir si ce mot désignait sa silhouette ou ce quelque chose d'enraciné là, dans son œil, dans le lieu exact d'où il vous parle et en même temps braqué sur un point invisible. Son costume noir. Son maintien. Il me faisait penser à quelqu'un, j'avais déjà vu quelque part ce profil, ces yeux légèrement de biais et pourtant plantés dans les miens.

Victor a été enfermé ici avec sa mère à l'âge de 9 ans avant d'être déporté à Bergen-Belsen, dont ils sont revenus tous les deux. Alors que beaucoup d'internés ne passaient que peu de temps à Drancy, il y est resté près de deux ans. Il a vécu les transformations du camp, il a vu le mâchefer du sol se changer en ciment, l'herbe pousser, la vie s'organiser.

Là, m'a-t-il dit, faisant du doigt le tour de la pelouse, les Allemands s'amusaient à faire des tours en Traction Avant. Les gens les regardaient des fenêtres.

Et, doigt sur le plan du camp : J'étais au 13, puis au 16, puis au 19.

Ces numéros sont ceux des escaliers de Drancy. Certains desservaient les chambrées des internés encore à l'abri de la déportation, comme les « conjoints d'Aryennes », tandis que d'autres étaient la dernière étape avant le départ. Habiter tel ou tel escalier, ici, c'était tenir encore le fil qui relie à la vie ou l'avoir déjà presque lâché.

Aujourd'hui, comme pour conjurer le sort, effacer le passé sans voir que l'on est en train de créer son reflet déformé, l'ordre des escaliers a été inversé.

C'est aussi dans cet ancien escalier 19 que se trouvait la chambrée du poète Max Jacob. Je l'ai appris dans un numéro du journal *Candide* datant d'octobre 1961 que Gilles Ortlieb, écrivain, auteur d'un texte sur Drancy[51], m'avait un jour confié. Dans le café parisien où nous nous étions retrouvés, il m'avait raconté comment il avait arpenté une à une les rues de Drancy, comment il les avait suivies à vélo, une carte à la main. Cette conversation avait influencé ma manière de voir, j'avais tenté envers la ville une approche plus systématique et fait des découvertes que, d'une certaine manière, je lui dois.

En exergue de l'article, on peut lire : *Un témoignage inédit sur l'agonie du grand poète français emprisonné à Drancy par les Allemands*[52], et tout de suite, on est au début des années 1960, *Shoah* n'est pas encore sorti et l'antisémitisme est encore une affaire allemande, on omet de préciser que, si le commandement allemand a repris Drancy en 1943, le camp était administré jusque-là par des gendarmes bien français, et particulièrement zélés.

L'auteur de cet article, un certain Julien J. London, raconte qu'il a vu arriver Max Jacob à Drancy, puis assisté à son affaiblissement, à sa mort.

C'est quand il quitte sa chambrée de l'escalier 19 pour celui des « déportables » que Jacob prend froid, s'affaiblit, est alité. London décrit le petit groupe qui se rassemble autour du lit du poète pour écouter ses souvenirs, ses anecdotes – version pauvre, tragique, du cercle d'artistes et d'intellectuels qu'il fréquentait à Paris. Le diagnostic tombe : pneumonie double. *Pendant ses dernières heures,* écrit London, *de grands arbres ne cessaient de défiler devant ses yeux, et il lançait les mains en avant pour essayer de les saisir.*

La messe des morts est dite par ses amis. Des prières sans missel, de mémoire, *des prières toutes neuves et qu'il aurait aimées.*

Max Jacob est arrêté le 24 février 1944, deux jours après un autre poète, Robert Desnos. Quand Jacob part pour Drancy, Desnos est envoyé à Compiègne. Tous deux mourront de maladie et d'épuisement, l'un à Drancy, l'autre à Terezín.

Deux pauvres jours séparent leurs arrestations respectives, presque rien dans le temps de la guerre, encore moins dans le nôtre – le temps, soixante-dix ans après, a resserré les jours alors que pour Desnos, pour Jacob, pour tous ceux qui comme eux ont été arrêtés, ils devaient s'étirer en chaque heure, chaque minute dilatée.

Le 22 février à Paris, Desnos, membre du réseau AGIR dès 1942, pourvoyeur de faux papiers pour des Résistants et des Juifs, tenant à *l'inestimable satisfaction d'emmerder Hitler*[53], est prévenu de l'arrivée imminente de la Gestapo. Il renonce à fuir pour ne pas laisser seule sa compagne, Youki Foujita, « neige rose » en japonais et reine de Montparnasse, qui se drogue à l'éther tandis que Jacob, deux jours plus tard, est emmené loin de son domicile de Saint-Benoît-sur-Loire.

Des secondes passées dans la fuite ou l'attente on ne saura rien, rien de l'appartement où Desnos sait qu'on viendra le chercher, rien du ciel à la fenêtre, à moins qu'on ne voie que les toits, matin gris, givré ou au contraire du bleu insolent des hivers, mat le bitume de Paris, et l'herbe de Saint-Benoît craquante sous les semelles, chacun inconscient sûrement des échos invisibles qui le relient aux autres.

C'est aussi en février 1944 que mon grand-père a quitté la France pour être envoyé à Auschwitz-Birkenau. Le 3 février exactement, la veille de l'arrivée de Mirté-Léa, la « sœur préférée » de Max Jacob, à Drancy. Mirté-Léa sera déportée par le convoi 66 du 20 janvier, mon grand-père par le suivant, le convoi 67, et il est probable que Max Jacob, s'il n'avait pas succombé à la maladie, l'aurait été par le convoi 69 qui a quitté Drancy le 7 mars, deux jours après sa mort. Des lieux et des dates, reliant des personnes qui n'avaient aucune raison de se rencontrer et qui ne servent, pour ceux qui restent, qu'à établir après coup de vains rapprochements.

J'ai longtemps cru que mon grand-père avait séjourné à Drancy en même temps que Max Jacob. Que sans se croiser peut-être, ils avaient pour un temps partagé le même espace. Le visage du poète s'est ainsi comme ajouté au sien. Pas substitué, ajouté. Au peu d'informations dont je disposais venaient s'agréger d'autres possibles qui lui faisaient comme des compagnons. J'en étais reconnaissante à Max Jacob et nourrissais à son égard une sorte de tendresse pour cette absurde raison.

Et puis, j'ai réalisé que le jour où Max Jacob est arrivé à Drancy, mon grand-père en était parti depuis dix-neuf jours déjà. Je m'étais trompée sur les dates, mais c'était déjà trop tard. Max Jacob s'était installé quelque part, une sorte de lien s'était créé. J'ai lu certains de ses poèmes, regardé un film sur sa vie et, quand son portrait ne me semblait pas fidèle, je me suis sentie dépossédée. Étrange, comme on s'attache à des inconnus quand quelqu'un qui manque peine à être imaginé.

Quand mon grand-père, arrivé de Roumanie pour fuir les pogroms, faisait partie de ces Juifs que certains Juifs français méprisaient parce qu'ils les ramenaient à une communauté à laquelle ils craignaient qu'on les réduise, Max Jacob était né en Bretagne, à Quimper. Son identité bretonne et française, son choix de la religion catholique, sa passion mystique achèvent d'en faire une figure tragique, comme l'indifférence supposée du cercle d'artistes dont il était le confident et l'amuseur et qui, quand a été révélée au grand jour une appartenance qui pourtant ne le définissait plus, n'aurait rien pu ou rien voulu faire pour le sauver.

Aux archives de la ville de Drancy, j'ai trouvé la lettre – original ou copie, je n'ai pas su le déterminer – écrite par Jean Cocteau pour obtenir la libération de Max Jacob. Parmi les signataires, on trouve Picasso, Utrillo, Guitry et Mac Orlan.

Cocteau mentionne le cas *très spécial* de Max Jacob. Il écrit qu'il mène *l'existence exemplaire d'un paysan ou d'un moine*. Il parle de son attitude si *noble*, si *digne*. Il précise que *la poésie s'échappe de lui, par sa main, sans qu'il le veuille*, et qu'il a *inventé une langue qui survole notre langue et qui exprime les profondeurs*.

Et puis, cette phrase étrange : *Il a été le troubadour de cet extraordinaire tournoi où Picasso, Matisse, Braque, Derain, Chirico s'affrontent et opposent leurs armoiries bariolées.*

Il est facile d'affirmer aujourd'hui que les amis de Max Jacob, pour certains proches du pouvoir de Vichy, ces amis si renommés, si fantasques et légers comme sont censés être les artistes, se sont désintéressés de son sort. Pourtant, la lettre de Cocteau ne me donne pas l'impression qu'ils n'ont rien tenté. On sent plutôt, dans sa tentative de persuasion teintée d'un lyrisme étrange, l'expression d'une urgence et d'un découragement.

Cocteau et ses amis savent que le temps presse. Ils se doivent de faire quelque chose. Ils le font. Mais les mots choisis, même pleins de bonne volonté, de bonne conscience, laissent transparaître ce qu'est déjà devenu Max Jacob à leurs yeux. Un étranger. Déjà loin, passé de l'autre côté des choses, sur une face du monde que personne d'autre n'est prêt à approcher.

Le troubadour de cet extraordinaire tournoi.

En voulant célébrer ses qualités, montrer qu'il fait partie du cénacle d'artistes dont lui-même est le chantre, Cocteau relègue Jacob à l'écart, sur la touche, arbitre ou amuseur, troubadour et non chevalier. Le plus tragique, dans cette lettre, réside peut-être là, dans le sens obscur des mots écrits pour sauver mais qui révèlent, certainement au corps défendant de leur auteur, leur propre impuissance.

Il a renoncé au monde et se cache à l'ombre d'une église, écrit encore Cocteau.

Cet homme n'est pas vraiment juif puisqu'il est un fervent catholique. Cet homme ne doit pas être tué puisqu'il se terre dans l'ombre, puisqu'il ne fait plus vraiment partie des vivants, puisque finalement, pour Cocteau, Max Jacob est déjà mort.

Je suis sortie dans la cour de la cité de la Muette sur les talons de Victor Pérahia. Il faisait froid, c'était novembre. La cime des arbres – des peupliers ? – oscillait lentement dans le vent glacé.

La main de Victor rasait le bitume, les murs couverts de petits galets de la lointaine Toscane. Sa main était compacte, lourde. Je l'ai filmée pour me souvenir de chaque mot, chaque mouvement :

Là, c'était l'entrée. Il y avait des barbelés. Là, les escaliers des déportés et là, de petits magasins. La prison, à côté de la chambrée des femmes de prisonniers de guerre. Là, il y avait le « Château rouge », les barbelés derrière. Et un mirador. Et la porte par laquelle entraient les autobus, de l'autre côté.

Dans un documentaire sur Drancy, un procédé technique permettait d'effacer la pelouse d'aujourd'hui pour la remplacer par le mâchefer d'hier, d'arracher les arbres, de replacer les barbelés. Dans les coursives, sous l'auvent, partout où nous marchions, c'étaient les mains de Victor Pérahia qui reconstruisaient le lieu, marquaient l'emplacement exact de chaque chose ancienne.

Des voitures tournaient, cherchaient une place. Pensait-il, lui aussi, aux Tractions Avant des Allemands ?

Sur la gauche, une ouverture grillagée donnait sur des feuilles vertes, translucides, étranges feuillages d'été dans le cœur de novembre. Il m'a précisé que c'était là, dans cette cour, que jouaient les enfants.

Avant de partir il m'a dit : Il y en a des fantômes, ici.

Je n'ai pas filmé ce moment où cet homme si droit, si calme, a brièvement laissé entrer les fantômes à Drancy. Il est impossible à reproduire. Mais c'est en visionnant de nouveau les images pour retrouver l'instant où il avait prononcé cette phrase que j'ai enfin mis le doigt sur le visage auquel le sien me faisait penser : celui de Max Jacob avec lequel la ressemblance est frappante, presque surnaturelle, au point que dans la cour de Drancy, avec la légère superposition des choses à laquelle le souvenir est propice, c'est désormais avec lui que j'ai l'impression d'avoir conversé. Un homme en costume noir, plein d'une douceur rentrée, et ce regard parti ailleurs mais qui ne fuit jamais.

Je me suis promis de le lui dire, n'en ai rien fait mais aujourd'hui, quand je regarde le visage de Max Jacob sur une photographie, dans un livre, dans mon vieux numéro de *Candide*, je vois Victor Pérahia et je vois mon grand-père, je vois Desnos aussi, je vois plusieurs hommes ensemble, et même si je sais que les fils qui relient les morts ne sont tirés qu'*a posteriori*, dans le désordre et pour d'obscures raisons, il me semble un instant que chacun est moins seul, que les années qui passent les ont comme rassemblés.

✷

Terezín. Drancy. Ces lieux que leurs noms précèdent, dont l'ombre occulte la réalité géographique, humaine.

Il y a ce que le nom renferme dans les replis de ses sonorités, les lentes métamorphoses qui ajoutent ou retranchent une lettre, changent une terminaison, et il y a les événements brusques qui l'entachent subitement ou le mettent en lumière. Tel nom obscur soudain placé sur le devant de la scène, tel autre maculé, ouvert, dont on ne verra plus désormais que l'intérieur dévoilé. Sonorités des massacres d'Oradour ou de Guernica. Lieux de trahison, de honte – Nuremberg est ses lois, Vichy, son gouvernement. Du plus petit au plus grand, maison, rue, quartier, ville, pays et presque continent, chaque point dans l'espace est ainsi susceptible d'être gagné par une ombre telle qu'en entendant son nom, quels que soient ses charmes et puis ceux qui y vivent, on perçoive l'écho, que le temps répercute au lieu de l'éteindre, de la mise à mort.

Il est probable qu'à mesure que l'on s'approche de ces lieux, qu'on les découvre et même qu'on les habite, leur charge s'amenuise, qu'ayant sous les yeux des rues bien réelles, on finisse par remplacer l'alliage diffus du nom par le flux familier d'un endroit que l'on connaît.

Peut-être ne retrouve-t-on cet écho que dans la distance. Quand on est loin de son domicile, on le voit sous une lumière différente, plus précise, plus nette – netteté elle aussi trompeuse puisqu'elle occulte, justement, l'écheveau d'habitudes qui fait l'exacte tonalité des jours. Peut-être ne le perçoit-on que de loin, dans une focale élargie qui ne pardonne rien ou dans la bouche des autres, ceux qui portent sur le lieu leur regard d'étrangers, lui rendant la couleur qu'on avait oubliée.

Lucien Tinader, dont la famille a été décimée par les nazis, dont plusieurs proches sont passés par Drancy, a installé son atelier dans ce qui a été le bureau des effectifs du camp.

De tout le temps que je me rappelle, Drancy, je l'ai eu dans les oreilles, dit-il.

Enfant, pendant la guerre, il a été caché dans un village de Normandie puis est revenu en région parisienne. Quand on lui a proposé, bien plus tard, d'agrandir son atelier de tailleur, il a obtenu auprès de l'OPHLM un local situé en plein cœur de la cité de la Muette. Et à ce moment-là, m'a-t-il dit, l'aînée de mes filles, qui avait 11 ans je crois, me dit, mais papa, tu te rends compte d'où tu vas ? Je lui ai dit, tu vois, on ne détruit pas comme ça une population, un peuple, du fait de ses origines. Et c'est une revanche. Parce qu'on a voulu nous anéantir, eh bien, on est toujours là. Je suis toujours un petit tailleur, comme il y en a eu des milliers de déportés. On ne nous a pas détruits. On nous a fait du mal, mais on est là.

Dans l'ancien bureau des effectifs où l'on triait les internés, où l'on décidait de qui partirait en déportation, Lucien Tinader et ses employés ont donc taillé des vêtements pour Dior, Lacroix, Lanvin, Balmain, ont cousu les étoffes précieuses.

Il sourit et il dit : Si je ne l'avais pas vu comme ça, je n'aurais pas pu.

Et puis, il s'est engagé à l'AFMA, l'Association pour la Fondation Mémoire d'Auschwitz. Quand il a fallu trouver un local, il a bataillé pour que ce soit celui-là. Certains trouvaient Drancy trop difficile d'accès. Mais c'est là, a martelé Lucien. C'est là que ça s'est passé. Alors, l'association s'est installée et avec elle, une exposition permanente où des milliers de classes viennent apprendre l'histoire de la Muette.

Il y a eu des incidents, au début, dit-il. Quelqu'un a écrit sur notre affichette : « Le cirque juif, 5 euros l'entrée. » Alors j'ai ouvert ma porte, ça a été ma réponse. Et on n'a plus jamais eu de problèmes.

La question que les élèves lui posent le plus souvent, c'est : Est-ce qu'ils ont pu s'évader ?

Et quand la conversation dévie, il dit : Moi, je m'évade facilement.

Un jour, il s'est retrouvé nez à nez avec le directeur d'un cirque à qui l'on venait d'interdire de se produire sur le terre-plein central de la cité de la Muette comme il le faisait depuis des années. Le nouveau maire de Drancy trouvait cela indécent, un cirque dans un endroit pareil.

Qu'est-ce que vous nous faites ? a demandé le directeur, qui était gitan. Nous aussi, on a souffert.

Mais c'est pas nous ! Les rires des enfants, c'est aussi une revanche, a répondu Lucien.

La Muette, il dit ne la discerner que de loin – en voyage elle lui est soudain rendue, comme vue du ciel.

Un jour, j'ai rencontré un monsieur, m'a-t-il expliqué. On discutait, je crois, à une journée du patrimoine, il habitait là, et je lui ai posé la question que vous me posez. Je lui ai dit, quand même, vous êtes dans un lieu… c'est pas trop lourd ? Il m'a dit, écoutez, quand on est à l'intérieur, quand on est dans son appartement, on est bien. C'est quand on est loin qu'on se rend compte du lieu où on habite. Quand on y est, c'est un endroit comme un autre, avec ses qualités, ses défauts.

Quand je suis loin, là, je me rends compte.

Il y a eu beaucoup de films tournés ici, vous savez, a poursuivi Lucien. Je les voyais passer, ils avaient mis des rails, des caméras qu'on pousse sur des rails. C'est à ce moment-là, quand je voyais tous ces films qui étaient tournés ici, que je me disais, c'est pas ordinaire, c'est pas normal.

PROJECTIONS

À TEREZÍN, JE TRAVERSE L'OHRE vers la petite forteresse. Sur l'autre rive, une façade imposante, décrépie, couverte d'un immense graffiti, et un moutonnement de nuages posés pile sur le paysage.

Passer le fleuve, c'est sortir d'une enclave avant de se rendre compte, au bout de la route, qu'on a pénétré dans une autre, un second cercle où aucune vie, cette fois, ne s'est perpétuée. Une prison devenue musée, plus hermétique, plus étroite.

Forteresses poupées russes, forteresses miroirs.

Au-dessus des jardins partagés et comme leur exact contraire, il y a l'alignement des tombes, stèles plates entourées de roses rouges, écrasées par les signes religieux monumentaux – la croix et l'étoile de David. À l'entrée, un panneau orné d'un pictogramme : la silhouette noire d'un doberman.

Dans la salle du « restaurant touristique », en attendant la guide avec qui j'ai rendez-vous, j'observe la serveuse, joli visage pointu, chignon sur le haut du crâne, et les deux seuls clients, des hommes sans âge dont l'un porte une veste imprimée de motifs géants de fraises et de cerises. La serveuse, souriante, s'ennuie. Sur un coup de tête, elle se lève, essuie une vitrine avec un chiffon avant de le reposer brusquement et de disparaître comme en coulisses. Sur son large tee-shirt blanc on lit, barrant ses seins, le mot « WHO » et, dans son dos, le mot « CARES ».

J'observe distraitement le sachet de sucre qu'elle vient de poser sur la table. Sur le fin papier blanc est écrit « Cukor », certainement « sucre » en tchèque, mais ce mot me dit autre chose, et avant de penser au réalisateur George Cukor, j'ai en tête, déjà, comme des grains qui crissent dans la sonorité de ces lettres, des paillettes en noir et blanc, le bruit, peut-être, d'un tissu lourd ou l'éclat d'un écran, le début d'un film qui pourrait commencer quand la serveuse, toujours souriante, pose devant moi un café clair comme une tisane dans un haut verre transparent.

Avant la visite, on est invité à prendre connaissance, dans un petit musée, d'une collection de photographies, de cartes postales, de documents retraçant l'histoire de la petite forteresse.

Une image m'arrête. Elle a été prise sur la place principale de Terezín en 1919. On y voit des jeunes gens qui plantent un arbre de la liberté. Les filles ont des fichus blancs, des manches bouffantes, des jupes crénelées de noir. Il y a beaucoup d'enfants. Tous semblent se désintéresser de l'action en cours – on soulève un petit conifère afin de le placer au centre du groupe – pour regarder intensément le photographe avec un air intrigué, méfiant.

Cette foule innocente qui vous fixe comme elle fixait celui qui l'a figée sur le papier a quelque chose d'inquiet et d'inquiétant. Peut-être parce qu'elle souligne par son trouble la bizarrerie des images de propagande du ghetto, des regards indifférents des habitants mimant le naturel, feignant d'oublier la présence de l'appareil photo, qui n'était pas beaucoup plus anodine en 1944 qu'en 1919. Le regard pénétrant, craintif de ces jeunes gens devant l'objectif révèle par contraste l'effort de dissimulation de ceux qui, vingt-cinq ans plus tard, se sont tenus droits, masquant leur angoisse, surveillant leurs gestes, leurs attitudes, devant cet œil de verre qui s'apprêtait à les montrer au monde.

*

Je m'étais déjà rendue, deux ans auparavant, à la petite forteresse. J'y avais marché sans guide et en avais gardé des images nettes dont je ne soupçonnais pas la fausseté.

Aujourd'hui, ma guide s'appelle Marcela. Elle est grande, elle a les cheveux gris et en écrivant ces lignes, je réalise que les trois femmes qui m'ont guidée dans les différentes étapes de mon voyage partageaient des caractéristiques physiques qui, malgré leurs différences notables de caractère, les mêleront bientôt dans ma mémoire au point de me donner l'impression d'avoir marché partout avec la même femme – longue silhouette sèche aux yeux très bleus.

Le parcours est le même que lors de ma première visite. Les bâtiments ont échappé pour la plupart à la tentation de la reconstitution. Dans la salle de bains collective au long miroir ininterrompu, abîmé, on aperçoit son reflet. Il y a, dans les pièces vastes et blanchies à la chaux, des nids d'hirondelles qui colonisent les recoins des plafonds, les rebords des fenêtres, le dessus des néons. Leur passage éclair strie les salles vides. On marche dans la rumeur aiguë des oisillons.

Dans un renfoncement, une plante, une plaque, quelques fleurs commémorent la mort de Robert Desnos à Terezín, le 8 juin 1945, Desnos aux yeux pâles comme un fond de piscine et si bordés de noir.

Lors de ma première visite, j'avais déjà photographié cette plaque, ces fleurs. Sur l'image on distinguait, dans un carré creusé à même le sol, de petites fleurs roses dont je ne connaissais pas le nom. Aujourd'hui, la terre a été remplacée par des graviers artificiels et les fleurs, réparties en quatre touffes autour d'une plante verte, une phalangère, aussi appelée « plante araignée ».

J'aimerais pouvoir faire l'inutile inventaire des modestes massifs ayant fleuri ce lieu sans qu'on sache quelle main les a composés, et tenter d'en déduire ce qui préside au choix des ornements tenant lieu d'hommages anonymes, éphémères parfois, comme ces marrons, ces cailloux avec lesquels d'inlassables inconnus retracent le nom de Desnos qui s'efface sur la pierre de sa tombe du cimetière Montparnasse.

C'est là que sont ses cendres, dans le cimetière parisien où elles ont été rapatriées en 1945. Lors d'une cérémonie en grande pompe, on pria pour l'âme d'un homme qui ne croyait en aucun dieu, aussi anticlérical que Max Jacob était fervent chrétien, dans la lumière des cierges et la pompe des discours alors que quelques mois plus tôt, il était un spectre parmi les spectres dans le mouroir de Theresienstadt.

Ici commence la légende, inspirée de faits réels comme toutes les vraies légendes mais racontée comme un rêve, une apparition.

Desnos n'a pas été qu'un spectre parmi les spectres. Il a ouvert les yeux, s'est levé de sa couche – on le raconte –, une dernière fois.

Josef Stuna, étudiant, médecin auxiliaire, s'occupait à Theresienstadt des prisonniers qui affluaient, épuisés, après l'évacuation des camps de l'Est et les marches de la mort. C'est lui qui a repéré la présence de Desnos grâce à son dossier. Stuna était jeune, aimait la poésie, il connaissait ses vers, son nom, son visage aperçu dans un exemplaire de *Nadja*, d'André Breton. Les photographies reproduites dans ce roman, il les avait regardées, sûrement, avant la guerre, dans un autre temps, une autre réalité. Il avait dû les regarder assez intensément pour que leur souvenir lui revienne, même là, dans l'urgence de Theresienstadt.

Sur la première, Desnos est assis, tête en arrière reposant contre l'appui d'un fauteuil. Il a les yeux clos, une main sur la tempe comme s'il s'apprêtait à se frotter les paupières pour sortir du sommeil. Sur la seconde, ses yeux, à demi ouverts, ne semblent plus voir. Ses bras sont retombés le long de son corps, au cœur d'une de ces séances de « sommeil hypnotique » que pratiquaient les surréalistes. On dirait qu'il est mort. Il ne l'est pas, il rêve. Mais c'est cette image-là qui permettra au jeune médecin tchèque de reconnaître un homme sur le point de mourir.

Stuna a demandé : *Connaissez-vous le poète Robert Desnos ?*

Et Desnos a répondu : *Robert Desnos, le poète français, mais c'est moi*[54].

Stuna fait appel à une jeune femme qui maîtrise bien le français, Alena Tesarova. Et puis, ils parlent, de choses depuis longtemps impossibles à partager, de choses que la longue marche, la maladie, la perspective de la mort n'ont pas rendues futiles, dont elles ont au contraire accentué la dimension essentielle. Ils parlent des villes absentes, des boulevards de Paris, ils parlent de Breton, d'Éluard, de Tzara, de Dalí. Desnos promet à Stuna de lui envoyer, dès son retour en France, un livre sur Picasso.

Mais le poète est en train de mourir. Stuna le sait. La fièvre ne baisse pas, la diarrhée le vide. Il ne se plaint pas. Il est ailleurs, peut-être, dans des mots et des paysages enfin échangés. À la fin, il ne parle plus mais on dirait que quelque chose en lui se perpétue, une musique, une conversation muette.

Son agonie dura deux jours pendant lesquels, s'il lui arrivait de répondre, c'était à contresens, écrira Stuna[55]. *Le dernier jour, c'est à peine s'il remua rarement les lèvres.*

Il a essayé de former un mot, que nous n'avons pas pu comprendre, dira Alena Tesarova.

Dans les mots écrits par Stuna, dans le langage précis habituellement destiné aux rapports, il semble que quelque chose soit passé, aussi, de ceux de Desnos, de leur étrangeté, de leur poésie :

La face postérieure du crâne étirée vers le haut et inclinée.
Nez fin, crochu.
De grands yeux bleu-vert, tant soit peu à fleur de tête.
Chevelure touffue, brun foncé, presque noire (il était tondu).
De belles mains et une voix grave et sourde.
Sur un de ses avant-bras, tatouage de son numéro de prisonnier, qui m'a malheureusement échappé ; sur l'autre, tatouage plus ancien sans doute : une espèce de figure fantastique se diffusant en étoile.

Après la mort de Desnos, le 8 juin 1945 à 5 h 30 du matin, Josef Stuna s'assure qu'il soit incinéré seul et garde précieusement ses cendres pour qu'elles puissent être rapatriées vers Paris et le cimetière Montparnasse sans que s'arrête, tout de suite, la légende – elle se poursuit et s'emballe, logée dans un petit papier trouvé tout au fond de la poche du poète.

On peut y lire quelques phrases que Desnos aurait griffonnées. Elles sont traduites en tchèque, paraissent dans la presse, puis on les retraduit du tchèque au français pour les journaux parisiens. Elle se répand, l'idée folle du dernier poème. On parle de miracle, celui d'une poésie qui pourrait exister même dans le voisinage immédiat de la mort. Cela rassure, sans doute, cette possibilité du poème, cela rassure tous ceux qui les ont vus, ces hommes qui ne ressemblent plus à des hommes, d'imaginer qu'ils peuvent encore écrire des vers comme ceux-là :

Ombre parmi les ombres
J'ai tellement rêvé de toi
J'ai tellement marché, tellement parlé,
Tellement aimé ton ombre,
Qu'il ne me reste plus rien de toi,
Il me reste d'être l'ombre parmi les ombres,
D'être cent fois plus ombre que l'ombre,
D'être l'ombre qui viendra et reviendra
Dans ta vie ensoleillée.

Ce poème, on s'en rendra compte plus tard, ressemble étrangement à un autre, écrit bien avant la guerre, en 1926, pour une femme aimée. Peut-être est-il revenu à la mémoire de Desnos, qui aurait réussi à l'écrire sur un morceau de papier. Peut-être l'a-t-on glissé dans sa poche, peut-être quelqu'un l'a-t-il traduit en tchèque et transmis au journal, comme un dernier hommage. La légende du dernier poème s'effrite, elle n'est plus tout à fait une légende, elle devient une rumeur, une déception.

Pourtant, il y a bien eu un dernier poème. En passant d'une langue à l'autre, du français au tchèque puis du tchèque au français, en étant recopié, traduit et retraduit, publié et republié, le poème a changé. Il est devenu un autre poème, amendé par les événements, les hasards, les faiblesses et les bonnes volontés, modifié par les derniers instants de celui qui l'avait écrit.

Le *fantôme* de 1926 s'est transformé en *ombre.*
Le cadran solaire de ta vie est devenu *ta vie ensoleillée.*

Par le biais mystérieux des traductions approximatives, les termes se sont faits plus vastes, plus universels et ce dernier poème, même si Desnos ne l'a peut-être jamais écrit, est devenu parabole, présage de sa vie.

✷

Dans la petite forteresse, il y a aussi la cellule de Gavrilo Princip qui, en assassinant l'archiduc François-Ferdinand et sa femme, la duchesse de Hohenberg, a déclenché la première guerre mondiale.

La cellule porte le numéro 1. Sur le mur, Princip aurait écrit avant de mourir, *Nos ombres s'en iront à Vienne, errer à travers le palais, en épouvantant les seigneurs.*

Princip au visage d'enfant épouvanté par sa propre puissance. Nationaliste ou épris de justice, les deux peut-être, si l'on peut encore croire que les deux sont compatibles. Ses yeux clairs, sa petite bouche mâchouillée, sa moustache clairsemée. Le noir sous ses yeux. Son regard perdu, triste. Lui aussi lisait des livres, Alexandre Dumas, Oscar Wilde, des manifestes anarchistes. Il a tenté, un temps, d'écrire de la poésie avant d'être déçu par son propre travail. Il voulait réparer les brimades infligées aux peuples slaves, il a précipité dans le néant des millions de gamins comme lui.

Mort à l'hôpital de la ville alors qu'il n'avait pas 20 ans des suites d'une tuberculose dévorante, il aurait été inhumé dans le cimetière de Bohušovice puis exhumé – on me l'a raconté un soir dans un café de Prague, accentuant peut-être le côté romantique de cette scène devenue elle aussi une légende – de nuit, au fond d'un bois, dans le plus grand secret. Sa dépouille a été emmenée en terre serbe, à Sarajevo où on l'a définitivement enterrée.

Le sens qu'on prête à son image, à son corps, change comme change la symbolique des monuments. Sur le lieu de l'assassinat de l'archiduc et de sa femme ont été érigés, en 1917, des portraits commémoratifs ôtés dès 1918. À leur place on a installé, dans les années 1930, une plaque à la mémoire de leur assassin, elle-même arrachée en 1941 par des nazis désireux de l'offrir comme trophée à Hitler. Sous Tito, on a été jusqu'à couler au même endroit l'empreinte des pieds de Gavrilo Princip, retirée au début de la guerre des Balkans.

En juin 2015 a été inauguré à Belgrade un nouveau monument à sa gloire. L'homme de la statue n'a plus rien d'un gamin en colère, d'un révolutionnaire. Sa mâchoire est carrée, ses cheveux, bien peignés. Son type slave a été accentué – pommettes hautes, œil clair. Comble de l'ironie, il trône, dans sa gangue de bronze, au centre du parc des Finances.

Au musée de la petite forteresse, j'apprends l'existence du médecin de Gavrilo Princip, Jan Levit, qui se serait lié d'amitié avec son jeune patient avant d'être, près de trente ans plus tard, interné à Theresienstadt puis déporté à Auschwitz. Celui qui a soigné le garçon par qui la première guerre mondiale est arrivée aura donc été emporté par la suivante. Les strates de l'Histoire surgissent nues, absurdes sous la lumière d'une seule vie.

Les murs épais de la petite forteresse ne sont immuables qu'en apparence. À l'intérieur, les lignes bougent en permanence. Son commandant, Heinrich Jöckel, y a lui-même été enfermé à la fin de la guerre, dans l'une des cellules minuscules par la porte de laquelle passent aujourd'hui les têtes chercheuses des touristes. À peine une pièce, éclairée par un soupirail. Des anneaux de métal sont fichés dans le mur. On peine à imaginer qu'ait croupi ici un homme seul alors qu'on y entassait auparavant jusqu'à soixante Juifs.

Je n'étais pas prisonnier à la petite forteresse, m'a raconté Felix Kolmer dans son appartement de Prague, Felix Kolmer qui construisait des châlits sous le contrôle des SS, mais j'y allais tous les jours, donc je voyais ce qui s'y passait. C'était très brutal. Il y a eu cinq cents Juifs tués là, et pas tués normalement, massacrés. Ce sont des choses que j'ai vues quand je travaillais là-bas.

Je vois toutes ces choses, a-t-il répété, la cour du premier, celle du quatrième.

J'y pense souvent, presque tous les jours. J'ai rêvé de mauvaises choses mais avec ce matériau, j'ai travaillé et maintenant, j'ai moins de mauvais rêves. Aujourd'hui, dans mes rêves, je dois aller au camp, je ne sais pas ce qui va se passer mais je sais que je vais survivre. Je vois des gens inconnus.

Les espaces se transforment, changent de fonction et les mots de Marcela, ma guide, déplacent peu à peu ce que j'avais cru voir.

Ce bassin de béton, je me souviens de l'avoir photographié deux ans auparavant, comme le panneau qui l'accompagne – une silhouette d'homme barrée. J'avais imaginé une piscine, si incongrue dans ce décor que je pensais m'être trompée. C'était un réservoir d'eau, m'explique Marcela, construit par des prisonniers, mais il a effectivement été transformé en piscine pour le confort des nazis en été. La villa d'Heinrich Jöckel était juste en face. Les familles des surveillants pouvaient se baigner là sans sortir de l'enceinte, à quelques mètres à peine des cellules de torture.

L'immense tunnel qui passe sous les remparts, dans lequel il fait froid même en été et qui, j'en étais persuadée, menait à la cour des exécutions, ce tunnel dans lequel je n'avais pu m'empêcher d'imaginer la lente progression de condamnés qui ne seraient ressortis au jour que pour être assassinés, était en réalité muré pendant la guerre. Personne, à cette époque, ne l'a emprunté. Ces croix en pierre sur le sol que j'avais prises pour des tombes étaient des supports pour que les soldats s'exercent au tir – les branches des croix permettant de s'accouder lorsque le corps est allongé.

Mais cette étendue d'herbe où, m'apprend Marcela, ont été pendus trois Polonais évadés, ce talus où l'on retrouve enfin le ciel recouvre, lui, une fosse commune où plus de six cents personnes ont été enterrées. C'est Eichmann, m'apprend Marcela, qui a décidé de ne pas les brûler dans le four crématoire parce que la visite de la Croix-Rouge approchait. Il fallait faire croire qu'on respectait les rituels des Juifs qui ne brûlent pas les morts.

Les deux pièces minuscules aux murs si arrondis qu'elles ressemblent à des grottes n'étaient pas des cellules d'isolement mais les recoins où l'on entassait les corps et je n'en savais rien.

Dans la cour trône l'inscription *Arbeit macht frei* qui, me précise Marcela, n'était normalement placée que dans les camps d'extermination. Si on l'a ajoutée là, dans la petite forteresse de Theresienstadt, c'est donc dans une volonté d'imitation et cet ajout achève de brouiller les pistes, rend plus flottant encore le statut de ce lieu, ni ghetto ni camp mais les deux à la fois, où les signes sont plus ambigus, moins lisibles qu'ailleurs.

Rien de ce que j'avais imaginé n'est vrai. Sans la parole pourtant fragile, le lieu ne m'aurait rien dit de ce qui s'y est passé.

*

À côté de la « piscine », dans la petite forteresse, il y avait un cinéma. Puisque la ville n'était plus peuplée que par des Juifs auxquels on ne laissait aucun loisir, les nazis avaient jugé préférable de déplacer son cinéma ici, pour leur usage exclusif.

Dans ce ghetto où se jouaient des pièces de théâtre, où se montaient des opéras et des concerts, où naissaient des tendances picturales, le cinéma est resté le seul art interdit aux internés, celui qui allait les utiliser mais dont la jouissance resterait réservée aux geôliers.

Au sein du bâtiment où les nazis regardaient des comédies et des bluettes, des images d'un monde en noir et blanc destinées à leur faire oublier ce qui se passait à quelques mètres à peine ou, peut-être, à le légitimer, a aujourd'hui été installée une télévision qui passe en boucle, dans plusieurs langues, le film de propagande réalisé à Theresienstadt.

La salle n'est peuplée que d'une rangée de chaises vides. J'en choisis une. J'ai déjà vu ce film plusieurs fois mais ici, sur les lieux mêmes de son tournage, les images, de nouveau, me happent.

Sur l'écran, des forgerons frappent une enclume. Ils sont torse nu. L'un d'eux, coupé net par le cadre au niveau du cou, porte une étoile de David à la ceinture. Sur le fond noir vacille la lumière des flammes. C'est un ballet bien orchestré où chacun tient son rôle et quand l'un des forgerons lève les bras, corps arqué, tendu, ployant à peine sous le poids du marteau, celui qui lui fait face se penche en avant dans une parfaite symétrie inversée.

Au commentaire original qui glorifiait le travail et le *bien de la communauté* a été substituée, comme sur les DVD en vente au Musée du ghetto, la longue litanie des convois.

Un soudeur rabat la visière de son casque, des étincelles jaillissent. Les visages, les mains, les outils, de nouveau les visages, la caméra s'approche pour mieux en faire surgir les lumières et d'un coup le soudeur, tête penchée, corps à moitié caché par une fumée blanche, ressemble à un scaphandrier.

Si les images ont plusieurs vies – l'instant où on les regarde puis la façon dont elles vieillissent dans le souvenir, y pâlissent ou au contraire y prennent des teintes plus vives, colorées du voisinage de ce qu'on devine derrière, de l'état dans lequel elles nous plongent ou du passage fortuit des pensées – celles de ce film auront tendance, au fur et à mesure du voyage et de l'écriture, à creuser dans ma mémoire leur contraste, blanchir les corps et les visages tandis que le fond sur lequel ils évoluent, qu'il s'agisse du mur invisible d'une cave ou du ciel métallique de la sortie des ateliers, sombrera dans un noir de plus en plus franc, net, qui condensera le film en un ciel perclus d'étoiles ou un morceau de pellicule endommagé.

Plus tard, c'est un concert. La salle est pleine et les visages, figés dans une concentration qui ressemble à un épuisement.

C'est en passant ces images au ralenti pour briser leur rythme enjoué, leur caractère factice, qu'Austerlitz, dans le roman de Sebald, parvient à ouvrir une brèche au sein de la mécanique bien huilée du film. Dans l'enchaînement des plans, des images et des sons – les airs guillerets transformés par la lenteur de la bande en des grognements qu'il compare aux rugissements sourds des fauves du Jardin des Plantes – il cherche l'anomalie et la faille. Il cherche, surtout, la figure d'Agata, sa mère disparue, qu'il croit enfin apercevoir quand l'orchestre joue ce qu'il identifie comme l'*Étude pour orchestre à cordes* de Pavel Haas.

Venant de l'arrière, le regard parcourt d'abord la salle aux fenêtres grandes ouvertes, occupée par un grand nombre d'auditeurs qui ne sont pas assis en rangs, comme d'ordinaire pour un concert, mais par quatre autour d'une table, comme dans une auberge, sur des chaises de style alpin sans doute confectionnées pour l'occasion dans la menuiserie du ghetto, avec un cœur découpé dans le dossier. Tout au long du concert, la caméra fixe en gros plan telle ou telle personne, entre autres un vieux monsieur dont la tête aux cheveux gris coupés court emplit la moitié droite de l'image, tandis que sur la moitié gauche, légèrement en retrait vers le bord supérieur, apparaît le visage d'une femme plutôt jeune, se détachant à peine de l'ombre noire qui l'entoure, ce qui explique que dans un premier temps je ne l'aie pas remarquée. Elle porte autour du cou, dit Austerlitz, un collier dont les trois rangs fins se distinguent à peine sur sa robe foncée à col montant, et une fleur blanche est piquée dans sa chevelure. Exactement comme les pâles souvenirs, et les rares autres indices qui me restent encore aujourd'hui, me permettent d'imaginer l'actrice Agata, oui, c'est exactement à cela qu'elle ressemble, me dis-je, et je ne cesse de regarder ce visage qui m'est autant familier qu'étranger, dit Austerlitz, je rembobine la cassette, une fois, dix fois, et je vois le compteur dans le coin supérieur gauche de l'écran, les chiffres qui recouvrent une partie de son front, les minutes et les secondes, de 10:53 à 10:57, et les centièmes de seconde qui défilent, si vite qu'on ne peut les fixer, ni les déchiffrer[56].

Sur les images, on retrouve la salle aux grandes fenêtres ouvertes, les auditeurs assis, les chaises en bois, sauf que le motif creusé n'est pas un cœur, mais un rond parfait. Jusque-là, je n'avais trouvé dans le film aucune trace d'Agata. J'avais pensé que Sebald l'avait inventée, incrustée par l'écriture comme les légères modifications du décor, et que la photographie reproduite dans le livre était extraite, peut-être, d'une autre série d'images, d'un autre film.

Et c'est là que je la vois. Dans le public, juste derrière le sculpteur : l'Agata de Sebald, maintes fois cherchée, est soudain là, sur l'écran, fleur blanche dans les cheveux. Son collier, que Sebald décrit comme comportant trois rangs, n'en a que deux. Sa bouche est entrouverte alors que sur la photographie du livre, elle était close. La même mais pas tout à fait, comme si elle avait le pouvoir de s'échapper et de revenir différente, lèvres serrées ou ouvertes sur un sourire – comme si on n'avait jamais que des aperçus, des fenêtres minuscules sur la vie secrète d'une femme qui se perpétuerait en dehors du film et du livre, en douce leur échapperait.

L'écran s'éteint. Avant de partir, je remarque, sur la droite, une autre pièce où s'étagent des rangées de strapontins. Sur les murs qui entourent un grand écran, des appliques projettent de faibles taches lumineuses en forme d'éventail. Elle est sans doute là, la vraie salle de cinéma de Theresienstadt. Une salle vide dont l'entrée est interdite, comme le confirme le geste brusque du gardien quand il m'aperçoit.

Je reste quelques secondes dans la pièce, repensant aux images de l'artiste japonais Hiroshi Sugimoto[57], ses photographies d'une salle de cinéma pleine de spectateurs prises à une vitesse si lente – l'obturateur laissé ouvert pendant toute la séance – que la lentille ne saisissait aucun mouvement, ni dans la salle ni sur l'écran, ne fixait que ce qui reste immobile : le décor, les rangées de fauteuils, le support du film, son cadre et son souvenir.

Toute l'histoire condensée en une seule image : cet écran blanc.

Tout ce qui était vivant avait disparu, les spectateurs comme les acteurs, et pourtant tout était là, invisible seulement pour l'optique de l'appareil.

Peut-être est-elle seulement en maintenance, cette salle, en attente qu'on y projette de nouveau des images. Peut-être qu'une forme de pudeur a interdit de montrer, sur l'écran devant lequel riaient les nazis, les visages des déportés de Theresienstadt. Peut-être qu'on n'a osé ni l'utiliser ni la détruire, lui préférant l'ersatz de la salle d'à-côté, avec sa télévision posée sur une commode, et qu'on l'a laissée là, intacte, antique, comme une image réduite d'une ville paralysée par sa propre mémoire.

Quand je passe, en sortant, devant l'écran de télévision, le film recommence. De nouveau, les forgerons forgent, les bras s'élèvent. Il y a des éclaboussures lumineuses, des éclats nets de métal, puis le visage d'un jeune homme qui sourit en travaillant, d'un doux sourire gêné, de ceux que l'on réserve à l'œil d'une caméra.

*

Derrière la caméra, il y a d'abord eu une femme du nom d'Irena Dodalová.

Dans un documentaire, gros plan sur ses yeux clairs, son grand sourire, le fichu noué sur son front blanc – une jolie fille au visage slave vers laquelle un homme incline légèrement la tête.

Irena Dodalová venait de l'animation. Avant la guerre, avec son mari Karel Dodal, elle a réalisé des films publicitaires dont certains peuvent encore être visionnés sur internet, comme cet étrange ballet de formes géométriques, ronds blancs sur fond noir et ronds noirs sur fond blanc, bulles ou comètes qui se démultiplient, s'effacent, avant de former la boîte de savon vantée par la réclame.

Pour réaliser leur film de propagande, les nazis auraient organisé un concours de scénarios qu'Irena Dodalová, qui connaissait le métier, aurait remporté. Elle aurait ensuite écrit, en collaboration avec le jeune artiste Peter Kien, ce premier film, financé par l'argent confisqué aux Juifs tchèques et nommé *Theresienstadt 1942*.

La genèse exacte du projet n'est pas clairement établie – commandé par Himmler pour étendre la propagande voire se fabriquer, à toutes fins utiles, des archives personnelles, par Eichmann pour faire miroiter un avenir serein aux Juifs de Pologne ou par Günther, chef du bureau des affaires juives de la Gestapo de Prague, pour faire croire que les Juifs mènent la belle vie pendant que les Allemands croupissent sous les bombes – mais ses visées, multiples, se précisent avec le temps et la distance.

Dans ce film, plus de représentations caricaturales comme celles du *Juif Süss*. Cette fois, les nazis ne montreront plus les Juifs comme des rats, des parasites. Leur propagande a déjà été suffisamment efficace pour qu'il ne reste plus, dans l'Europe occupée, grand monde à persuader.

Ce qu'ils veulent désormais, c'est mettre l'accent sur leur propre magnanimité envers ceux dont l'infériorité ne serait plus à démontrer, c'est se montrer bons princes, cesser de forcer le trait pour susciter davantage de haine en les présentant comme des privilégiés.

La méthode n'est pas neuve. Des images du ghetto de Varsovie[58] avaient déjà été tournées, montrant des appartements misérables maquillés pour l'occasion en intérieurs bourgeois afin de créer un contraste avec la pauvreté qui régnait partout dans les rues de la ville, faisant de cet écart factice une preuve supposée de l'indifférence des Juifs les plus riches envers les plus pauvres, construisant l'image d'un peuple dégénéré et jouisseur, pitoyable dans l'opulence comme dans la misère.

Ici, la mise en scène est légèrement différente. Theresienstadt devra être filmée comme une ville où tout le monde est sur un pied d'égalité, où les Juifs cohabitent dans la créativité et la camaraderie. Même plus besoin de les montrer veules, égoïstes. L'antisémitisme est suffisamment installé pour qu'il suffise maintenant de les montrer vivants. C'est la simple image d'une vie quotidienne paisible dans le contexte de la guerre qui attisera la haine et corroborera le mensonge, dédouanera les nazis de leurs crimes et suscitera l'adhésion.

Irena Dodalová, encadrée par une équipe des services de sécurité nazis, tourne dans une ville qui n'a pas encore été transformée par l'« opération d'embellissement ». La crasse, la maladie, la mort sont difficiles à masquer. Les rues sont sinistres, surpeuplées. On distingue un corbillard qui entre dans le champ. Les images, que la jeune femme aurait tenté de faire sortir du ghetto pour alerter l'opinion, sont jugées trop fidèles à la réalité. Accusée de ne pas avoir fait preuve de suffisamment de zèle, elle se voit retirer le projet. Sa fiction – le parcours d'un couple de déportés imaginaires – sonne plus juste que le faux documentaire qui va lui succéder. Son film ne sera probablement jamais exploité. En dehors de rares images, dont certaines semblent avoir été prises en marge du tournage, toutes les copies ont été détruites.

Il y aura donc un autre film, tourné entre le 16 août et le 11 septembre 1944. La période y est bien plus propice. La visite de la Croix-Rouge est passée, le décor est planté. Le film ne s'adressera pas à l'Allemagne mais aux pays neutres, au Vatican, à la Croix-Rouge, à tous ceux que les nazis croient encore devoir berner, ne soupçonnant pas l'étendue de leur indifférence.

À l'origine, il sera intitulé *Theresienstadt, documentaire sur la zone de peuplement juif*, mais on en retiendra l'appellation plus familière, ironique : *Le Führer offre une ville aux Juifs*. Ville transformée, ville annulée, c'est désormais une « ville offerte », offerte à ceux qu'elle retient prisonniers.

*

Toujours, on aime les figures tragiques. Elles sont une bonne matière à romans, ces personnes si faciles à transformer en personnages. Dans le réseau de trajectoires qui se croisent à Terezín, il y en a une qu'il est tentant de changer en destin puisque tout est là, de l'éclat à la chute, pour en faire une histoire [59] – celle du réalisateur Kurt Gerron.

De sa vie, on ne connaît pourtant que les arêtes saillantes. Le reste dort, peut-être, dans ses films réalisés avant-guerre, ou pile dans l'interstice entre ces images et celles qui seront tournées sous la contrainte, entre les lignes claires d'une vie et ses possibles soubassements.

Gerron est un saltimbanque, un amuseur issu du Berlin des années 1920 qu'on imagine auréolé encore de ce qui ne tardera pas à disparaître, plumes, paillettes, banquets au champagne, cris et gants de dentelle, fatigue des petits matins. Un saltimbanque au physique dantesque, à l'appétit insatiable, à la volonté farouche de s'inscrire dans la marche du monde. Il faut dire qu'on l'imagine véloce, en ces années-là, cette course échevelée des jours. Pour être vu, applaudi, remarqué, il faut comme elle s'avérer rapide, tenace, mettre un pied sur le bord du manège, s'accrocher à la barre, ne rien lâcher. Faire avec ce qu'on a. Une voix, une chevelure couleur cendre, des yeux incroyables, un corps pesant, émasculé pendant la Grande Guerre, un visage en poire, des sourcils mobiles. Avec ce corps-là il faut bien faire quelque chose, alors à défaut d'exciter les fantasmes des Allemandes, il marquera les esprits, fera rire, trembler, on ne l'oubliera pas. Il se voulait médecin, il sera comédien, sur tous les fronts et toutes les scènes, infatigable travailleur du jeu dans les cabarets, les théâtres puis les plateaux de tournage – le jour, il faut croire, ressemble aux nuits les plus blanches.

Dans *L'Ange bleu*, en 1930, Marlene est Lola-Lola, chapeau d'homme et jeu de jambes, voix charnue, coupante. Du fond velours derrière la star sort le visage pâle de Gerron, le roulement de ses pupilles comme de petits fruits noirs. Il ajuste sur ses lèvres une fausse moustache exactement comme le fera, des années plus tard et dans son propre film, le jeune héros de *Brundibár*.

Il incarne une crapule, un filou comme il en jouera des dizaines, acteur comique à l'inimitable roulement de « r » quand il chante, spécialisé dans les rôles de marlous en tout genre. Pour camper ceux-là, son corps n'est plus un obstacle. Sa silhouette l'annonce, sa voix le confirme, une voix d'ogre qui sait se faire fluette, fragile, reconnaissable entre mille.

Ce n'est pas un jeune premier, c'est sûr, mais le public l'aime comme une part peu avouable de lui-même.

Scène, cinéma, cabaret et théâtre, plus de vingt films rien que dans l'année 1927, il joue, il réalise, il est incontournable. Dans *L'Opéra de quat'sous*, il est « Mackie-le-surineur » et c'est un chef de gang, c'est Brecht, c'est Kurt Weill, de la satire grinçante et coupante comme une lame. Gerron est à l'avant-garde, le poil à gratter de la société allemande, celui qu'on adore détester.

Gros cigare, favoris, sa voix crisse et s'élève, *Ach, es sind des Haifischs Flossen / Rot, wenn dieser Blut vergiesst* – Ses nageoires sont rouge sang quand le requin est en chasse.

L'articulation est parfaite, une tessiture de pierre, *Mackie Messer trägt 'nen Handschuh / Drauf man keine Untat liest* – Mais Mackie, lui, porte des gants. Et ne laisse aucune trace[60].

Dans les films qu'il tourne en tant que réalisateur se déplie, comme le foulard mystère d'un magicien de scène, tout l'univers qu'on pressentait dans sa gestuelle d'acteur, le regard fixe de ses yeux noirs – drogue, trouble amour fraternel, poursuites, vengeances et puis les détectives, bossus et capitaines qui peuplent son monde de nuit et de femmes brisées. *Der weisse Dämon* et le crâne luisant de Peter Lorre, ex-M le Maudit aux cils immenses, *Ein toller Einfall* et puis, en

1933, ce film dont le titre s'allume en creux dans le marasme qui vient, qui est là, qui s'installe : *Incognito*.

Les nuits changent et dans les « r » roulés des discours s'arriment des cris et des invectives. Les vitrines explosent. Le noir et blanc des images d'archives a la blancheur d'un flash et l'éclat du verre brisé.

Gerron a de plus en plus de mal à travailler mais il s'acharne. Il joue. Il tourne. On dit qu'il ne se préoccupe que de sa carrière, qu'il a des œillères, on le traite de naïf, on le traite d'aveugle. On le traite d'enfant.

Quelque chose monte et quelque chose s'épuise. Parce que l'Europe, bien sûr, a commencé à se restreindre, comme les lieux où les Juifs peuvent encore se montrer. À quoi ressemble une ville dans laquelle on est devenu indésirable ? Est-ce qu'elle rétrécit, s'enroule sur elle-même comme un linge mouillé plaqué sur le visage ou est-ce qu'au contraire elle s'étend, se répand et s'emballe comme ces terrains sans fin où l'on court dans les rêves ?

Quand les SS débarquent sur un tournage en clamant l'hymne nazi, Gerron lève le bras et chante. Puis il est sommé, comme tous les « non-Aryens », de quitter le plateau.

Alors, c'est l'exil. Paris d'abord, puis un passage par Vienne, Carlsbad, des projets avortés, un niveau de vie qui baisse. Et puis, c'est Amsterdam, où il est un peu plus facile de faire son trou, c'est ce qu'il fait, Gerron, il se creuse de nouveau une place.

On lui propose un film à Hollywood, un billet pour le voyage, mais les commandes arrivent enfin et s'il y a une chose qu'il ne peut abandonner, ce sont ses projets, ses équipes, ses ambitions. Tandis qu'il s'y accroche, le reste part en lambeaux. Son film est un échec. Son contrat publicitaire avec la compagnie KLM est annulé. Les États-Unis, pourquoi pas, finalement. Il écrit à Fritz Lang mais quand il reçoit enfin une lettre de son agent, c'est pour y lire : *Très peu de gens auraient envie de faire venir d'Europe un acteur de votre genre, surtout en ce moment*[61]. Il ne faudrait pas qu'il se berce de *vagues illusions*. C'est trop tard.

Scheveningen, près de La Haye. Il y a ici tout ce qu'on trouve dans les petites stations balnéaires du Nord de l'Europe. Une longue plage de sable. Une jetée illuminée. Gerron y creuse de nouveau son trou, il se refait un nom. Depuis le rivage de Scheveningen, certains prennent des bateaux pour Douvres mais lui ne semble pas se préoccuper de la nécessité de fuir. Il travaille. Peu à peu, la station se vide. Le public se fait rare. Comme dans le Badenheim du livre éponyme d'Aharon Appelfeld, le lieu de détente se délite et dans les loisirs qui s'épuisent s'insinue l'angoisse.

Sur une photo du temps de sa gloire, on le voit au centre d'un groupe d'actrices, d'acteurs empressés, son corps massif est le seul à avoir droit à un fauteuil, les autres l'entourent, c'est à ses pieds que sont les fleurs.

Désormais, ses personnages si populaires sont vus sous un tout autre jour. Le richard, la fripouille : ses mimiques outrées sont choisies par les nazis pour personnifier « le Juif » dans des films de propagande où se succèdent des plans inquiétants de son visage. Tout ce qu'on adorait détester est devenu le symbole de la répugnance qu'inspirent les Juifs à l'Allemagne. Même son image lui échappe, comme les lieux auxquels il se raccroche. Quand il retourne à Amsterdam, il n'y a plus qu'un théâtre dans lequel on accepte les Juifs, le Schouwburg, et quand il faut trouver un endroit où les parquer, c'est celui-ci qui est tout naturellement choisi. Ainsi les lieux changent de nature eux aussi, brusquement ou petit à petit, ainsi ils se retournent contre ceux qui y avaient trouvé refuge. Le silence, l'impatience du spectacle font place à l'affairement inquiet de ceux qui viennent d'être changés en prisonniers. L'attente devenue stupeur s'étire, sans horizon, sans objet et les conciliabules, les plaintes, les mauvais rêves remplacent le timbre clair, les larmes feintes des acteurs.

Quand Gerron arrive un matin au théâtre, il est pris comme les autres. Dans l'organisation sommaire qui s'établit dans l'urgence, au sein de cet espace familier qui ne ressemble plus à rien, dont les usages sont dénaturés – où dort-on, sur la scène désertée ? – sous les ors du plafond devenu couvercle, éteignoir, prison, puisque chacun doit encore tenir un rôle, on le charge des objets perdus.

Puis, c'est le camp de Westerbork, où il retrouve un semblant de popularité. Il y a là beaucoup de gens qui le connaissent, qu'il peut encore amuser. Il se trouve que le commandant SS Albert Konrad Gemmecker aime le théâtre. Avec le bois d'une synagogue, il fera donc construire une scène. Ici, on monte des spectacles de cabaret qui distraient les détenus et les nazis, permettent d'éviter la panique avant les transports vers l'Est.

Le 25 février 1944, Gerron est de nouveau déplacé – cette fois vers Theresienstadt.

Juste après son départ, commence à Westerbork le tournage d'un autre film de propagande[62]. On y voit aussi des travailleurs à l'ouvrage, des forgerons, des jeunes filles qui font de la gymnastique, des matchs de foot. Un commandant allemand sert de guide, filmé par un interné juif. Dans les ateliers de production, la caméra suit en un long travelling les rails qui strient le sol de l'usine, puis filme le départ des convois. Le lent défilement des wagons se confond avec celui des images, analogie d'autant plus sinistre qu'à Theresienstadt, les conditions de tournage dépendent du rythme des convois, qui videront peu à peu la forteresse pour la rendre conforme à la fiction en marche.

Dans la vie culturelle florissante du ghetto, Gerron ne peine pas à se faire de nouveau une place. Il monte d'abord un spectacle, *Carrousel*, dans lequel l'ivresse des manèges d'enfance devient une parabole de la vie dans le camp, illusoire, monotone, tournant sans cesse sur elle-même.

Comme partout, Gerron travaille. Ici, il n'y a plus d'enjeu, de notoriété à conquérir, pourtant des témoins racontent qu'il prend autant de plaisir à présenter ses spectacles devant des salles pleines de vieillards condamnés que dans les plus prestigieux théâtres.

Quand il faut trouver quelqu'un pour réaliser leur film de propagande, pour donner corps à l'illusion d'un « ghetto modèle », bien sûr c'est à lui que les nazis pensent. Un Juif, à qui confier la mission de diriger les autres Juifs, comme le fait déjà l'administration juive du camp, un Juif qui se fera détester à leur place. Un homme connu, respecté, qui saura prendre au sérieux son travail. Le commandant Karl Rahm le convoque. Bien sûr, aucune de ses « propositions » n'est de nature à être refusée. Pourtant, Gerron hésite. Alimenter le mensonge, le graver sur pellicule, c'est participer à l'effort de guerre nazi, mêlant la violence au mensonge. C'est faire un pied de nez à sa propre existence, ajouter à la souffrance le mépris de la dérision.

Il s'adresse au Conseil des anciens qui n'a qu'une seule directive : qu'il fasse ce qu'il peut pour survivre. Les Allemands sont affaiblis, des rumeurs évoquent la proche victoire des Alliés. Ce film, de toute façon, ressemble déjà à un coup d'épée dans l'eau. Et puis, Gerron n'a pas tourné depuis des années. Il accepte. Peut-être mettra-t-il un acharnement tout particulier à réaliser, dans ces conditions, un film aussi ambitieux que les autres, peut-être apprécie-t-il de retrouver une forme de pouvoir. Peut-être croit-il tout simplement que les nazis lui laisseront la vie sauve.

Les cameramen s'engagent à garder, à propos du tournage, le plus grand secret. L'organisation est colossale, on se croirait à Hollywood. Même si le film est censé être un documentaire, il doit faire siens tous les codes de l'industrie de la fiction. Fiction par omission – aucun mirador, aucun gardien, aucun convoi, aucune trace dans le champ d'angoisse ou de violence –, par transformation – la ville « embellie », la ville dénaturée.

Gerron reprend des notes écrites par un autre déporté, Jindrich Weil, et se base sur les dessins préparatoires du dessinateur Joe Spier, déjà auteur des aquarelles offertes aux délégués de la Croix-Rouge. D'un trait léger, presque tendre, qui rappelle certains dessins de Sempé, Spier a dessiné les visages penchés des travailleurs, les plans du stade de football, les spectacles. Ses dessins préfigurent le tournage avec une précision qui démonte encore davantage sa prétendue nature documentaire.

Gerron mène son monde à la baguette depuis sa chaise où il est écrit « réalisateur ». Mouchoir dans la pochette de sa veste comme venu d'un monde mort, sur le tournage il est partout, dirige de main de maître.

Il cadre, comme on le lui a demandé, les Juifs les plus connus en plans rapprochés, les fige sur pellicule pour prolonger l'illusion, même après leur exécution. Ce sont donc ces images dernières, ces images sépultures qui, une fois sauvegardées, permettront l'assassinat de ceux qu'elles ont immortalisés, dans une torsion tragique de tout processus cinématographique qui saisit et préserve quelque chose d'une vie avant sa disparition. Comme l'écrit Sylvie Lindeperg dans son livre *La Voie des images*[63], *la prise d'images elle-même précipita la fin, condamnant à une déportation accélérée les sujets filmés qui n'avaient plus d'utilité pour la propagande.*

Dans le film de Gerron ne filtre aucune volonté de faire affleurer la réalité des conditions de vie du ghetto. Il emploie même un zèle particulier à fabriquer son monde parfait. Peut-être, en trahissant ses compagnons et leur réalité partagée, fait-il aussi preuve d'une forme de loyauté, profonde et ancienne, envers sa vie d'avant, envers un temps qui n'a plus cours, celui du jeu et du spectacle dont ni l'exil ni les brimades n'ont réussi à l'arracher.

Sylvie Lindeperg écrit qu'il était *animé d'un désir de fiction*, désir qui semble avoir conduit sa vie entière jusqu'à dénaturer sa propre existence – désespérément fidèle à son rêve de cinéma, à son désir de personnage, à un monde qu'il tente, en falsifiant ses images, de ressusciter.

L'illusion imposée devient la sienne. Les images menteuses, une réalité rêvée. Peut-être parvient-il à oublier que ce lieu est celui dans lequel il vit pour peaufiner, seulement, celui qu'il est en train de filmer.

Dans cette ville qui a toujours ressemblé à un décor se déroule alors, l'espace de quelques jours, ce qu'elle a toujours semblé prête à accueillir.

C'est très compliqué à recréer, la vie, le quotidien, la normalité, c'est compliqué à fabriquer, une ville, quand on a perdu jusqu'à l'habitude d'y marcher sans entraves. Il faut pourtant les rejouer, ces moments perdus, composer son propre rôle repêché du passé, fouiller dans la mémoire, plonger les mains dedans, profond, là où s'éclairent peu à peu des pans de vie entiers soudainement retrouvés. Dans les rues, des bruits familiers qui pourtant n'existent plus nulle part, on le sait, et des conversations orchestrées comme des répétitions musicales.

Il faut se souvenir des gestes. Ceux qu'on fait pour marcher, pour sourire, pour serrer des mains, pour manger de la viande au restaurant, avec des couverts, le couteau dans la paume pour la première fois depuis des mois, des années puisque, bien sûr, tout ce qui ressemble de près ou de loin à une arme est ici interdit, reconnaître la sensation du métal froid, celle de la viande qui cède, lentement, sous la lame, la clameur joyeuse des foules à l'entrée des théâtres et l'espace retrouvé. Lever la main pour appeler le serveur, saisir l'anse de la tasse, goûter le liquide chaud lentement porté aux lèvres. S'asseoir dans l'herbe des remparts. S'allonger. Papoter dans le soir qui tombe. Jouer ce qu'on n'était pas sûr, jusque-là, d'avoir tout à fait perdu.

Et c'est peut-être au creux de chaque geste reconstitué pour la caméra, de chaque instant de bien-être, de chaque amorce d'un sursaut de liberté que surgit, dans ces retrouvailles, la confirmation de la perte.

L'orchestre est constitué d'excellents musiciens mais c'est une formation qui ne durera que le temps du tournage. Gerron choisit soigneusement les enfants qui joueront dans le parc. Il faut qu'ils soient *mignons* mais surtout, qu'ils aient *l'air juif. Pour préparer le tournage de demain,* écrit-il dans une lettre, *je voudrais vous demander de sélectionner plusieurs enfants, mignons, mais de préférence pas blonds. Je vous remercie d'avance.*

Et puis : *Je suis certain que notre travail permettra de réaliser un documentaire de dimension internationale*[64].

Les « acteurs » ne doivent pas regarder la caméra, c'est la première condition du contrat. Certains figurants avaient déjà joué un rôle devant la délégation de la Croix-Rouge. C'était une question de survie, c'était du mensonge, déjà, de la mise en scène, mais ce n'était pas encore tout à fait du spectacle.

Devant un Gerron survolté et perfectionniste, il faut désormais donner sa silhouette, son regard, sa force de travail, les laisser se graver sur pellicule, sans plus aucun espoir.

Là, dans les rues métamorphosées, s'accomplit le retournement ultime de la mise en spectacle de la ville depuis la création du ghetto, le pendant ironique et cruel des scènes musicales et dramatiques, de l'effervescence créatrice. Tout ce qui jusque-là permettait encore de vivre, de se ménager une enclave, tout ce qui maintenait, aussi, dans une irréalité qui parfois masquait le pire, vient, comme un fil qu'on tire jusqu'à ce qu'il étrangle, enfermer mieux que des murs, mieux que des barbelés. Ils y sont pris, maintenant, dans le prolongement pervers des histoires murmurées, montées sur les planches de fortune.

Un signe aux délégués de la Croix-Rouge et, sûrement, c'était la mort.

Un signe à la caméra, ce serait inutile. On risquerait de croire que cela fait partie du scénario.

Ce spectacle-là, même son réalisateur ne pourra bientôt plus le mettre en scène. Amaigri, maltraité, il ne peut parler directement à ses techniciens ; les SS font l'interface. Karel Peceny, directeur de la presse filmée de Prague, Aktualita, qui supervise le tournage, prend de plus en plus le pouvoir sur Gerron – évincé de son propre film, poussé hors de la fiction qu'il a mis tant de zèle à construire. Pourtant, il tourne. Et quand on sait quel mélange d'humiliation et de rêves de grandeur pas tout à fait éteints ont pu faire naître en lui ces images, elles prennent une résonance plus ambiguë et plus triste. Sur ces visages qu'on forçait à sourire, on peut aussi déceler le regard de celui qui filme, sa quête éperdue d'une reconnaissance.

La vie de tout le monde tenait à un fil. Il y avait une scène surréaliste à la piscine. Comme dans La Belle au bois dormant. *Toute la ville était gelée. Un baigneur se tenait sur le plongeoir. Avec précision, au coup de sifflet de Gerron, l'homme a plongé. Ça avait l'air parfait. Mais quand il fallait que les gens sourient ou s'expriment, alors Gerron suait à grosses gouttes. Il les priait de jouer pour lui, mais ça ne marchait plus*, raconte le cameraman Ivan Fric dans le documentaire *Prisonnier du paradis*.

Certains le traitent de traître, de perfectionniste insensible. *Les gens ne l'aimaient pas beaucoup*, raconte Margit Silberfeld, survivante, dans le même documentaire. *Il se tenait au-dessus d'eux et il criait dans son mégaphone, et il était très imbu de lui-même.*

Mais c'est elle, aussi, qui dira, décrivant sa montée dans le train pour Auschwitz : *Il avançait comme un roi. Il est monté dans le wagon, c'était un vrai spectacle. Il ne s'est pas laissé aller, il n'a pas imploré, il n'a rien dit, il n'a regardé ni à droite, ni à gauche. Il avançait.*

À la fin de l'été 1944, quand le tournage s'achève, la guerre n'est pas encore tout à fait terminée. En octobre, Gerron est déporté à Auschwitz où il est assassiné dès son arrivée, juste avant la fermeture définitive des chambres à gaz.

En mars 1945, il n'est plus là pour monter son film. Son cameraman le fera à sa place.

*

Extraits du commentaire du film qu'on nommera *Hitler offre une ville aux Juifs*.

– Kurt Gerron, 1944 –

L'entretien des machines de toutes sortes nécessite une série d'ateliers où travaillent forgerons, serruriers, mécaniciens et techniciens.

Les artisans des différentes branches peuvent continuer leur activité à Terezín.

Même l'art trouve ici sa place.

Voici un sculpteur créant une fontaine.

C'est pour le bien de la communauté que travaillent ici ces artisans, regroupés en bataillons de cent.

Chaque nouvel arrivant peut s'intégrer rapidement au processus de travail.

Chacun est libre d'organiser son temps de loisir.

Le flot des travailleurs se dirige souvent vers l'événement sportif : le match de football !

Afin de pouvoir contenir cette foule, le match a lieu dans la cour d'une ex-caserne.

À cause du manque d'espace, les équipes sont limitées à sept joueurs. Mais, du début à la fin, le public enthousiaste assiste à un match animé !

Bains publics à la disposition de tous.

La bibliothèque est riche, aussi bien en littérature qu'en ouvrages scientifiques, et répond à toutes les attentes.

Les conférences, scientifiques ou artistiques, ont leurs fervents adeptes.

Les programmes musicaux sont très prisés de tous. On joue ici l'œuvre d'un compositeur juif vivant à Terezín.

Dans les jardins ouvriers, il y a sans cesse à faire, car les produits cultivés sont bienvenus au menu !

La fin de journée est réservée à la vie privée. Au-dehors, on discute, on lit ou on joue.

Femmes seules et jeunes filles se sentent chez elles dans leur résidence.

*

Ils sont devant l'écran. Ils sont si peu nombreux. On connaît les noms de plusieurs d'entre eux. Il y a Eichmann, et il y a ceux à qui on destine ce spectacle : Paul Dunant et Otto Lehner, membres d'une nouvelle délégation de la Croix-Rouge qui visite le ghetto à deux reprises et sous bonne garde en avril 1945. Ils ont entendu dire que de nombreuses personnes avaient été déportées de Theresienstadt vers Auschwitz, alors ils sont, encore, venus voir.

Pendant deux heures et sans aucune objection de la part d'officiers et civils allemands qui m'accompagnaient, écrit Paul Dunant dans son rapport, *j'ai pu inspecter tout ce qui au cours de la visite du 6 avait provoqué ma curiosité. De cette promenade absolument libre à travers les édifices de la ville et des baraquements annexes, je rapporte la même impression que nous avons eue, le Dr Lehner et moi, au cours de notre visite du 6 et la conviction qu'aucune mise en scène spéciale n'avait été préparée pour cette visite officielle. Les habitants de Theresienstadt y vivent tous les jours comme nous avons eu l'occasion de le constater à trois reprises*[65].

Trois reprises, trois chances et trois espoirs, trois coups pour rien, le serpent, toujours, se mord la queue, la répétition n'ouvre aucune porte, ne dévoile aucun secret. L'« opération d'embellissement », cette fois, a été plus succincte, les efforts moindres, mais cela a suffi, aussi parce que partout l'horreur se dévoile, l'échelle de valeurs s'emballe, on n'est plus capable de rien comprendre, de rien reconnaître.

Pour la troisième fois, la Croix-Rouge entre à Theresienstadt et pour la troisième fois, elle va en sortir satisfaite.

Avant leur départ, on convie les délégués à la projection du film. Les nazis n'ont pas encore eu l'occasion de montrer ce résultat qui a demandé tant de travail alors, même si le public est restreint, même si on est loin, sûrement, du rayonnement qu'ils souhaitaient, il va falloir faire avec, avec leur monde qui s'écroule, avec la fin, si proche, de la guerre.

Je ne sais pas où l'on a conduit Paul Dunant et Otto Lehner, s'ils se sont assis sur des strapontins de bois ou sur des chaises de fortune, si la séance a eu lieu dans la salle de cinéma de la petite forteresse, s'il y avait d'autres spectateurs ou bien s'ils étaient seuls. Une poignée d'hommes, pas plus.

Le film, tourné dans les décors mis en place pour la première visite de la Croix-Rouge, vient berner, à leur tour, ses nouveaux émissaires. La boucle est bouclée et les délégués, conquis. La Croix-Rouge se retrouve sans le savoir à la fois instigatrice et bénéficiaire d'un spectacle créé pour elle.

*

Le sujet filmé ou photographié ne se tient jamais face à la bonne personne. Dès le départ, il y a erreur, malentendu. Le photographe scolaire arrache un sourire à des enfants qui, devenus grands, chercheront désespérément sur leur propre visage quelque chose de familier. L'amoureux photographie sa femme, encourage son déhanché et c'est le fils, gêné, qui posera son regard sur la photo de sa mère, des années après. On veut immortaliser sa famille quand la photo qu'on a cadrée avec soin se retrouve un jour entre les mains d'un inconnu, sur l'étal d'un marché aux puces.

Ces décalages, ces tristesses inévitables liées à la pratique de l'image disparaissent dès lors qu'il s'agit de publicité ou de propagande. Derrière l'appareil, quelqu'un a délibérément fabriqué ces scènes pour qu'elles pénètrent tous les regards, qu'elles soient comprises par le plus grand nombre et par ceux qui les verront plus tard – pour tordre l'actualité et fabriquer l'Histoire.

Le film de Gerron s'adressait aussi au temps futur, un temps au-delà du temps fragile, incertain, de Theresienstadt. C'est aussi devant nos yeux qu'il devait être projeté, étrange testament d'un régime qui cachait de moins en moins ses crimes mais voulait ménager, au creux de ces rouleaux de pellicule, un peu de ce qui avait assis son pouvoir – la dissimulation.

En 1942, un photographe allemand a réalisé à Drancy un reportage de propagande. On a arrangé le camp, vidé l'infirmerie, tenté de monter un décor présentable. Les images prises ce jour-là, puisqu'elles sont quasiment les seules dont on dispose, ont été utilisées dans de nombreux ouvrages et documentaires en tant que témoignages de la vie quotidienne dans le camp, comme si les circonstances dans lesquelles elles ont été prises avaient finalement peu d'importance.

Pourtant, il n'y a pas besoin de les regarder longtemps pour en voir les ficelles, presque trop apparentes. Des femmes, des hommes, des enfants sereins, souriants, sont soigneusement répartis dans le champ – rien ne dépasse, personne n'est flou ni caché et il y a cette étoile, toujours, portée par l'un des internés, point de mire et point de fuite de chaque photographie.

Je m'étonne qu'elles aient pu passer pour des documents fiables, étant donné les conditions de détention déplorables de la cité de la Muette. Elles semblent mentir de façon presque trop évidente.

Pour comprendre, pour m'approcher de ce décalage, j'ai voulu les soumettre au regard de ceux qui ont connu le camp. C'est ainsi que je me suis retrouvée dans la cuisine de Ginette Kolinka, internée à Drancy en 1944, puis à Birkenau, à Bergen-Belsen, à Raguhn, avant d'échouer, comme elle me le racontera plus tard, à Theresienstadt.

Elle est assise en face de moi, les deux mains posées sur la table, son visage mobile derrière ses grosses lunettes papillon. Des boucles colorées pendent à ses oreilles. Je m'attends à ce qu'elle s'indigne, confirme mes impressions mais elle regarde, attentive, les images et elle dit : Personne n'a l'air catastrophé sur les photos, c'est vrai. Moi je n'ai jamais eu peur à Drancy. J'allais dans un camp de travail. J'allais dans un camp de travail, je n'étais pas catastrophée Je n'ai pas été catastrophée quand on nous a arrêtés à Avignon, je ne me rendais pas compte, j'avais 19 ans, mince, je n'étais pas une gamine cependant. Mais non, j'allais dans un camp de travail. Comment j'ai pu croire ça ?

Maintenant, quand j'en parle, je me dis, comment j'ai pu être assez bête pour croire ça, alors qu'il y avait des bébés, des enfants de tous les âges ? Quand même, il y en a qui ont dû se dire, on ne va pas dans un camp de travail, mon père a dû quand même se poser la question, on ne va pas dans un camp de travail, on ne va pas faire travailler les bébés, et puis les personnes âgées. Si on avait su. Malheureusement, contre la force, contre les armes, on ne peut rien, mais dans les wagons il y avait des costauds, il n'y avait pas que des vieillards, il y avait des fortes têtes aussi. Ils ne se seraient pas laissés emmener comme on est partis, dans les autobus, calmement. Ça fait mal d'entendre les gens qui disent, vous vous êtes laissés emmener comme des moutons. C'est vrai. C'est vrai, mais il faut voir comme on était baratinés.

Baratinés puis utilisés, photographiés, filmés pour baratiner, encore, les générations suivantes.

Je lui montre une image qui paraît plus grossière, plus cynique que les autres : des femmes, au milieu de la cour de la cité de la Muette, portent des monceaux de baguettes de pain. Il y en a trop pour leurs bras, une abondance outrée, à peine croyable dans ce lieu où régnait la famine, des piles de pain qu'elles soutiennent avec peine, en souriant.

Ah, voyez, là, ils distribuent le pain, me dit Ginette sans paraître choquée. Peut-être que c'était pour un chef d'étage parce qu'on était beaucoup, dans un étage, peut-être que c'était pour cent personnes.

Perturbée de ne pas avoir entendu ce que j'attendais, je retourne voir Victor Pérahia.

Alors là, me dit-il, c'était la distribution du pain.

Lui non plus n'est pas étonné. Il regarde mieux la photo et ajoute : Dans chaque chambrée, il y avait des chefs de chambrées et au-dessus, des chefs d'escalier. Quand il y avait distribution de pain, toutes les chambrées avaient un représentant qui les prenait, et on se les partageait. Ce partage était difficile parce que les pains, voyez, ils faisaient 16 cm je crois, et il y avait 4 cm pour chacun. Alors, avec un mètre de couturière, il fallait couper les pains 4 cm par 4 cm. Mais quand vous coupez 4 cm par 4 cm, il y a des parts qui paraissent un peu plus grandes que d'autres et quand on a faim, un petit peu plus, ça compte. Il y avait parfois des bagarres, donc on tirait au sort. Il y en avait un qui se retournait et celui qui avait coupé le pain disait, celle-là, pour qui ? Il n'y a que comme ça qu'on a réussi à rétablir un peu de tranquillité et de paix.

Les choses se précisent. Les images ne mentent pas comme je le pensais. Elles mentent par omission, le cadrage et l'instant rendent insoupçonnable le hors-champ, focalisent l'attention sur des détails dont la force symbolique efface le contexte. Les pains, l'abondance – images d'Épinal si puissantes en temps de guerre qu'elles se répandent sur le reste, balaient les doutes, les questions.

Le contexte, justement : en cet hiver 1942, à Drancy, les déportations ont momentanément cessé. Les internés reprennent espoir, font des projets. Ils peuvent avoir, à ce moment précis, quelques raisons de sourire, sans compter qu'à l'époque, les appareils photo sont rares et on a tendance à respecter les conventions photographiques – se tenir droit, montrer son meilleur visage – même dans les moments difficiles. On pourrait alors croire à ces sourires même si on ne verra jamais ce qui les précède, ce qui les suit.

Mais il manque encore quelque chose. Après la parole des témoins, je cherche une autre distance, une focale différente, plus élargie, moins personnelle. Benoît Pouvreau, historien de l'architecture, spécialiste des lieux de mémoire de Seine-Saint-Denis, nuance encore ma vision de l'image. Pour lui, la façon dont les gens y sont répartis n'est pas naturelle. La distribution du pain était bien gérée par des chefs d'étages mais elle ne se faisait pas ainsi, en pleine cour. Elle était très réglementée. La liberté de mouvement était beaucoup plus limitée. Il m'apprend également que sur les rares photos clandestines de Drancy, même quand leur regard montre qu'ils ont repéré l'appareil, les gens ne sourient jamais.

Il aura fallu tout cela, pour m'approcher de cette image, tenter d'en saisir quelque chose : la montrer à ceux qui auraient pu y figurer, à ceux qui l'ont étudiée, il aura fallu tout cela mais rien ne peut l'épuiser. Les ficelles sont plus vicieuses, moins apparentes que je l'avais cru et la mise en scène, suffisamment fondue dans les souvenirs qu'elle imite pour que les témoins eux-mêmes ne l'aient pas remarquée.

*

À Theresienstadt, Paul Dunant et Otto Lehner ont regardé, sur l'écran, les forgerons forger, les travailleurs travailler. Ils ont vu une femme jeter un œil perdu à l'objectif, les musiciens jouer et les enfants chanter, se balancer sur les chevaux de bois, peut-être ont-ils aussi aperçu Agata, sans savoir que cette femme deviendrait le personnage d'un roman qui, mieux que tous leurs rapports, à la faveur du temps, permettrait d'entrer, trop tard, à Theresienstadt.

Je les imagine, Paul Dunant et Otto Lehner, assis devant les images.

Il était trop tôt, bien sûr, pour vraiment les comprendre. Mais déjà, ils n'y croyaient pas tout à fait. *Ils étaient d'avis que c'était un peu trop de la propagande,* dira l'historien Saul Friedländer. *À mon avis, c'est la seule véritable critique que la Croix-Rouge ait exprimée*[66].

Un peu trop de la propagande. Au point où l'on en est. Les camps s'ouvrent, ils vont affluer, ils affluent déjà, à Theresienstadt, les survivants. On ne peut plus ignorer ce que signifient « l'Est » et ce mot yiddish, *Pitchipoï*, désignant cet ailleurs dont les rares qui reviennent n'ont plus l'air tout à fait vivants.

Un peu trop de la propagande. À ce moment précis, ça n'a plus d'importance. Le film, à peine projeté, part aux oubliettes. Alors, c'était pour ça, que Kurt Gerron a déployé tous ses efforts, pour ça, cette colossale industrie du mensonge, pour ce petit comité qui n'est pas dupe mais a d'autres préoccupations.

La temporalité n'est pas bonne, quelque chose ne coïncide pas, ne coïncidera jamais. C'est le drame de Gerron, ça l'a toujours été – jamais au bon endroit, au bon moment, englué dans une vie obsolète qu'il ne pouvait pourtant se résoudre à lâcher.

Mais il arrive que le temps, à sa manière lente, discrète, se retourne contre ceux qui comptent l'utiliser.

Les films qui n'ont pas été développés sont comme des enfants mort-nés, écrit Adler dans *Un voyage,* parlant de photographie comme il aurait pu, peut-être, parler de cinéma.

La lumière les a touchés l'espace d'un instant infiniment bref, puis ils reposent dans leur enveloppe noire jusqu'à ce qu'ils s'éveillent à la vie dans une lueur rouge, mais il faut encore un petit moment, les jeunes images baignent dans le bassin plat en se balançant doucement. Alors seulement vient leur jour. Auparavant, nul ne sait ce que deviendront les films[67].

Celui-ci sera partiellement détruit mais les bribes qui restent, même si elles n'intéressent plus grand monde, diront le contraire de ce que souhaitaient ses commanditaires. Elles diront le mensonge au lieu du bonheur, l'angoisse au lieu de la sérénité. On ne verra plus que les visages qui évitent la caméra, le contraste flagrant entre la musique enjouée et les regards lointains.

L'œuvre de Gerron ne servira pas la cause des nazis, elle restera au contraire la preuve, le rouage plus apparent que les autres, de leur colossale entreprise de dissimulation.

Comme le remarque Sylvie Lindeperg dans *La Voie des images*, malgré la menace, certains regards font vaciller l'armature de la fiction – la présence des « acteurs » perce la surface lisse du film : un visage se détourne, les paroles des chansons entonnées sous la contrainte nous adressent après coup un message, les images tirent jusqu'à nous des airs, des voix, une langue et le film, au lieu d'accélérer leur effacement, nous transmet plus que leur mémoire, leur présence vive.

Ils sont là, ils marchent, ils parlent, ils baissent le front, pincent les lèvres, les entrouvrent, ils existent, ils sont vivants, les images l'attestent, elles sont un souvenir persistant et elles sont un reproche, un remords involontaire.

Elles semblent dépasser les intentions de ceux qui les ont souhaitées, les contredire, les enterrer, elles sont plus présentes que ce qui a présidé à leur apparition.

Avec le temps qui a passé, avec ce que l'on ne peut plus ignorer, on le voit, ce que les nazis se sont évertués à cacher. Derrière le mensonge, derrière la mise en scène elle-même presque masquée, fondue dans le rythme syncopé, faux, que le temps donne à tous les films, derrière tout cela qui tombe, le reste crève l'écran.

Le temps a fait la même chose que le passage au ralenti du film par Austerlitz, il l'a ouvert lentement comme s'ouvrent certaines plantes. Il n'y a plus besoin de trafiquer la bande, le temps a cassé le rythme, révélé les fausses notes et ils apparaissent nus, ceux que l'on a voulu déguiser – immortels et persistants comme toutes les images pour peu qu'on les élise dans le flux de celles qui passent.

*

Au Mémorial de la Shoah à Paris, on peut consulter des négatifs numérisés du film. Sur ces images arrêtées, débarrassées du commentaire emphatique, de la musique et du mouvement, on découvre des plans dont certains, je crois, ont disparu de la copie disponible du film ou, peut-être, de ma mémoire.

Tout au fond des images du film, il y avait aussi ces images-là et derrière elles, celles qui ont disparu, qui ont été effacées ou perdues, celles qui n'ont pu être prises.

Une tête de vache en gros plan sous une lumière d'orage.

Une salle de spectacle vide où se tient un homme en costume, chemise blanche et cravate.

Une femme seule à l'angle de deux rues, fichu blanc sur la tête et manteau luisant, cuir ou ciré, ballerines aux pieds.

Des femmes et des enfants en tenue d'été et, par terre, des serviettes posées comme sur une plage improvisée.

Des hommes prenant leur douche, et cette image quotidienne contient toutes les autres, mélangées avec les négatifs du film dans la base de données – cadavres entassés, membres nus et mêlés.

LE LIÈVRE, LA CABANE ET LE CIMETIÈRE JUIF

J'AI QUITTÉ LA PETITE FORTERESSE. J'ai demandé à Kristina de revenir. Avant de partir, nous avons encore quelqu'un à rencontrer.

Dans la cuisine de Milan et Hana B., il y a, posées sur l'évier, trois photos sous verre. On y voit des murs où grimpent des plantes, des ouvertures sombres, des fleurs vives. Les trois photos semblent représenter différents angles d'une même maison. Ces murs blanchis à la chaux pourraient suggérer un ailleurs, une résidence secondaire ou un souvenir de vacances, mais ce sont les murs entre lesquels nous sommes assis. La maison de Milan et Hana est une maison gigogne qui renferme et expose ses propres images.

Nous avons sonné à l'adresse que nous avait donnée Martin. Milan a passé la tête par la fenêtre, puis est descendu nous ouvrir la lourde porte. Au bout d'un petit couloir, son jardin clos et lumineux. Le soleil brûle, l'herbe est vert vif, les arbres chargés de fruits et les coursives comme sorties d'une Méditerranée lointaine.

La petite table est en plein soleil. Milan et Hana nous offrent un abricot du jardin, nous accueillent chaleureusement et je sais que la présence de Kristina, si jeune, souriante, qui leur rappelle peut-être une nièce ou une petite-fille, n'y est pas étrangère.

Les ombres nettes des arbres, des gravures. Un bosquet taillé en pointe et ce sont les heures pleines, longues, passées à polir cette maison comme un trésor, que dit ce jardin.

Dans une vieille vasque de pierre, de fragiles pétales roses. Derrière le mur blanc, une cheminée de brique fait entrer ici un peu de la ville qui menace ruine, de ses entrepôts, de ses casernes, de ses remparts noyés de terre. Rien d'autre, ici, ne rappelle Terezín alors que nous sommes pile en son cœur, tout près de la place principale, dans l'une des seules maisons qui n'aient pas changé de propriétaire depuis l'avant-guerre. Milan a vu la ville se transformer, il en a été chassé, il y est revenu, c'est pour ça que nous sommes là.

Autour de la table, nous expérimentons une drôle de conversation dont Kristina est l'interprète et le pivot. Je lui glisse des questions, elle en pose elle-même, je note, je me fais oublier. Une fois de plus, je peux oser toutes les phrases puisque ce n'est pas moi qui les formule et elle peut les prononcer toutes puisqu'elles viennent de moi. En résulte une parole triple, quadruple puisque Hana se joint parfois à nous, discrète, dans la tiédeur du jardin.

À mesure que je retranscrirai plus tard ces paroles par écrit, je serai frappée par la faculté de la conversation à se séparer en embranchements multiples, revenir en arrière, changer de cap. Cet éclatement en fait presque l'exact contraire de la fiction où l'on tend, même en l'absence de structure ou de plan, vers un fil narratif alors que la parole ne cesse de créer des déviations, des digressions qu'il est, justement, si difficile de créer de toutes pièces. Quand la conversation semblait fluide, logique, l'écrit révèle son désordre et il ne reste sur le papier, comme d'un lieu sur une carte, que des ramifications qu'il faudra, par la suite, réinterpréter pour retrouver le fil de l'histoire.

Les mots écrits ici sont donc tout autant ceux que Milan et Hana ont prononcés que ceux que Kristina a compris, ceux que j'ai notés puis retranscrits, réagencés, ce sont les mots communs d'un moment partagé, repris, déformé.

Je n'ai presque pas de souvenirs de la ville avant la guerre, dit Milan. Je me rappelle juste que je n'allais pas à l'école maternelle et que les apprentis de la boulangerie de mon père m'avaient plongé dans des grands barils de farine.

Dans le soir suspendu qui ne tombe pas, toujours aussi chaud dans un crépuscule miel, cette image blanche, originelle, la seule que garde Milan de la ville avant la flétrissure, me restera longtemps en mémoire et je continuerai, bien plus tard, à le voir avec son corps d'adulte, de vieil homme déjà, sortir d'un baril tout blanc de farine, juste avant la torsion de Terezín en Theresienstadt.

J'ai encore le sac des pains faits par mon père, ajoute-t-il – il nous le tend, c'est un sachet en papier à peine jauni où est imprimé à l'encre bleue un dessin représentant des mitrons qui se disputent des pains. On dirait qu'un croissant chaud pourrait en sortir et le temps se condenser dans cet objet qui, lui, n'a pas changé.

En février 1942, dit Milan, les Allemands ont dit qu'on devait partir. Mais avant, on a vécu quelques mois avec les Juifs. Les rues, les portes étaient fermées. Les Juifs ne pouvaient pas sortir des maisons. Même si ça n'avait rien à voir avec la petite forteresse, qui était vraiment une prison, ça suffisait pour qu'on n'ait pas de contact avec eux. Ce que ça nous faisait ? Eh bien, ce qui m'a le plus touché, c'est que mon père avait acheté la maison en 1938, qu'il avait tout rénové et que, quatre ans après, on a dû partir. On est allés dans une autre ville, vers le nord. On a loué une autre maison où il y avait une autre boulangerie. On est revenus à Terezín plusieurs fois pendant la guerre, en 1944. On pouvait accéder au ghetto par les fossés, en passant par la petite forteresse. On est revenus pour regarder la maison où l'on avait vécu.

D'un coup, je ne suis plus sûre de l'écouter puisque je l'imagine, sur les talons de son père, se glisser clandestin dans les tunnels de la petite forteresse, passer les barrages, tromper la surveillance des SS, juste pour regarder, de loin, la maison où dorment ses souvenirs. Tout autour, il y a des gens qui végètent et qui meurent, il y a, peut-être, les prémices de la visite de la Croix-Rouge ou du tournage du film, en 1944, la ville sûrement serait pour lui méconnaissable si elle n'était pas masquée, à ses yeux d'enfant, par l'ombre blanche de sa maison.

Après la Libération, tout a été fermé à cause du typhus, ajoute Hana. Tout était dévasté. C'était plein de puces, d'insectes, on a dû tout brûler. Et puis on est revenus pour de bon, reprend Milan. Avec d'autres enfants, on entrait dans les maisons vides, dans les greniers. On cherchait ce qu'on pouvait voler. On essayait de percer les boîtes à pharmacie avec des lance-pierres. Il y avait deux groupes qui luttaient l'un contre l'autre et on marchait dans les couloirs souterrains, et on tirait avec des armes. Quand on en attrapait un de l'autre bande, on lui pissait dessus. On a aussi brûlé des choses. 12 ans. Le meilleur âge. Je retrouve ces garçons tous les mois. Plus on est vieux, plus on se souvient.

Notre maison était devenue « la maison des Juifs », puisqu'ils l'avaient achetée à l'époque du ghetto. Les Russes avaient détruit le parquet à la hache. Ce sont des Allemands emprisonnés dans la petite forteresse qui ont fait les réparations.

Tandis que je me raccroche au fil de son récit, repris par Kristina presque instantanément, tandis que je regarde leurs lèvres former ensemble des mots qui veulent dire la même chose mais ne se ressemblent en rien, sort, des lattes brisées du parquet de la maison de Milan, un tout autre souvenir – celui, raconté près de Paris, par Robert Wajcman.

Lui a vécu cet instant dont Milan n'a vu que les conséquences. Il a regardé les soldats russes défoncer le parquet, de cette maison-là ou d'une autre, ça n'a plus d'importance, parce que lui, Robert, faisait partie de ceux qui revenaient de l'Est, de Pitchipoï, des camps.

*

Il m'avait donné rendez-vous dans son appartement de Clichy. Un grand immeuble années 1970, face à un parc – des jeux pour enfants, un manège, des balançoires. J'avais attendu un moment sur un banc avant de me retrouver dans un fauteuil de cuir entre sa femme et lui, dans un intérieur à la fois inconnu et bizarrement familier.

Robert Wajcman était d'une extrême gentillesse – quelque chose de simple, de nu, comme s'il était à la fois sans défense et d'un grand calme, d'une douceur inquiète.

Il avait 14 ans au moment de sa déportation. De son récit se détachaient l'adolescent qu'il avait été et son corps, à la fin, après les marches de la mort – sur les routes, ils avançaient par rangées de cinq, se tenant les uns aux autres pour ne pas tomber quand ils s'endormaient jusqu'à ce qu'un médecin, le professeur Waitz de la faculté de Strasbourg, précise Robert avec gratitude, le voyant flancher, le fasse monter dans le chariot des prostituées où il avait fini par sombrer dans le sommeil.

Il décrivait cette vie sortie de lui petit à petit comme il parlait du train errant qui avait mis un mois pour parcourir, ensuite, la centaine de kilomètres entre Buchenwald et Theresienstadt. À mesure que les passagers mouraient, les nazis détachaient des wagons, entassaient ceux qui restaient, et le train rétrécissait comme le nombre des vivants.

On nous mettait sur des voies de garage, me racontera plus tard Ginette Kolinka à propos de son voyage dans un autre de ces trains qui n'avaient plus de destination, trains fuyards, perdus, sans logique et sans aiguillage :

Beaucoup d'alertes, le train s'arrêtait, les soldats qui nous accompagnaient allaient se cacher et pendant tout ce temps, on ne nous a jamais nourris, ni à boire ni à manger, et dans les wagons, les mortes, elles s'entassaient. Le train s'arrêtait. Ils nous laissaient. On ne réalisait même pas combien de temps on restait sans bouger. Toujours est-il que ça a été, vraiment, dans les wagons, affreux, affreux. Il me semble que c'est un Allemand qui a ouvert notre wagon mais les seules qui pouvaient descendre avaient à peine la force d'arracher l'herbe. On croyait trouver des pissenlits mais il n'y en avait pas, eh bien, on a mangé l'herbe, avec peut-être des vers mais tant mieux, il y avait de la viande comme ça.

De son arrivée à Theresienstadt, dans le brouillard où il se trouvait, Robert Wajcman garde cette image : les prisonniers russes se ruant sur un train à l'arrêt pour y trouver de la nourriture, se saisissant de sacs de farine qui laissaient derrière eux de longues traînées blanches. Les Russes, de vrais cosaques, disait Robert en riant, arrachaient les lattes du plancher pour faire du feu, les détruisaient à coups de hache comme d'autres dévastaient, au même moment peut-être, la maison de Milan.

Les soldats russes. Les maisons saccagées. La farine qui a maculé le sol de Theresienstadt et le corps de Milan, enfant, dans la boulangerie de son père. Liens ténus entre deux hommes rencontrés à si peu de temps d'intervalle et qui ne se connaîtront jamais, Milan, l'habitant de Terezín et Robert, le Juif polonais qui travaille aux puces dans la banlieue parisienne. Deux petits messieurs affables aux cheveux gris, aux yeux clairs, menant une vie tranquille auprès de leur femme, chez qui rien ne permet aujourd'hui de déceler la place qu'ils occupaient en cet instant – Robert, à demi-conscient, assistant au saccage de lieux étrangers, incompréhensibles décors du retour qui, pour Milan, étaient la part de l'enfance, le refuge des souvenirs qu'il attendait, impatient, de retrouver.

La femme de Robert se tenait assise en face de nous pendant tout l'entretien. J'avais d'abord craint que cela bloque sa parole mais il n'avait peut-être plus beaucoup de secrets pour elle ou bien ce récit était, justement, ce qui y faisait écran. En mettant l'accent sur les rencontres, la solidarité, en inscrivant l'horreur dans un périple, Robert construisait la seule narration permettant de communiquer quelque chose de ce qu'il avait vécu.

Quand il dit n'avoir pas voulu embêter ses enfants avec cela, sa femme répondit que la déportation d'un seul détruisait toute une famille, et Robert ne dit rien.

En me raccompagnant sur le palier, il s'était excusé de ne pas avoir pu me donner plus de détails sur Terezín, désolé que son état n'ait pu lui permettre une perception plus précise.

Je l'avais rassuré comme j'avais pu. Ce qui m'intéressait justement, c'était cette mémoire parcellaire, chancelante, en marge des récits historiques, et la manière dont elle se condense en images – les lignes blanches sur le sol, la fureur des Russes, le trou noir.

En attendant l'ascenseur à ses côtés, j'avais pensé à mes grands-parents, ma grand-mère et l'homme avec qui elle s'était remariée après la mort de mon grand-père, qui m'avaient si souvent raccompagnée après mes visites dans le même type d'appartement, d'immeuble – années 1970, odeur de soupe et de linoléum, odeur d'hiver. Ma grand-mère et mon grand-père d'adoption, que ma mère appelait « Parrain », et derrière lequel s'était longtemps abritée l'existence de celui qui avait disparu.

L'ascenseur tardait à venir et nous cherchions nos mots. Malgré mon affection pour eux, j'étais heureuse de retrouver l'extérieur, la rue, le bruit quand ils restaient là, à attendre que je revienne, et en saluant Robert devant la porte de son appartement, je me suis demandé si ses petits-enfants auraient un jour eux aussi besoin d'un inconnu, de quelqu'un d'autre, toujours, qui fasse écran et lien, pour accéder à un pan minuscule des secrets de leurs grands-parents.

*

Le premier bébé d'après la guerre, à Terezín, est né en 1946, dit Milan. Maintenant, il est buraliste. En 1948, on a commencé à aller au Sokol, l'organisation sportive. Il y avait une belle piscine et un club de rameurs. Il y avait des bassins dans la rivière, on y passait les étés. Après la révolution, les gens ont fondé des entreprises privées. Ils pensaient que s'ils ne devenaient pas riches en cinq ans, ils deviendraient fous.

Le lendemain, il fait moins beau. Nous nous asseyons cette fois à l'intérieur, dans la cuisine qui sert aussi de salle à manger. L'atmosphère a changé. La parole de Milan est moins nébuleuse, plus pragmatique. Les images lointaines, les souvenirs d'enfance font place à des considérations sur la gestion de la ville, nourries des documents qu'il a rassemblés pour nous. Terezín dans les années 1970, 1980, 1990, Terezín inondée, Terezín reconstruite.

Sur les photos prises pendant les inondations, sa forme ressort plus que jamais : une île en forme d'étoile perdue dans une eau grise.

Tout ce qu'on voit ici, c'était sous l'eau, dit-il. Dans l'ancien garage transformé en synagogue, il y avait un stock de patates. L'inondation a tout abîmé. J'ai lu que depuis 1780, il y a eu quarante-trois inondations. Maintenant, je vais être méchant : on a eu beaucoup de chance d'être inondés parce que la ville a reçu de l'argent pour nettoyer les fossés, les remparts. Dans des conditions normales, on n'aurait jamais rien eu. Avant, je ne m'intéressais pas tellement à tout cela mais en 1994, j'ai reçu le poste de vice-maire et comme je n'avais pas grand-chose à faire à la mairie, j'ai lu les chroniques de la ville, même sous Václav Havel. Ça m'a permis de me créer une image de cette époque. Et puis, je suis devenu président de l'Organisation pour Terezín. On participait à des débats avec des institutions allemandes, moi en tant qu'ancien expulsé, avec un ancien détenu juif – j'ai un ami qui a été enfermé ici, il ne parlait pas de ce qu'il avait ressenti, c'était un grand trauma parce que les transports avaient été organisés par les Juifs eux-mêmes.

Je suis en conflit avec le directeur du musée de Prague parce que Terezín n'est connue qu'entre 1942 et 1945. Il aurait presque voulu que je m'habille en détenu avec une étoile jaune. Quand j'étais en poste à la mairie, je faisais des efforts pour ne pas transformer la ville en ghetto. Il y avait un conflit entre la municipalité et le Mémorial, parce que le Mémorial gagnait beaucoup d'argent sur des choses qui appartenaient à la ville. Il y a 300 000 visiteurs pour le Musée du ghetto et le Mémorial, mais les gens qui ont des entreprises ici ne profitent pas des touristes. Tout est une question d'argent.

Le ghetto n'a existé que trois ans mais les habitants ont toujours un « tremblement », une sensation de ce qui s'est passé ici, dit Hana.

On veut sauver la ville, reprend Milan. On est un sommet de l'architecture militaire. La forteresse de Terezín, c'est l'une des dernières constructions à la française ! On veut créer un centre d'information sur les remparts, reconstruire une caserne pour y mettre une université.

Je suis d'accord pour que ce soit enseigné dans les écoles, que les gens viennent pour se rappeler l'Histoire, dit Hana. Mais la vie continue. Moi, je suis née pendant la guerre, ça ne veut pas dire que la vie doit s'arrêter.

Maintenant, je suis calme, j'en ai fini avec la politique, je profite de la vie, reprend Milan. Je vais vous dire quelque chose de personnel : je n'aime pas les Allemands parce qu'on a été forcés de déménager à cause d'eux. Les entreprises ont été nationalisées par les communistes en 1949, en 1951 on m'a interdit d'entrer à l'école secondaire parce que mon père était entrepreneur, donc, la deuxième chose que je n'aime pas, c'est les communistes.

Je suis resté apolitique. Dans les années 1950, j'ai été apprenti en chimie. Après, comme j'avais soi-disant approché la classe ouvrière, on m'a accepté dans une école industrielle et j'ai commencé à travailler dans l'industrie vétérinaire. J'y ai travaillé longtemps, et ça fait longtemps qu'on habite ici avec ma femme. Toujours la même maison et toujours la même femme.

Je voudrais revenir à la question juive : je suis allé en Israël au début des années 1990 pour une exposition sur le judaïsme en République tchèque. Avec le directeur du musée de Prague, on s'est occupés d'une exposition sur Terezín. On a traversé tout Israël – dans les agences de voyages, on dit souvent qu'on peut traverser Israël en une journée. Tempête de sable à Tel Aviv et à Jérusalem, 30 centimètres de neige. Là, j'ai compris la mentalité juive. Le plus surprenant, c'était les coups de fil de nos amis tchèques qui étaient inquiets alors que c'était très calme, on n'a pas eu un seul problème. On a rencontré une famille polonaise qui avait un bar à Tel Aviv, où on buvait du café à la cardamome. Ils disaient qu'ils ne croyaient pas qu'on puisse vivre à Terezín. Ça les dérangeait qu'il y ait ici des gens qui rient. Je me plaisais beaucoup en Israël. J'ai de bons souvenirs. J'ai visité le kibboutz Terezín, fondé par des survivants. Je me suis mis à l'emplacement de ma maison sur la carte faite de pierres.

Milan dit qu'il ne pense pas à ce qui s'est passé à Theresienstadt. Ce qui est important pour lui, c'est la vie de la ville aujourd'hui, permettre son développement, trouver des fonds pour rénover le stade de football endommagé par les inondations. Pourtant, il glisse soudain dans la conversation : Au grenier, j'ai gardé une pièce comme pendant la guerre, en l'état. On voulait que j'y fasse entrer des visiteurs. Je ne préfère pas.

Il finit quand même par nous emmener dans cette chambrée restée intacte depuis le temps du ghetto. Maintenant que nous avons épuisé les ressources de cette drôle de conversation croisée, maintenant et pour finir, il nous ouvre les étages et la maison se déplie, se révèle bien plus grande encore que je ne l'avais imaginée. Elle n'est pas négligée, non, tout est propre, mais elle ressemble à un lieu dans lequel on vient d'emménager, qu'on n'a pas encore osé investir. C'est comme si Milan et Hana étaient restés sur le seuil de cette maison qu'ils occupent pourtant depuis si longtemps, cette maison qu'il est venu contempler, en pleine guerre, en prenant tant de risques, et où l'on se serait attendu à voir, partout, les marques de leur vie commune. C'est comme s'ils ne parvenaient pas à en peupler tous les recoins, ou peut-être qu'à l'abri des regards, il y a des pièces chargées de bibelots et de souvenirs que je ne verrai jamais.

Je rêverai de cette maison des semaines plus tard, en écrivant sur elle. D'une lumière enfermée dans une coquille de noix, vive, et de pièces qui se révèlent à mesure qu'on avance, d'un labyrinthe en hauteur qui n'en finit pas de se dérouler.

Milan promène le faisceau de sa lampe sur les murs. Dans l'immense grenier, il n'y a aucune autre lumière, juste quelques rayons qui filtrent par les parois disjointes du toit. Le sol est semé de trous masqués par des planches.

Sur les piliers, des numéros peints à la peinture blanche – ceux des travées où, à l'époque du ghetto, devaient dormir des dizaines de personnes.

Milan reste debout à l'entrée. Il y a des outils abandonnés sur le sol ; un râteau, une pelle rouillée. Et puis, il nous fait signe de le suivre jusqu'à une petite pièce enclose dans la surface des combles. Il y fait tout à fait noir. Il balaie les murs de sa lampe. Il y a un lit de fer ou plutôt sa carcasse et une sorte de pot de chambre. Tout semble avoir été disposé là avec soin, précisément reconstitué, sauf que personne ne visite cet endroit et que Milan assure qu'il n'a rien touché, rien disposé, qu'il a juste tout laissé là. En l'état.

Avant de redescendre, il nous confirme d'un ton léger la nature accidentelle, provisoire, de cet aménagement :

Mes filles veulent en faire un appartement. Ce n'est pas important pour les enfants. Ma fille a 56 ans. Une fois, je lui ai demandé ce que ça voulait dire, « le ghetto », elle a dit : « rien ». C'est comme si moi je commémorais le fait que mon grand-père a vécu la première guerre mondiale. Je leur ai donné mon accord. Que voulez-vous que j'en fasse ?

Je ne photographie pas les gens que je rencontre pour ne pas ajouter à l'intrusion de la demande d'un témoignage celle de la capture d'une image. Il me semble que ceux qui ont la certitude de rester invisibles, dont l'apparence s'effacera d'autant plus vite qu'on aura changé de ville, de pays, qu'on aura quitté Terezín, auront moins de réticence à livrer leur parole – débarrassée du souvenir de leur visage, elle ne sera bientôt plus tout à fait la leur.

Je ne photographie pas les gens ou bien à la sauvette, par fragments, sous différents prétextes, ainsi des mains de Milan que j'ai prises plusieurs fois parce qu'elles manipulaient des photographies et que j'en approchais mon appareil, ses mains petites, solides, ravinées, qui, plusieurs mois après mon retour, seront de lui les seuls contours nets.

Il m'est également arrivé plusieurs fois de photographier Kristina, de dos toujours, comme si elle s'était incidemment placée dans le champ. La dernière photo que j'ai ainsi prise d'elle, peu avant notre départ, l'a été dans l'escalier descendant du grenier de Milan. Je suis encore en haut, elle est déjà en bas. Dans son dos, le noir où je me trouve est comme renforcé par l'irruption, rasant son visage, de la lumière du jour. Elle porte une jupe, un tee-shirt blanc, un sac rouge posé sur l'épaule. On dirait qu'elle va à la plage ou qu'elle arpente, légère, les rues d'une ville en été. Les murs n'ont pas été crépis, ils ont l'aspect brut et froid d'une cellule ou d'une forteresse. Elle marche, tranquille, vers la lumière.

De ce grenier, de ce moment, l'image des mains de Milan et celle de la silhouette de Kristina descendant les escaliers seront un jour les seuls restes, les seules preuves. Au début, sûrement, elles permettront aux souvenirs de s'y rattacher comme une traîne, un sillage qui réapparaît, de nouveau se creuse, chaque fois qu'on les regarde. Avec elles reviendra peut-être quelque chose de cette pièce ou de ceux qui l'ont traversée, l'odeur de paille sèche des combles sous le soleil frappant le toit sans entamer l'obscurité, la langue tchèque que Milan et Kristina partageaient, le timbre de leurs voix et tout ce qui, aussi, va bientôt disparaître – le lit en fer, le râteau, la pelle, les signes tracés sur les murs, à la craie.

Mais sûrement, elles finiront par m'induire en erreur, par focaliser mon attention sur les détails les plus visibles qui peu à peu masqueront le reste. À la rencontre, à l'instant, comme la pièce va se couvrir de peinture fraîche, de meubles neufs, de la vie nouvelle des filles de Milan, elles finiront par se substituer.

Milan redescend les escaliers, nous laissant avec la sensation d'être peut-être les dernières à voir ce sanctuaire de hasard, involontaire aux dires de celui qui, pendant soixante-dix ans, n'a rien touché, qui garde dans sa cuisine des photos encadrées de sa propre maison, un centre d'archives en miniature, qui dit ne s'intéresser qu'à l'argent du stade de foot mais aussi s'être tenu debout, en Israël, sur une carte faite de pierres, à l'emplacement de sa maison.

*

Pour beaucoup de survivants des camps, Theresienstadt a été la fin du voyage. Le ghetto, confié à la Croix-Rouge, est devenu un sas avant le retour, une étape floue, rognée par la souffrance.

Comme Robert Wajcman, Ginette Kolinka m'avait prévenue qu'elle ne se souvenait pas de grand-chose. Theresienstadt, c'était le lieu où on lâche, la lumière blanche comme la farine formant chemin sur le sol derrière les cosaques, l'aveuglement, l'absence.

Dans la petite cuisine de son appartement parisien, elle m'a proposé du café, l'a oublié, a insisté pour que je prenne des gâteaux secs, a passé la main dans ses cheveux gris, drus, s'est mise à rire, s'est amusée de mon refus. Elle m'a dit oublier les visages des gens et même leur existence.

Vous savez que j'allais presque vous oublier ? Je vous avais oubliée complètement. Et puis : Je vais sortir la boîte de gâteaux, ça vous tentera un petit peu.

Ginette Kolinka est légère et caustique, avec elle, les faits sont posés bruts sur la table, sans précautions et sans pudeur. Ses souvenirs sont des souvenirs du corps. Physiques, incarnés.

Le premier souvenir que j'ai, m'a-t-elle raconté, c'est cet accueil. Des personnes gentilles, douces. Je me rappelle qu'on m'a conduite dans un bâtiment. J'ai monté un étage ou deux, ça, je ne m'en souviens pas, et quand la porte a été ouverte, il y avait des lits avec des draps, chose que je n'avais pas vue depuis quinze mois. Il y avait une serviette de toilette, il y avait un peigne et ce peigne, c'était une espèce de râteau, et mes cheveux avaient repoussé, et quand j'ai passé le peigne, qui était un râteau, dans mes cheveux, des centaines de poux – c'est intéressant quand on mange, hein ? –, des centaines de poux sont tombés, des poux énormes. Il n'y avait que les poux qui étaient gros.

Et puis, quelqu'un est venu. Un groupe de femmes. Il y en a une qui m'a tâté les bras et les jambes et ça m'a fait tellement mal, et j'ai entendu le mot « typhus ». Après, il y a un trou. D'abord, comment j'étais dans ce lit ? Qui m'a déshabillée ? On était pleines, pleines de poux, des poux de corps, des poux dans les vêtements. Voilà ce que je me rappelle. Cette femme qui me tâte les bras, je me vois, ce lit avec des draps, je vois le nécessaire de toilette, je vois cette femme qui vient, je sais qu'on m'a aidée à monter mais qui m'a déshabillée ? Je suis dans l'inconscience déjà. Après, je me revois, il y a une baignoire, on me trempe dans une baignoire, je me retrouve sur une table en plein milieu d'une salle où tout le monde passe, repasse, et ce que je crois, c'est que la honte n'était pas aussi forte que quand on est arrivées à Birkenau et qu'on nous a obligées à être nues, mais je suis de nouveau nue, sur une espèce de table, et c'est un homme qui m'enlève les poils du sexe parce que ça avait repoussé, et qui m'enlève mes cheveux alors que c'était la Libération et que j'avais enfin des cheveux. C'était obligé, on était pleines de poux. Après, le trou complet. Combien de temps je suis restée comme ça, je l'ai appris par une amie qui a fait le même trajet que moi. Elle m'a dit qu'on est arrivées début mai dans le camp de Theresienstadt et que je l'ai quitté au mois de juin. Donc, je suis restée presque un mois. Un petit mois. Qu'est-ce qu'on m'a fait, comment on m'a soignée, je ne sais pas.

Elle s'étonne des photos que je lui montre, la ville étale, tranquille, sous le soleil, la place, la fontaine, les façades repeintes, elle ne reconnaît rien, regarde avec intérêt, une sorte de gentillesse, s'excusant presque d'avoir mal jugé cette ville, de n'avoir pu l'apprécier à sa juste valeur – Je vais demander à des copines qui n'étaient pas malades. Elles, peut-être qu'elles se sont promenées.

Et puis, le doigt sur une photo : C'était un peu ce genre de bâtiments. Mais je n'en ai vu qu'un. Dans ma tête, je vois uniquement que je rentre dans ce camp, et ces gens qui m'accueillent. Des bâtiments, un peu comme Auschwitz.

Je les vois bien, deux étages. Par contre, je ne vois pas les fenêtres.

On rentre par cette porte, là, et il y a des gens qui nous attendent, qui nous reçoivent. J'ai marché un petit peu, avec ces dames qui me tenaient par les bras. Il me semble me rappeler que j'étais tellement étonnée que des gens nous accueillent gentiment. Les nazis ne nous regardaient pas, on n'était rien pour eux, on était de la vermine, c'étaient des regards de haine, même pas des regards, ils ne nous regardaient pas, ils nous commandaient, ils nous battaient, mais pour eux on n'était rien, pas des êtres humains. Et là, dans mes souvenirs, c'est ça. Être reçus gentiment, avec des regards de pitié. On m'a aidée à marcher. Je n'étais plus habituée à ça.

Elle me parle de ses souvenirs qui diffèrent de ceux de ses amies, Marceline Loridan-Ivens et Simone Veil, et de leurs tentatives de démêler les fils de la mémoire. Elle essaie de déterminer l'emplacement exact du lieu où elle a été accueillie, me pose des questions, il y a des choses qu'elle n'a jamais réussi à trancher et qui la travaillent.

Alors, justement, hier, dit-elle, je demandais à cette amie, est-ce que le train nous a amenées au camp, ou est-ce que c'est un camion qui nous aurait amenées de la gare au camp ?

Est-ce que vous avez eu des détails là-dessus ? À Birkenau, quand je suis arrivée, j'ai marché à pied jusqu'au camp. Mais là, je ne me souviens pas. J'aurais bien aimé savoir. Est-ce que c'est le même souvenir que les autres ? Avec ma copine, on va se retrouver un jour à discuter vraiment sur nos souvenirs qui ne sont pas les mêmes.

Elles en ont parlé la veille, elles en parlent peut-être chaque jour, le temps du camp reste cousu à la vie quotidienne, le passé n'existe pas. Mais ce que le temps fait aux souvenirs, c'est cet aiguillon du doute qui s'aiguise, ces questions qui deviennent de plus en plus pressantes à mesure que les détails se brouillent. Alors, Ginette, inlassable, tente de combler les trous, les blancs, reprend le fil, le renoue de force, de nouveau.

J'ai posé des questions sur la Libération, poursuit-elle, parce que moi, quand j'ai su que Theresienstadt était libérée, que ce n'étaient pas les nazis qui nous recevaient mais les libérateurs, ma réaction a été nulle. J'étais trop mal en point. Par contre, il y en a qui n'étaient pas malades, alors je leur ai demandé, est-ce que c'était comme quand Paris a été libéré, avec les femmes, heureuses, à s'embrasser et tout ? Mais non, pas dans le camp. Parce qu'elles ne réalisaient pas. Est-ce que c'était vraiment vrai, hein ? Elles avaient toutes perdu de la famille, des amis, donc elles ne pensaient plus tellement à être gaies. Et comme c'étaient les Russes qui les avaient libérées, elles avaient peur de se faire violer et elles s'enfermaient dans les chambres. Voilà. Par contre, elles se rappellent qu'elles ont été dans la ville pour voir ce qu'elles pouvaient faucher. Elles n'avaient pas d'argent, hein. Vous pouvez prendre un petit biscuit, là.

J'étais contente qu'elles me racontent parce que des fois, les souvenirs, on se dit, peut-être que c'est des souvenirs que j'ai piochés ou que j'ai inventés, on arrive à douter. Donc, je suis très contente quand je lis ou quand on me dit ce que moi, je dis. Mais des détails me manquent. Voyez, comment on a été du train jusqu'au camp, ça, je ne m'en souviens pas.

Les souvenirs ne se sont pas tous incrustés de la même façon. Moi, je ne me souviens pas du degré de souffrance. On n'avait plus la force d'avoir des sentiments. C'est pour ça, quand les gens me disent, vous avez été courageuse... Non, c'est la chance. Je ne peux pas parler pour les autres mais moi, j'étais devenue, tout de suite, un robot. Comme si on m'avait tapé sur la tête. Vous rentrez par une porte, vous êtes normale, vous sortez, ce n'est plus vous. Une fois de temps en temps, quand on pouvait se reposer, j'essayais de faire venir dans mon cerveau les visages des miens. Impossible. Mon cerveau était vide. Il ne savait plus penser. Je crois que c'est ça, qui m'a sauvée.

Je sais que j'ai été battue, j'ai reçu des coups comme tout le monde, on a été tout le temps tabassés, j'ai dû avoir faim comme tout le monde, j'ai dû avoir froid. Ça, je ne me souviens pas.

Par contre : les images. J'ai les images. Est-ce que vous vous souvenez de votre accouchement ? Non ? Voilà. Moi, je sais qu'il y a eu des moments, pendant mon accouchement, où c'était pas de la rigolade. La seule chose que je me rappelle, c'est que je suis les quatre fers en l'air, le docteur et la sage-femme sont là, en train de blaguer entre eux. Encore une fois, j'ai pas la douleur. J'ai l'image.

*

De cette dernière étape d'un parcours erratique, Ginette doit maintenant s'extraire, se sauver puisque le seul désir, dans cette ville où pour la première fois depuis des années on est regardé, soigné, où s'apaise un peu la violence et où certains corps lâchent, c'est rentrer, enfin, à la maison.

Un avion sanitaire la rapatrie près de Prague, elle monte dans un camion, il s'arrête pour la nuit, où sont-elles ? Dans un château, vaste demeure inconnue, étrange, où elle se souvient des femmes qui ont forcé une armoire, ont déchiré un drap et lui en ont donné un morceau pour qu'elle couvre sa tête nue. Et puis, elle a poursuivi son voyage jusqu'en France.

De ce corps qu'elle-même n'est plus sûre de reconnaître, de ce qu'il a sur le dos, Ginette ne se rappelle pas non plus tous les détails, elle se creuse la tête, se demande, elle avait une veste allemande qu'on lui avait prêtée mais est-ce qu'elle avait une culotte, des chaussettes ? Et avant, le jour de ses 20 ans à Bergen-Belsen, quand, pour une raison mystérieuse, l'appel avait duré une journée entière, une journée dans la neige sans bouger du matin au soir, que portait-elle ?

Les détails ne sont plus des détails mais les seules amarres qui restent – loupiotes, phares, repères.

Robert Wajcman aussi est rentré en avion, au même moment ou presque, après que des jeunes femmes tchèques l'ont recueilli, soigné, sous la direction musclée des Russes. Robert sourit tant elles étaient jeunes, ces filles, des apparitions après la marche de la mort, de vraies filles avec de la chair aux bras et aux joues, 18, 20 ans à tout casser, ahuries, empressées, terrifiées par les corps de ces hommes qu'elles devaient laver, habiller et qui les regardaient comme si c'étaient elles, les fantômes.

Robert parle de lui-même comme d'un fardeau, un morceau de bois sourd, trimballé d'un lieu à un autre, l'hôpital, russe d'abord, américain ensuite, des hôpitaux de toile, provisoires, indifférenciés. Puis c'est Villacoublay, Paris, Bichat où il est laissé seul dans une chambre alors que l'hôpital est surchargé et il comprendra plus tard, puisque lui aussi est encore inconscient de son image qu'aucun miroir ne lui a depuis des années renvoyée, que ce traitement de faveur lui a été réservé parce qu'il pesait 15 kilos. 15 kilos, à 15 ans.

Je les imagine tous les deux, Ginette Kolinka et Robert Wajcman, revenus, pour elle, de Drancy, Birkenau, Bergen-Belsen, Raguhn, pour lui du fort de Montluc, de Drancy, de Monowitz avant les marches de la mort, ayant tous deux achevé leur calvaire par Theresienstadt, chacun couché, en France, sur son lit d'hôpital.

Il ressemble à un squelette. Elle, à un petit garçon.

Ginette, une nouvelle fois, s'enfuit, elle veut rentrer, rentrer chez elle, passe par l'hôtel Lutetia où on lui fait sans cesse répéter les mêmes récits, répondre aux mêmes questions, se retrouve dans un bus, dehors, et là, c'est l'étrangeté de ces rues qui sont restées les mêmes, de ce Paris qui n'a pas changé – les voitures roulent, les passants marchent, le ciel est là, rien n'a bougé.

Dans le hall de son immeuble, avec sa tête rasée et sa veste allemande sur le dos, la concierge la prend pour son petit frère.

Elle a 20 ans et demi. Elle est un jeune enfant.

Robert est recroquevillé sur lui-même. Il a toujours les yeux fermés, comme le héros du *Garçon qui voulait dormir* d'Aharon Appelfeld, ce survivant qui se réfugie dans le sommeil, porté par ses compagnons à bout de bras, les yeux clos toujours, d'un monde à l'autre.

Robert ne parle presque plus et quand il ouvre la bouche, il a l'accent allemand. Sa mère, qui le croyait mort, qui a elle-même survécu à Birkenau, à Ravensbrück où elle fabriquait des balles, à la longue marche sur la route, ne le reconnaît pas. Pour le faire réagir, les médecins jugent bon de lui faire des électrochocs. On le prend, on l'emmène, de nouveau poids mort, corps muet, jusqu'à une petite pièce capitonnée, et c'est là que quelque chose se réveille, chez lui comme chez sa mère, au même moment. Il comprend ce qui va lui arriver, elle le croit, le reconnaît, l'arrache à l'hôpital, le pousse dans un taxi jusqu'au deux-pièces de sa tante où ils vivront à sept parce que la vie reprend, comme si tout cela n'avait été qu'un mauvais rêve dont ni Ginette ni Robert ne voudront désormais parler, elle pour ne pas rabâcher comme son beau-frère ses histoires de régiment, lui parce que les questions qu'on lui pose le laissent sans voix, n'ont rien à voir avec les images qu'il garde derrière ses paupières.

Personne n'a su que j'avais été déporté, dit Robert.

Et puis : Ça serait tombé à plat, mon histoire.

Quand je parle, je les vois, dit Ginette. C'est simple, j'ai toujours les yeux fermés. Ce qui est terrible, c'est qu'on n'a pas vu les morts. Celle qui a vu tomber sa mère, elle sait qu'elle est morte. Mais moi, longtemps, et encore maintenant, même si elle serait trop vieille, j'ai pensé que ma sœur aînée était amnésique et qu'un jour, je la reverrais. Je l'ai vue en rêve. Je suis dans un jardin avec mon fils et ma sœur est là. J'ai bien vu son visage. C'était il y a quelques années. C'était longtemps après.

Longtemps après encore, viendra le moment où l'on met des mots sur les morts. Pour Ginette, ce sera celui où Steven

Spielberg envoie des équipes interroger des déportés après le tournage de *La Liste de Schindler.*

J'avais reçu ce coup de fil, m'a-t-elle raconté. Est-ce que vous acceptez de témoigner ? J'ai dit : Je n'ai rien à dire. Il insiste, il insiste, ce jeune, et je lui dis : Je n'ai rien à dire mais après tout, si vous avez du temps à perdre, venez. Il m'a fait fouiller dans mon cerveau. Je parlais, et je voyais l'image en même temps. Je l'ai trouvé faux, son film, parce que je me disais, ce n'est pas ça la déportation. On voit les femmes, le soir, qui se retrouvent avec les hommes, à chanter, à danser, cette scène-là m'a frappée, c'était vraiment donner une fausse idée. Je n'ai pas du tout apprécié, pas plus que l'Italien avec son gosse, là, *La vie est belle.* Il avait prévenu que c'était de la fiction mais les gens oublient et puis ils disent, les Juifs, ils racontent des blagues.

C'est dans le sillage d'une fiction où elle ne reconnaît rien qu'elle commence à témoigner, à transformer les images qui restent en un récit qui, désormais, lui appartient.

J'en parle deux, trois fois dans la journée, dit-elle, ça ne me dérange pas, je repars le lendemain, j'ai des amies qui me demandent comment je fais, quand elles en parlent elles sont malades, elles ont des cauchemars, moi non, je ne sais même pas si c'est de moi que je parle, je n'ai pas l'impression que ce que je raconte, je l'ai supporté.

Robert aussi a décidé de témoigner même si l'un et l'autre, avec leurs propres enfants, se taisent. Il faut souvent sortir du cercle familial pour parler et pour entendre. Alors seulement la parole peut être partagée, comme si elle devait passer par d'autres bouches, d'autres oreilles pour atteindre une cible mouvante, qui n'est jamais celle qu'on attendait.

*

Le photographe Grégory Valton est venu plusieurs fois à Terezín. Il a reconstitué, à pied, la marche forcée de Robert Desnos jusqu'à la forteresse, ponctuant son périple par des photographies en moyen format, à l'aide de l'un de ces appareils argentiques où le cadrage se reflète, avant d'être imprimé sur pellicule, dans un petit miroir[68].

Son âge – la trentaine –, sa vie, rien à ma connaissance ne le destinait à tourner, lui aussi, autour de cette ville. Ça m'absorbe complètement, m'a-t-il pourtant dit au téléphone, longtemps après son retour. Ça a continué à m'habiter pendant des mois. Il y a des lieux qui continuent à vivre.

La mémoire prend parfois des chemins inattendus, investit des terrains imprévus, et Grégory Valton s'est retrouvé à Terezín, obsédé par ce lieu auquel, *a priori*, rien ne le rattachait.

Il est parti en plein hiver, marcher et photographier, les deux ensemble, indifféremment. C'est à Terezín que j'ai commencé à prendre des photos en marchant, m'a-t-il raconté. Sous la neige, le temps s'écoule très lentement. On observe tout. La photo a ceci de différent de l'écriture : on a un ressenti très immédiat. Le corps est un peu défaillant. La ligne d'horizon, jamais droite. La dernière photo de la série a été prise en Allemagne. C'est un portail où il y a écrit « RD », comme les initiales de Desnos. Sur la planche contact, il y a cette image et après, du noir. J'aimerais n'exposer que ça.

Cette forteresse, poursuit-il, dont on peut faire le tour sans jamais y entrer. Il y a tellement de choses fermées, l'imaginaire est démultiplié. Fouiller, fouiller, fouiller, aller dans des endroits interdits, essayer de passer par-dessus une clôture. Confronté à un lieu sourd, un lieu aveugle, on essaie d'enfoncer des portes, de comprendre, de la comprendre, cette ville, parce qu'elle est incompréhensible. Je serais incapable de la dessiner.

On croise toujours les mêmes personnes. On se demande comment déjouer cette logique parce qu'une ville, ça ne peut pas être logique comme ça, ce n'est pas possible.

Il compare Terezín au lac de Grand-Lieu, dans la région nantaise, qui a la particularité de ne jamais pouvoir être observé dans sa totalité – il y a trop peu de points d'accès, de rivages, il faut le voir du ciel pour le voir en entier.

Au bout du fil, je l'écoute, et quelque chose que je n'ai pas encore réussi à nommer commence à s'éclairer. Je pense à Austerlitz, pour qui les forteresses étaient aussi le système défensif de la mémoire, les remparts qui servaient à protéger son amnésie, la perte de sa mère et son déracinement.

Cette espèce de frustration de ne pas pouvoir s'approcher, de ne pas pouvoir comprendre, continue Grégory. Des villes comme Istanbul, Lisbonne, on marche toute la journée et on se fait sa propre cartographie, on découvre toujours quelque chose, mais là, c'est une logique qui n'est pas la tienne, on dirait qu'il y a un architecte fou qui a pensé à la place des gens. On cherche s'il y a quelque chose à voir derrière, derrière les casernes, les portes cochères.

Ces remparts avec cette coursive autour, comme une coursive de château.

On marche, et on ne voit pas ce qu'il y a derrière.

J'ai commencé la photo après le décès de ma mère, ajoute-t-il. Tous les projets que j'ai pu faire y étaient plus ou moins liés. Je voyageais beaucoup, j'étais toujours dans des trains. Terezín, c'est un peu le gouffre que j'ai ressenti, et qui s'est matérialisé.

*

On ne sait plus bien où on est quand on passe le dernier bastion, vers la route du crématorium de Terezín. La ville, d'un coup, est lointaine. Au fond des fossés pleins d'une eau saumâtre nagent – et en boule, au soleil, ils attendent – de gros ragondins. Une petite pension fait face à la route. On peut y boire un verre sous des parasols rouges à l'effigie d'une marque de bière. Sur un tapis d'herbe brillant, un angelot de plâtre serre un cygne entre ses cuisses.

La route devient vite un chemin bordé de hauts peupliers. Dans les fourrés, une silhouette trapue comme un chien, haute comme une petite biche, saute et disparaît dans les herbes. Le vent fait osciller la cime des arbres. Partout, des craquements, des sifflements, des oiseaux qui traversent la route, s'y arrêtent, me regardent – un œil noir, de profil, un merle et un couple de pies.

Sur le bitume, un papillon mort d'une flamboyante couleur rouille.

Il y a assez de silence hormis les bruits des bêtes, assez d'immobilité pour que l'animal se risque à quitter sa cachette. C'est un lièvre, grand, musclé sous sa fourrure sable. Il traverse en courant la surface qui le sépare des herbes plus hautes, plus drues, et s'y enfonce jusqu'à ce qu'on ne voie plus que le bout de ses oreilles. Il attend que je m'en aille, je ne bouge pas, il se lance, disparaît au coin d'un bosquet. Je reste longtemps à observer le vert de l'herbe. Si peu de différence entre cette surface vide et celle, la même, où se devinait encore sa présence.

Au bout du chemin, le cimetière. Sur la gauche, de la terre retournée dégage une odeur âcre – on a dû faire brûler du fumier. De l'autre côté, une grande échelle de bois contre le tronc d'un arbre, des planches clouées en travers des branches pour pouvoir y grimper. Il n'y a pas de murs à cette cabane, pas de plancher, rien que des prises où se tenir en équilibre à plusieurs mètres du sol. Sebald relevait dans *Austerlitz* la suprématie des cabanes sur les constructions pérennes, les trouvait seules habitables – elles et puis *l'ermitage, la maisonnette, le belvédère, le pavillon des enfants au fond du jardin* –, les opposait aux forteresses dont le gigantisme ne pouvait que cacher une angoisse et appeler, sans cesse, de nouveaux remparts inutiles.

On est au début d'*Austerlitz*, Sebald cite la forteresse de Breendonk, celle de Sarrelouis. Il ne parle pas encore de Terezín. Pourtant, à la relecture, il devient évident que tout annonce et enchâsse déjà le ghetto, cœur du livre, dans la construction circulaire du roman, son plan en étoile.

Ici, à la périphérie de la ville, le long des fortifications envahies par les herbes, cette cabane sans sol et sans murs, suspendue dans un arbre quand la ville paraît enterrée, en dessous du niveau de la mer, est comme le reflet inversé de cette forteresse à laquelle il oppose, dans le fragile et le provisoire, la possibilité d'un refuge. Ici, la mémoire se diffuse, partout et nulle part. Elle pourrait presque cesser d'être un poids pour devenir un paysage.

Devant le crématoire – il est 18 heures, il est fermé –, il y a une curieuse machine noire. Il faut tourner une manivelle pour qu'un signal sonore retentisse, puis appuyer sur un bouton, choisir sa langue, sa thématique : alors une voix s'élève qui donne, imperturbable au-dessus de la campagne, surplombant les tombes qui pour certaines sont vides, sa version de l'Histoire.

Je n'ai pas dû appuyer sur le bon bouton. La voix parle une langue que je ne comprends pas, se perd dans les pierres dévorées par une végétation qui, d'ici, semble avoir tout à fait recouvert la ville.

Je m'éloigne de la voix qui parle pour les pies et les lièvres avec le sentiment qu'ici, une forme de vie autonome, celle des insectes et des ragondins, des chardons et des moucherons qui collent au visage, de l'eau croupie des fossés et de la pierre qui attire la foudre, gagne peu à peu sur les entreprises des hommes pour circonscrire la mémoire, l'assimile en silence tandis qu'en dépit du bon sens, une voix parle seule dans le vide d'un cimetière.

Cette vie est la même, je la reconnais, que dans le champ de ruines de Birkenau ou l'ancienne gare de Bobigny, des lieux qu'une histoire parallèle a fondus avec le temps en une sorte de milieu naturel semblable.

C'est de la gare de Bobigny qu'est partie Ginette Kolinka, qu'est parti mon grand-père, comme tous ceux qui ont quitté Drancy pour Auschwitz à partir de 1943. En France aussi, les nazis allaient de plus en plus loin dans la dissimulation et la gare du Bourget, dont les convois partaient jusque-là, était devenue trop visible, trop exposée. On lui a préféré celle de Bobigny, plus obscure, plus secrète. De la bâtisse de la gare, haute et sévère comme une maison hantée, les fenêtres sont murées.

Aujourd'hui, on dit « l'ancienne gare ». Le bâtiment et la friche qui l'entoure ont longtemps appartenu à un ferrailleur – à peine le bord d'une ville, un morceau de terrain tout contre une voie ferrée.

Après de nombreuses négociations, le ferrailleur, relogé, est parti. Le lieu a cessé de se confondre avec les autres parcelles anonymes, les bords d'autoroutes, les terrains vagues, de plus en plus nombreux à mesure qu'on avance vers le nord de la Seine-Saint-Denis. Il est devenu un lieu de mémoire que le ferrailleur, en le jonchant de morceaux de métal, en y laissant pousser les mauvaises herbes, avait involontairement préservé.

En Pologne, des pierres tombales arrachées aux cimetières juifs ont servi à paver les routes. Retournées, enfouies sous la terre, elles ont gardé des couleurs plus vives que celles restées à l'air libre. Sous la rouille et les ronces, le terrain de l'ancienne gare est lui aussi demeuré intact. Une fois débarrassé de ce qui le jonchait, c'est tout un morceau de passé qui a réapparu.

On m'a expliqué qu'on visait à respecter l'esprit du lieu, à ne surtout pas en faire un musée – ne pas couper les herbes folles, favoriser la prolifération d'espèces rares, plus vivaces qu'ailleurs dans ces territoires périurbains délaissés. Il y aura, dans l'un des entrepôts de la gare de marchandises, des spectacles et des expositions d'art contemporain. Placardées à même le béton, des photographies des départs des convois commencent à se décoller, leurs coins bâillent et se retournent, les images s'enroulent, déjà, sur elles-mêmes. Bientôt, elles seront retirées.

Dans ce lieu isolé, abîmé, on expérimente d'autres manières de sauvegarder la mémoire, plus fragiles, plus éphémères, dans le bruit des voitures qui filent, au loin, sur la départementale.

Il pourrait être là, le point où le récit s'arrête, à moins qu'il bute, reparte vers le cimetière, l'écluse, la chambre d'hôtel, la *Judenrampe* de Birkenau, la cité de la Muette, l'ancienne gare de Bobigny, Terezín ou Theresienstadt – de ce cycle, je cherche sans cesse à définir le sens, le cœur de l'étoile.

Ce qui me reste comme vision de la gare de Bobigny, m'a écrit plus tard Ginette Kolinka : La foule – convoi 71, mille cinq cents personnes – le train de marchandises – le wagon portes ouvertes – et nous tous, poussés par les officiers pour rester par groupes devant chaque wagon. Et j'entends leurs hurlements. Je devais être avec ma famille mais même ça, je ne le vois pas.

Cette gare est sans doute la dernière image fixe que mon grand-père a eue de la France avant que le train file vers Bar-le-Duc, vers Strasbourg, vers l'Allemagne, vers l'Est. Ce qu'il a vu ressemblait, sûrement, à ce que Ginette me permet d'entrevoir. Ce qu'il a vu, s'il a pu voir quelque chose, ne devait pas non plus être très éloigné de ce que j'ai vu à Bobigny – ces herbes trempées dans la pluie de décembre, ces pavés disjoints, cette peine en jachère qui passe comme passent les plantes, entre voies, les pierres, les planches, reliant, mieux qu'une carte, mieux que des rails, les abords de Paris et de Terezín.

La gare de Bobigny, comme une pièce à ajouter au puzzle, un chaînon manquant. J'ai beau accumuler les morceaux, les assembler au mieux, collés de force ensemble, il en manque toujours, l'image n'est pas complète, jamais définitive, mais c'est dans les interstices que poussent les hypothèses, les récits, les méandres, ouvrant des aperçus sur des histoires qui me parlent sans m'appartenir, qui me concernent sans être miennes – des fragments qui ressemblent à cette ville où je n'ai pas fini, d'une manière ou d'une autre, de retourner.

✷

Face à l'ancien hôpital, derrière les statues à deux visages, le musée allait fermer quand celui qui semble en être le gardien, un petit homme rond aux mains moites et au sourire affable, s'empresse de nous faire entrer. Kristina et moi sommes, apparemment, les seules visiteuses de la journée. Le musée, de fait, est désert. Dans ses deux pièces en enfilade sont disposés d'étranges objets : des moulages de mains dans du cristal, motifs en creux, membres absents qui ont laissé dans la matière translucide leurs ridules et leurs lignes.

J'avais aperçu l'une de ces mains par la fenêtre ; il y en a des dizaines. Des grandes, des petites, des moyennes, mains d'enfants ou de vieillards, mains de femmes, mains d'hommes, surmontées des photos de celles et ceux à qui elles ont appartenu.

C'est un nouveau concept, nous explique notre hôte. Son fils a inventé cette technologie pour prendre des empreintes, puis ils ont réfléchi à une façon de l'utiliser. C'est là qu'ils ont eu l'idée des mains de personnalités.

L'homme s'anime, s'emballe, volubile, et nous fait d'autorité toucher la main moulée de l'écrivain tchèque Arnošt Lustig, survivant de Theresienstadt, qui aimait boire un verre à la terrasse de l'Atypik. Chaque personnalité peut choisir le socle de sa main à sa convenance, précise notre guide. Lustig a opté pour une matière imitant la bière. Regardez, dit-il, et avec enthousiasme il nous pousse à coller un œil sur la surface translucide, blonde comme de l'ambre, pour mieux apprécier la texture du liquide préféré de l'écrivain : Regardez, sous le bon angle, on voit les bulles et la mousse.

C'est une sorte de mémoire de cristal de la nation dans laquelle trois choses s'embrassent, ajoute-t-il, soudain lyrique. La beauté du cristal tchèque, les personnalités et la technologie la plus avancée.

Quand je lui demande si ce musée a, pour lui, un lien particulier avec l'histoire de Terezín, il me répond que tout cela a surtout un but : que les visiteurs ne repartent pas de ce lieu attristés par ce qu'ils y ont vu. Il veut changer leur humeur, leur remonter le moral.

Kristina et moi le suivons, dociles. Les mains se multiplient et aussi les visages.

Je lui demande comment il a réussi à faire venir toutes ces stars à Terezín. Elles ne viennent pas, précise-t-il à regret. On les rencontre à l'étranger ou, le plus souvent, à Prague. On guette les médias pour savoir qui vient en République tchèque et on les contacte. Il y a très peu de visiteurs ici. Faire une de ces pièces, ça prend trois mois. Il a fallu sept ans pour faire tout cela.

Un léger découragement pointe dans sa voix mais il se reprend vite, tout à sa joie de partager ce lieu sur lequel il semble régner la plupart du temps seul.

Sur la main de Sir Nicholas Winton, ils ont passé trois mois. Elle s'est brisée trois fois, la main de ce fils de Juifs allemands né à Londres, venu à Prague pendant la guerre pour sauver des enfants de la traque des nazis, entreprise colossale qu'il a très vite menée seul, installant son bureau sur la table d'un restaurant, pour organiser le départ de huit trains remplis d'enfants emmenés en Angleterre, à l'abri.

L'un de ces enfants était l'Austerlitz de Sebald, envoyé à l'âge de 5 ans de Prague à Londres, et ce personnage qui n'a pas existé semble tous les rassembler, tirer jusqu'à nous leurs existences.

Comme le mélange des genres semble ici être la seule règle, c'est sur le piédestal prévu pour la main de la chanteuse pop Anastacia que se termine notre visite, une main qui n'a pas encore rejoint son socle parce que, d'après notre guide, elle a voulu des ailes très difficiles à fabriquer. Mon fils est en train de les faire, ajoute-t-il avec une fierté mêlée de mystère. J'en ai vu une, on dirait de vraies plumes. Parfois, ça se brise, surtout les petites mains.

Avant de partir, je lui demande s'il sait quelque chose sur les statues à deux têtes que l'on aperçoit derrière les fenêtres. Ce sont les servantes de Marie-Thérèse, répond-il. On dit qu'elles représentent le bien et le mal, mais les spécialistes ne sont pas tous d'accord. Il est aussi possible que leurs doubles visages soient simplement dus au manque de maîtrise du sculpteur – il aurait commencé une tête et, mécontent de son œuvre, en aurait sculpté une autre.

C'est pour ça qu'elles sont restées à Terezín, conclut, fataliste, le petit homme que nous allons bientôt laisser dans son musée de cristal vide. Si elles avaient été réussies, elles auraient été envoyées à Prague.

*

La pluie s'apprête à tomber quand nous passons, en bus, la petite forteresse.

Kristina m'a proposé de m'héberger pour la nuit à Prague avant que je reparte le lendemain pour la France. Nous parlons peu, fatiguées par nos nombreuses conversations croisées. Elle semble regarder, le front contre la vitre – image de l'île, encore, qui cette fois rétrécit à mesure que l'on roule – Terezín s'effacer.

Après Doksany, on ne distingue plus que les silhouettes lointaines des monts de Bohême. Le paysage s'ouvre en étendues blondes couronnées de bois sombres. On s'enfonce dans une petite forêt et ressort sous le ciel, le long d'un « steak grill » et de champs de blé roses sous la menace de l'orage – nuages ventrus, prêts à éclater et d'autres déjà liquides, crevés.

À droite, d'immenses champs de tournesol.

À gauche, une piscine vide.

La surprise de voir, sur le bord de la route, un panneau entièrement noir.

Le lendemain matin, je quitterai tôt l'appartement de Kristina. Je garderai le souvenir de sa longue silhouette en chemise de nuit blanche, accoudée au chambranle de la porte de la chambre où je dormirai, celle de son colocataire absent où s'entassent des édredons, des livres, des papiers, et dont la fenêtre donne sur une rangée de peupliers masquant à peine les murs d'une usine immense. Elle est fermée, me dira Kristina, elle est en ruines, et pourtant au matin, en m'éloignant vers la station de métro Kolbenova, sur la chaussée encore humide jonchée par endroits de branches d'arbres brisées, je jurerais avoir vu la lumière de ses néons briller.

La veille, sous l'averse, dans un bar d'étudiants praguois, contre les murs couverts d'affiches de concerts, dans le brouhaha joyeux du soir, elle m'aura parlé de son intérêt pour la culture juive, de ses projets d'avenir, des études qu'elle projette. Elle m'aura raconté les fêtes et les rituels, se sera amusée de ma méconnaissance de certaines coutumes, toutes choses qu'on ne m'a pas transmises et que j'apprendrai là, de la bouche de cette toute jeune fille tchèque qui n'a de lien avec cette histoire que celui qu'elle s'emploie à créer.

Bientôt, je serai loin et le temps passera, il faudra attendre qu'il passe pour que les choses peu à peu se condensent, que ceux que j'ai rencontrés commencent à se dessiner en silhouettes comme le petit homme du musée de cristal qui ne me laissera qu'un trop grand sourire, un empressement inquiet. Ce sera forcément faux, forcément réducteur, il ne restera plus grand-chose de lui mais alors, seulement, peut-être, je pourrai commencer à le décrire parce qu'une personne comme une ville, quand on est face à elle, est faite de trop de détails, de scrupules à la réduire.

Tout est simultané et contradictoire, m'a dit Georges-Arthur Goldschmidt.

Il faudra attendre que les heures de paroles se condensent en quelques phrases, quelques mots qu'on garde puis qu'on agence, qu'on transforme, même sans le vouloir.

Quand je serai partie, je recommencerai à voir Terezín de loin, comme une image, comme un plan, comme une carte. Alors, pour la repeupler, il faudra se replonger dans les notes, les enregistrements, les pans de vie saisis sur place et tout cela devra se superposer, se mélanger pour former la ville à écrire, à s'approprier.

Quelques mois après mon retour, elle me reviendra, la ville, avec cette frustration de ne pas avoir su mieux la saisir. Elle se reformera, plus lointaine mais plus claire et je me dirai, dans cette réduction de focale, qu'il se peut que je n'aie pas cherché où il fallait. Que la seule chose à trouver entre les murs de Terezín était peut-être, exactement, pauvrement, ce que j'avais eu devant les yeux et pris pour un écran. Une ville incomplète, amputée, une ville close et empêchée qui venait mystérieusement donner une architecture à quelque chose qui me manquait.

Il n'y a peut-être jamais rien eu d'autre à voir que ce que Terezín a montré – les regards insistants des « figurants » du film de propagande, ce que disaient leurs visages malgré l'enchaînement des gestes, cette ville creusée de tunnels interdits, de fenêtres fermées, de jardins secrets. J'ai tourné autour, je l'ai peuplée de rencontres, j'ai été reconnaissante envers ceux que j'ai croisés de m'emmener loin d'elle, de la rendre bavarde, vivante, parfois, de la masquer. Pendant tout ce temps elle était là, j'étais à l'intérieur sans la voir, persistant à chercher des chemins détournés alors que c'était exactement cette ville labyrinthe, cette langue étrangère, ces portes closes que, sans le savoir, je reconnaissais.

Pour nos manques il faut parfois ériger des murs, choisir des villes. On croit qu'il faut creuser derrière mais peut-être qu'on se trompe, que tout est là, sous nos yeux, que ce qu'on croyait lointain quelque part nous ressemble.

Je regarderai les photographies de Grégory Valton, la ville sous la neige, baignée d'une lumière d'hiver que je n'ai pas connue et qui, d'un coup, fera scintiller le kiosque à musique comme une maison à Noël, les arabesques que dessinent les roues des camions dans la neige, les cours blanches des casernes, l'abandon des périphéries en hiver, ce sera encore une autre ville, la sienne, et, en miroir inversé, celle où j'ai choisi de déposer un poids, une absence, commencera à se dessiner.

Pour l'instant, la campagne se hérisse de cheminées d'usines. Des effluves chimiques filtrent à travers la vitre du car. Au milieu des champs, entre des entrepôts bardés de logos trône un large panneau où il est écrit, en lettres blanches, « *Land for sale* ».

On voit d'abord de Prague une rangée d'arbres et, derrière, des barres d'immeubles qui semblent s'éloigner à mesure qu'on s'approche.

La Vltava est d'un gris mat comme un miroir sans tain qui se brise, quand tombe enfin la pluie.

1. Helga Weissová, *Le Journal d'Helga*, traduit par Erika Abrams, Belfond, 2013. Tous les écrits d'Helga Weissová cités dans ce livre sont extraits de ce journal.

2. Dans *Le Masque de la barbarie : Le ghetto de Theresienstadt, 1941-1945*, sous la direction de Sabine Zeitoun, éd. de la Ville de Lyon, 1998.

3. Jan Ronca, *Terezín*, (Italie, 52', 2004). Bongiorno Productions.

4. On trouvera dans ce livre la graphie tchèque, « Terezín », quand il est question de la ville avant et après la seconde guerre mondiale et la graphie allemande, « Theresienstadt », quand il s'agit du ghetto.

5. H. G. Adler, *Theresienstadt, 1941 bis 1945 – Das Antlitz einer Zwangsgemeinschaft* (« Le Visage d'une communauté de contrainte »), Tübingen, 1960. Non traduit en français.

6. Les citations de H. G. Adler reprises dans ce passage sont extraites d'*Un voyage*, écrit en 1950-1951, traduit de l'allemand par Olivier Mannoni pour l'édition française, Christian Bourgois, 2011.

7. Publié sous le titre *Heimatlos auf hoher See* (« L'Épopée du Saint-Louis »), Beckerdruck, Berlin, 1949.

8. Discours de Paul Eppstein, le 18 ou 19 septembre 1944, pour la nouvelle année juive.

9. Ou « Conseil des anciens ».

10. Extrait de *Documents du CICR concernant le ghetto de Theresienstadt*, Mémorial de la Shoah, bibliothèque : 3.20217, traduit de l'allemand pour cet ouvrage par Nicole Mullier et Uli Hermann.

11. Discours de Paul Eppstein, le 18 ou 19 septembre 1944.

12. Statistiques les plus fiables dont nous disposons à ce jour, selon l'historienne Annette Wieviorka.

13. Claude Lanzmann le raconte dans *Le Dernier des injustes*, Synecdoche / Le Pacte, 2013.

14. Christian Bachelier le relève dans *Le Masque de la barbarie*, se référant au lexique de conversation d'un périodique satirique du ghetto.

15. Foyer pour filles.

16. Détaillé dans la postface et les annotations de Chava (Eva) Pressburger, la sœur de Petr Ginz, à l'édition de son *Journal 1941-1942*, Seuil, 2010 (préface de Saul Friedländer).

17. Voir Catherine Coquio, *Le Leurre et l'Espoir : De Theresienstadt au block des enfants de Birkenau*, postface de *Le Mur de Lisa Pomnenka* d'Otto B. Kraus, éditions L'Arachnéen, 2013 pour la traduction française.

18. Josef Bor, *Le Requiem de Terezín*, traduit du tchèque par Zdenka et Raymond Datheil, 1965, éditions du Sonneur, 2005.

19. *Prisonnier du paradis*, documentaire de Malcolm Clarke et Stuart Sender, 2005.

20. Ce double aspect de la musique a été creusé par Élise Petit, musicienne et musicologue, dans « L'art face à l'horreur, Le camp de Terezín et les "musiques dégénérées" sous le IIIe Reich » (conférence), ainsi que par l'écrivain Pascal Quignard dans *La Haine de la musique* (Folio). Une étude très précise de la musique à Theresienstadt a également été écrite par Joža Karas – *La musique à Terezín : 1941-1945*, traduction française Georges Schneider (Mayenne : Le Messager, Gallimard, 1993).

21. Sur ces questions, voir Fanny Malefosse, « La musique et les arts de la scène », dans *Le Masque de la barbarie*.

22. Certains de ces dessins ont été publiés dans *Le Masque de la barbarie*, puis un plus grand nombre, en 2015, aux éditions Créaphis sous le titre *Puisque le ciel est sans échelle*, avec des textes de Georges-Arthur Goldschmidt, Annette Wieviorka, Marcel Cohen, Guy Pimenta, Roger-Yves Roche et Roland Baroin.

23. Victor Klemperer, *LTI, La Langue du IIIe Reich*, Pocket.

24. Sur les méthodes d'enseignement de Friedl Dicker-Brandeis, lire « Janusz Korczak et Friedl Dicker-Brandeis : deux pédagogues de la liberté dans l'univers concentrationnaire nazi », de Sophie Richardot, revue *Le Télémaque*, Presses universitaires de Caen, 2012, dont sont issues certaines de ces anecdotes.

25. Charlotte Beradt, *Rêver sous le IIIe Reich*, Petite bibliothèque Payot, 2004.

26. Benjamin Murmelstein dans *Le Dernier des Injustes* de Claude Lanzmann. Toutes les citations de Murmelstein citées dans ce passage en sont extraites.

27. Comité international de la Croix-Rouge.

28. Ce courrier, ainsi que ceux qui suivent, sont extraits du dossier *Documents du CICR concernant le ghetto de Theresienstadt*, Mémorial de la Shoah, cote DCCXLVI-1. Les mots soulignés l'ont été dans les courriers originaux. Les passages cités sont des extraits choisis par l'auteure.

29. Comme le remarquent Sébastien Farré et Yan Schubert dans « L'illusion de l'objectif », extrait de *Le Mouvement social, L'Humanitaire, XIXe, XXIe siècle*, La Découverte, analyse pointue des photographies prises par Rossel lors de la visite de Theresienstadt.

30. Archives du CICR, Rapport Rossel, Ghetto Theresienstadt, visité le 23/6/44, reproduit dans *Documents du CICR concernant le ghetto de Theresienstadt*, Genève, le 26 juin 1990.

31. Doyen du Conseil des anciens.

32. *La Croix-Rouge sous le IIIe Reich, histoire d'un échec*, documentaire de Christine Rütten, Allemagne, 52 mn, 2006.

33. Toutes les citations de Maurice Rossel dans ce passage sont extraites d'*Un vivant qui passe*, de Claude Lanzmann, 1997, Why Not productions – Les Films Aleph – France 2 cinéma.

34. Extrait de *Témoignages de déportés d'Auschwitz sur une visite de la Croix-Rouge au camp d'Auschwitz-Birkenau en septembre* 1944, Mémorial de la Shoah, CMXXIII-7.

35. Sébastien Farré et Yan Schubert détaillent ses actions dans « L'illusion de l'objectif ».

36. Rapport de Guillaume Favre, cité dans *La Croix-Rouge sous le IIIe Reich, histoire d'un échec*, de Christine Rütten.

37. Dans sa lettre de remerciements à Hitler, citée dans *La Croix-Rouge sous le IIIe Reich, histoire d'un échec*.

38. Note du docteur Marti au CICR, 1er octobre 1942, dans *Documents du Comité international de la Croix-Rouge concernant le ghetto de Theresienstadt*, Mémorial de la Shoah, côte DCCXLVI-1.

39. Extrait de procès-verbal datant de janvier 1943, dans *Recueil de documents et archives du CICR sur le sort des Juifs de France internés et déportés*, volume II, Beate Klarsfeld Foundation.

40. *Documents du CICR concernant le ghetto de Theresienstadt*, Mémorial de la Shoah, cote DCCXLVI-1. Les passages soulignés l'ont été par J. E. Schwartzenberg.

41. Cette citation, comme celles qui suivent dans ce passage, est extraite de *Le Mur de Lisa Pomnenka* d'Otto B. Kraus, traduit de l'anglais par Stéphane et Nathalie Gailly, avec une postface de Catherine Coquio, éditions L'Arachnéen, 2013 pour la traduction française.

42. Georges Bensoussan, *Atlas de la Shoah : la mise à mort des Juifs d'Europe*, 1939-1945, Autrement, 2014.

43. Otto Dov Kulka, *Paysages de la Métropole de la mort*, traduit de l'anglais par Pierre-Emmanuel Dauzat, Albin Michel, 2013 pour la traduction française.

44. Dans *Le Dernier des Injustes* de Claude Lanzmann.

45. Sur Nisko, voir *La Solution finale de la question juive*, Florent Brayard, Fayard, 2004.

46. Raconté par Helga Weissová dans son journal dessiné.

47. Comme l'explique Catherine Coquio dans *Le Leurre et l'Espoir : De Theresienstadt au bloc des enfants de Birkenau*, postface de *Le Mur de Lisa Pomnenka* d'Otto B. Kraus, L'Arachnéen, 2013.

48. Ce passage, comme ceux qui suivent, est extrait d'*Austerlitz*, de W. G. Sebald, traduit de l'allemand par Patrick Charbonneau, Actes Sud, 2002, Babel, 2013.

49. Cette citation, comme celles qui lui succèdent dans ce passage et le suivant, est extraite d'*Un voyage* de H. G. Adler.

50. Voir la monumentale chronique du camp de H. G. Adler, *Theresienstadt, 1941 bis 1945 – Das Antlitz einer Zwangsgemeinschaft* (« Le Visage d'une communauté de contrainte »).

51. Gilles Ortlieb, *Soldats et autres récits*, Le Bruit du temps, 2014.

52. Ce passage, comme ceux qui suivent, est extrait du numéro de *Candide* daté du 19 au 26 octobre 1961.

53. Lettre à Yuki, 20 janvier 1940.

54. Pierre Berger le rapporte dans « Robert Desnos » (*Poètes d'aujourd'hui*, Seghers, 1949).

55. Cette citation, ainsi que les suivantes attribuées à Josef Stuna, est extraite de la « Déclaration de Josef Stuna confirmant l'identité

de Robert Desnos », Bibliothèque littéraire Jacques Doucet, Fonds Robert Desnos, dossier biographique.

56. W. G. Sebald, *Austerlitz.*

57. Hiroshi Sugimoto, série des cinémas, commencée en 1978.

58. Voir le passionnant documentaire de Yaël Herzonski, *Un film inachevé : Quand les nazis filmaient le ghetto*, MDR Leipzig, 2009.

59. Charles Lewinsky en a tiré un roman, *Retour indésirable*, sorti en 2013. Voir aussi le documentaire *Prisonnier du paradis*, de Malcolm Clarke et Stuart Sender, sorti en 2005, dans lequel on trouve les témoignages précieux de ceux qui l'ont connu, avant et après sa chute, dont certains sont cités dans ce livre.

60. Bertolt Brecht, *L'Opéra de quat'sous*, trad. Jean-Claude Hémery, *Théâtre complet II*, L'Arche, 1974.

61. Lettre citée dans le documentaire *Prisonnier du paradis*, de Malcolm Clarke et Stuart Sender, 2005.

62. Des images de ce film ont été utilisées par Alain Resnais dans *Nuit et Brouillard.*

63. Sylvie Lindeperg, *La Voie des images*, Verdier Histoire, 2012.

64. Lettre citée, ainsi que les témoignages qui suivent sur Kurt Gerron, dans le documentaire *Prisonnier du paradis.*

65. Ce rapport, ainsi que ceux qui suivent, sont extraits du dossier *Documents du CICR concernant le ghetto de Theresienstadt*, Mémorial de

la Shoah, cote DCCXLVI-1. Les passages cités sont des extraits choisis par l'auteure.

66. Cité dans *La Croix-Rouge sous le IIIe Reich, histoire d'un échec.*

67. *Un voyage* de H. G. Adler, écrit en 1950-1951, traduit de l'allemand par Olivier Mannoni, Christian Bourgois, 2011 pour l'édition française.

68. Grégory Valton, Série de photographies intitulée *La Furtive*, 2007-2008.

Le département de la Seine-Saint-Denis a soutenu la création de ce livre, à l'occasion d'une résidence *Écrivains en Seine-Saint-Denis*, d'avril 2013 à mai 2014.

Un grand merci :

À ceux qui m'ont fait la confiance de me livrer leurs récits.

À Michelle Gaudy, Claire Deriquehem, Jacqueline Mintz, Suzanne Grinberg pour les éclairages sur notre histoire commune.

À Xavier Mussat pour le dessin p. 6, pour sa relecture et surtout pour sa présence, toujours, à mes côtés.

À Kristina Pavlíková pour son remarquable travail d'interprète et ses initiatives qui ont délié les langues, m'ont ouvert les portes des maisons et des jardins de Terezín.

À Stanislava Boog, Marcela Karesova et Dorota Ryszka pour m'avoir conduite aussi en dehors des sentiers balisés.

À Nicole Mullier et Uli Hermann pour leur aide essentielle – leurs conseils, leurs contacts, leur aide à la traduction et leur relecture attentive.

Au conseil général de Seine-Saint-Denis pour l'organisation de ma résidence sur les lieux de mémoire du département, spécialement à Juliette Panossian pour son accompagnement et à Benoît Pouvreau pour les visites des lieux et sa précieuse relecture.

À Michelle Dumeix et Marie Delos pour m'avoir aidée à implanter cette résidence sur le territoire et pour le prêt de livres très, très longue durée.

À Dorothée Prudhomme, Sarah Cillaire Parera, Lucie Taïeb, Gilles Ortlieb, Marie Hermann, Anne-Laure Boyer, Sebastien Tank-Storper et bien d'autres amis et collègues pour les conversations qui m'ont fait avancer.

À Patricia Sustrac, pour ses précisions sur Max Jacob.

À Patrick Barker pour m'avoir ouvert les archives de Drancy.

À Frédéric Boudineau, de l'Institut français de Prague, pour son aide sur place.

À l'équipe du service Archives du Mémorial de la Shoah à Paris.

À W. G. Sebald et Georges-Arthur Goldschmidt dont les livres m'ont conduite à Terezín et au-delà.

Bien sûr aux éditions inculte, pour les expériences partagées et plus particulièrement, pour l'accompagnement sur ce livre, à Mathieu Larnaudie et Mathilde Helleu.

Enfin, à Marie Desmeures et à toute l'équipe des éditions Actes Sud, qui offrent à ce livre une seconde vie.

Certains fragments de ce texte ont été prépubliés dans *Devenirs du roman II, écriture et matériaux* (inculte, 2014) et dans le numéro 2 de la revue *La Moitié du fourbi* (2015).

TABLE

Achevé d'imprimer en juillet 2017 par Normandie Roto Impression s.a.s., 61250 Lonrai sur papier fabriqué à partir de bois provenant de forêts gérées durablement pour le compte d'Actes Sud, Le Méjan, Place Nina-Berberova, 13200 Arles.
Dépôt légal 1re édition : août 2017
N° impr. : 1701856
(Imprimé en France)